中国古典英雄传奇小说

〔清〕如莲居士 著

说唐演义传

河海大学出版社
HOHAI UNIVERSITY PRESS
·南京·

图书在版编目(CIP)数据

反唐演义传 /（清）如莲居士著. -- 南京：河海大学出版社，2025.6. --（中国古典英雄传奇小说）.
ISBN 978-7-5630-9613-8
　　I. 1242.4
中国国家版本馆CIP数据核字第20250YX875号

丛 书 名 / 中国古典英雄传奇小说
书　　名 / 反唐演义传
　　　　　 FAN TANG YANYI ZHUAN
书　　号 / ISBN 978-7-5630-9613-8
丛书策划 / 未来趋势
责任编辑 / 齐　岩
文字编辑 / 刘福福
特约校对 / 黎　红
装帧设计 / 未来趋势
出版发行 / 河海大学出版社
地　　址 / 南京市西康路1号（邮编：210098）
电　　话 /（025）83737852（总编室）
　　　　　（025）83722833（营销部）
经　　销 / 全国新华书店
印　　刷 / 三河市元兴印务有限公司
开　　本 / 880毫米×1230毫米　1/32
印　　张 / 8
字　　数 / 259千字
版　　次 / 2025年6月第1版
印　　次 / 2025年6月第1次印刷
定　　价 / 69.80元

前言

明清之际是长篇小说创作的黄金时代。随着清朝取代明朝，尤其是康乾盛世的到来，统治者为了展现社会的繁荣景象，对小说创作和发行的管控有所放松。与此同时，大量书坊主人投身小说创作，推动了以历史演义为题材的长篇白话小说的繁荣。由于作者们深受历史化倾向的影响，同时为了迎合市井百姓的阅读趣味，他们借历史演义之名，虚构了大量人物传记和英雄传奇。因此，尽管每部作品各具特色，但从整体艺术成就来看，并不算高。

《反唐演义传》又称《武则天改唐演义》、《薛家将反唐全传》或《南唐演义》，其作者为如莲居士，苏州人，真实姓名及生平已不可考。如莲居士曾为多部小说撰写序言，并参与了一系列唐代演义小说的编撰与出版工作，《反唐演义传》便是其中之一。

该小说讲述了武则天得宠于唐高宗后权倾朝野的故事。唐代名将薛丁山与樊梨花之子薛刚，因在京城痛打奸相张天左、张天右而触怒武皇后。上元节之夜，薛刚因醉酒大闹京城，致使唐高宗受惊而亡，随后薛刚逃亡，但其家族三百余口被武则天抓捕并处死，唯有其母樊梨花被梨山老母救出。薛刚落草于卧龙山，娶纪鸾英为妻，历经磨难后投靠庐陵王。在庐陵王的支持下，薛刚迅速集结势力，最终率军杀回长安，逼迫武则天退位，助庐陵王重登帝位，大唐得以复兴。

《反唐演义传》在客观上宣扬了忠臣反抗昏君的叛逆精神，歌颂了正义战胜邪恶的英勇行为。然而，在封建社会的伦理框架下，这种以下犯上的行为被视为大逆不道。这也成为这部小说后来遭禁毁的重要原因之一。

　　本次再版《反唐演义传》，对原书中的一些错漏、笔误和疑难字词，分别做了校勘、修正和释义，对原书原来缺字的地方用□表示了出来。便于读者阅读。对于其中仍不免存在的一些疏漏或缺失，希望专家和读者予以指正。

编者
2024 年 11 月

目 录

第 一 回　两辽王安葬白虎山　狄仁杰拒色临清店……001
第 二 回　李淳风课识天机　武媚娘初沾雨露……004
第 三 回　武才人出宫为尼　褚遂良入朝直谏……007
第 四 回　征西将回朝受爵　武昭仪暗害正宫……009
第 五 回　高宗误信报女仇　杜回忠心救小主……012
第 六 回　江夏王救护真龙　通城虎打奸闯祸……016
第 七 回　程咬金朝房辩论　张天左忍气吃亏……019
第 八 回　张天右教场受辱　樊梨花堂上生嗔……021
第 九 回　夫人护子亲面圣　薛刚仗义救冤人……023
第 十 回　贫汉受恩得武职　官民奉旨放花灯……026
第 十一 回　彩灯下踢死皇子　御楼上惊崩圣驾……028
第 十二 回　武后下旨拿薛族　薛勇修书托孤儿……030
第 十三 回　小神庙薛强遇师　大宛国公主招夫……033
第 十四 回　教场中神佑良缘　金銮殿夫妻交拜……035
第 十五 回　卧龙山两雄交斗　聚义厅双人配合……037
第 十六 回　弃亲子薛蛟脱祸　废中宗武氏专权……039
第 十七 回　薛丁山全家遭刑　樊梨花法场脱难……041
第 十八 回　武氏削夺唐宗室　马周挺身当大任……043
第 十九 回　江淮侯诉出原由　通城虎知情痛哭……045
第 二十 回　薛刚一扫铁丘坟　马登力救通城虎……047

第二十一回	三思领旨剿薛刚	鸾英荒郊产男儿	049
第二十二回	鸾英避难黑龙村	薛义忘恩贪爵位	052
第二十三回	通城虎酒醉遭擒	两英雄截途抢劫	054
第二十四回	扬州城英王举义	金陵地两军对敌	056
第二十五回	承业定计袭扬州	铁头乘夜刺英王	060
第二十六回	马周失势权居山	武氏篡位移唐祚	062
第二十七回	谢映登指示咬金	众功臣避难出镇	064
第二十八回	武三思进如意君	魏思泉放徐美祖	067
第二十九回	女娲主传授天书	狄梁公捉拿便嬖	069
第 三 十 回	薛刚二扫铁丘坟	仁杰隐藏通城虎	072
第三十一回	王怀义善卜瓦笤	安金藏剖腹屠肠	075
第三十二回	月姑迷惑武三思	鲁仲会遇通城虎	077
第三十三回	银安殿共议中兴	房州城设立擂台	080
第三十四回	吴奇马赞打擂台	浮鲁薛刚同见驾	082
第三十五回	庐陵王恩赦薛刚	五方将大战两雄	085
第三十六回	九焰山群雄聚义	通州城李旦落难	087
第三十七回	七弦琴忧愁万种	朱砂记天神托梦	089
第三十八回	杨绣娘为媒说合	陈解元暗结英雄	091
第三十九回	射飞鸦太子受辱	买雨具得遇东宫	093
第 四 十 回	痛离别母女伤心	喜相逢君臣议事	095
第四十一回	献汉阳国泰接驾	备吐番承业回朝	097
第四十二回	马迪借宿想佳人	于婆做媒遭毒骂	099
第四十三回	躲鸡笼娇婿受打	贪财利奸尼设计	102
第四十四回	马迪倚势强求亲	胡完挺身救主母	104
第四十五回	文氏穷途逢襟侄	崔母感悟接娘儿	107
第四十六回	李承业奉旨和番	紫阳仙有意送宝	110
第四十七回	访国母闻信哭泣	马将军直言苦谏	112
第四十八回	胡凤娇怨命轻生	崔文德送还庚贴	114

第四十九回	俏书生思谐佳偶	贞烈女投江全节	117
第 五十 回	崔文德痛哭凤娇	李承业战胜马周	120
第五十一回	李贵设计谋宝镜	唐王守义却新婚	122
第五十二回	入绣房夫妻重会	得宝镜曹彪回营	124
第五十三回	凤娇失落玉裹肚	陶仁监内困真龙	127
第五十四回	王将军汉阳报信	马元帅湘州救驾	129
第五十五回	三齐王长安请救	四总兵会剿汉阳	131
第五十六回	玉鼎仙遣徒下山	徐孝德法收四将	134
第五十七回	汉阳城灾病立除	仙丹药救活王曹	137
第五十八回	徐孝德诛斩四将	李承业中计被擒	139
第五十九回	唐王碎剐李承业	陈进捐金赎进兴	142
第 六十 回	文氏见婿愈伤心	申妃接驾露真情	145
第六十一回	唐王班师回汉阳	胡后劝赦亲叔婶	147
第六十二回	薛刚三祭铁丘坟	元培私放通城虎	149
第六十三回	四神祠二星收怪	庐陵王彩楼招亲	151
第六十四回	两兄弟彩球各半	庐陵王驸马得双	154
第六十五回	薛刚奏章闻子侄	兄弟回诉纪鸾英	156
第六十六回	薛刚锁阳会亲人	必虎修书遣内侄	158
第六十七回	新唐国薛刚成亲	路旁亭郑宝结义	160
第六十八回	两义弟告友衷情	双孝王为君起义	162
第六十九回	三思初打九焰山	天辉连擒四好汉	164
第 七十 回	张先锋被伤阵亡	四好汉路遇救星	166
第七十一回	父子未认相交战	夫妻会面破周兵	169
第七十二回	武三思花园逢怪	庐陵王长安被难	171
第七十三回	敬晖保驾出长安	关仁大战众英雄	174
第七十四回	武则天遣三路将	周总兵归九焰山	176
第七十五回	李孝业设连环马	罗家将教钩镰枪	179
第七十六回	屈浮鲁中箭丧身	徐美祖报仇雪恨	181

第七十七回	武承嗣巧排十阵	徐美祖料敌如神……183
第七十八回	马将军赴敌阵亡	武承嗣误认替死……186
第七十九回	紫刚关父子提兵	九焰山兄弟败阵……188
第 八 十 回	文豹交战逢薛葵	罗英奉计救文龙……190
第八十一回	识天命诱母归唐	见人事劝父降服……192
第八十二回	唐魏公命将救将	谢映登以法破法……194
第八十三回	群臣大战破周兵	罗昌投军暗助唐……196
第八十四回	月姑出阵行妖法	薛蛟交战逢野合……199
第八十五回	三思大怒斩狐精	秦文出猎遇奇人……202
第八十六回	武全忠偶遇佳丽	夏去矜设计害人……204
第八十七回	方彪入牢见家主	赵武大怒闹武衙……207
第八十八回	秦文势急反周朝	赵武大战殷楚鸦……210
第八十九回	文豹元公双对敌	薛蛟薛斗各建功……213
第 九 十 回	薛云用计取当阳	薛葵独踹连营将……215
第九十一回	徐美祖义释好汉	武丹池顺女归唐……218
第九十二回	苏黑虎集众拒唐	徐美祖遣将破阵……221
第九十三回	骡头太子受元戎	梨山老母遣徒弟……224
第九十四回	樊梨花施法除怪	窦必虎率众勤王……228
第九十五回	反周臣洗清宫殿	中兴将赐爵分疆……231
第九十六回	双孝王大开铁坟	樊梨花回山修道……235
第九十七回	下南唐诸奸受缚	上长安武后还宫……237
第九十八回	武三思复弄权柄	双孝王出居外藩……239
第九十九回	山后薛强遇旧友	汉阳李旦暗兴师……241
第 一 百 回	冤仇报新君御极	功名就薛氏团圆……243

第一回

两辽王安葬白虎山　狄仁杰拒色临清店

诗曰：
  开卷遗篇演大唐，忠良奸佞诈和贤。
  巍巍薛氏留青史，千艺皇家取后绵。

  这部书，乃是薛刚大闹花灯，打死皇子，惊崩圣驾，三祭铁丘坟，保驾庐陵王，中兴大唐天下全部传记。

  话说征西元帅两辽王薛丁山，同夫人樊梨花，平了西凉，择日班师回朝。先一日，亲唐国王纳罗排筵饯行，众功勋皆在席饮酒。饮至半酣，内有秦汉、刁月娥夫妻二人，出席走至樊梨花面前，禀道："师父临下山之时，吩咐道：西凉一平，叫我夫妻二人仍回云梦山修真，不受红尘之福。今当拜元帅夫人，即要回山去了。"樊梨花道："你夫妻二人，应享清福，与天地同朽。既立心要回山去，也不敢相强。但我们俱是宿债未完，不知何日方能脱此劳碌矣。"又见唐万仞叫声元帅夫人道："我已死二十九年，蒙九天玄女娘娘复救重生，则此身已是化外之身，今当拜别元帅夫人，往鸾凤山修真学道。"樊梨花许允。

  座中窦必虎对秦汉道："师弟，你好造化，夫妻回山修真学道，就苦了我了。"秦汉笑道："师兄，我万不如你夫妻二人。同在皇家，做了平西侯大将军，永镇锁阳城，穿好吃好，堂上一呼，阶下百诺，何等威风，何等快活！且是年年这西域一百余国去长安进贡，从你锁阳城经过，哪一邦不送你礼物，哪一国不看你的号令？真真威风无比，快活无穷。怎似我夫妻二人，回山去吃的是淡菜黄韭，穿的是百衲布衣，闲时丹房炼丹，忙时桃园种菜，挑水打柴。若此比你，差一万倍了。"程咬金听了二人之言，不觉笑道："我看世上的人，如同做梦一般，若要比到万仞兄与秦汉夫妇，真真是千万中不能得有一二。万仞兄他们偏些晚辈，都不晓得，你我是晓得的。只说我们弟兄四人，昔年少壮之时，在山东济南府贾柳店刺血会盟，起手反山东，劫府狱，占瓦岗寨称孤道寡，首先倡乱，掀翻了大隋天下。

又弄出十八邦王子、六十四路烟尘，分据州郡，各自称尊。直至先帝太宗晋阳起义，西定关中，招纳我们一班朋友，亲冒矢石，南征北讨、东荡西除，血战九年，平一六合，方成一统江山。到今日我主已亡，四十个好朋友，都死得干干净净，惟有一个谢戌癸成了仙，万㨰兄死而复活，得志修真，如今只有一个老人徐茂公尚健，还有我这老不死活在这里，终不知怎生死法哩！回想起来，人生于世，如同一梦，倒不如逍遥自在的快活。"万㨰道："知节兄，你乃是红尘中之福将，名垂千古。就是那一班众弟兄，人虽死了，亦流芳百世，如同不死一般，如何说得似梦？"众人闻言，无不叹息。酒罢，秦汉、刁月娥、唐万㨰拜别起身，众人一齐送出锅底城，洒泪而别。

次日，樊梨花下令班师，亲唐国王率领文武，送出城十里而回，大兵奏凯还朝。不想路上柳太夫人得病于接天关，医治不痊死了，薛丁山、薛金莲一班举哀，收殓入棺，扶柩到白虎关。薛丁山要将父母灵柩扶回山西绛州祖茔安葬，樊梨花忙道："不可！绛州土薄，杀气甚重，若葬在绛州，日后公婆灵柩决难保全。此地有一白虎山，极好风水，若葬于此，千古不朽。"丁山依言，择日将仁贵夫妻之柩，葬于白虎关东白虎山，山上立庙，坟侧留人看守。樊梨花善晓阴阳，他早晓得后来薛刚大闹花灯，踢死皇子，武则天有旨，凡薛氏坟墓，尽行掘开，暴尸抛骨。仁贵夫妻幸无安葬于此，得以全免，此是后话不提。当下安葬已毕，大兵起身，一路奏凯回朝。

再说先王太宗皇帝贞观十一年，大开科举，以孔颖达为主试，于志宁为监临，遍行皇榜，招集天下士子。其时山西太原府河阳县，有一人姓狄，名仁杰，年方二十三岁，生得丰姿俊雅，学富五车，其年别了双亲，带个小厮，上京应试，一路而来。一日行至临清，天色已晚，主仆二人投了歇店。这店中屋后只有一间幽雅书房，仅容一张床铺。吃了夜饭，只得着小厮在外房安歇，狄仁杰独坐无聊，闭门对灯看书。

到了二更，忽听房门开响，走进一个女人来。仁杰抬头一看，见那女人生得身材楚楚，容貌妖娇，秋波一转，令人魂销，心内吃了一惊，不知是人是鬼，只得起身施礼道："小娘子黑夜至此，有何见教？"那女人微微笑道："贱妾青年失偶，长夜无聊，今幸郎君光临，使妾不胜幸甚。"仁杰见他花容月貌，不觉动起欲火来，即欲上前交感，忽又转想道："美色人人所爱，但是上天不可欺也。"遂对那女子道："承小娘子美意。但想此事有关名节，学生断不敢为。"那女子走近前道："郎君此言，是以贱妾为残花败柳，不堪攀折。但妾已出头露面，寻你一场，不得如此，岂可空回，望君怜之。"道罢，双手把仁杰搂住。仁杰此时欲火难禁，又欲相就，忽又想道："不可，不可！"忙把身子挣脱，上前去拉那房门，一时性急，拉不开，无计脱身，假说："小娘子美情，我非木石，能不动心！只有一件，不敢侵犯小娘子贵体。"那女人道："郎君正在青春年少，却为哪一件，不肯沾连贱体？"仁杰诈说道："身患恶疮，烂了三年，好生之物，已不周全，何以取乐于小娘子乎！"那女子道："郎既有疾，妾亦不敢相强，情愿与君共枕同衾半夜，妾愿足矣。"说罢，双手搭在仁杰肩上，粉脸相亲。此时正有许多风月，仁杰意欲动心，又想到上天不可欺之句，即道："此事不可，不可！"口内虽说，而淫心往往转动，几次三番，拒绝不脱，心中忽又想道："如此美女，若一旦干此不肖之事，倘此女死后，其尸腐烂，万窍蛆钻，臭不可言。"心中这一想，淫念顿息，把那女人两手脱开，说道："小娘子，我有四句诗，写于你看，然后同睡。"那女人见仁杰应允，立着不动。仁杰遂取笔在手，题诗四句。诗曰：

美色人间至乐春，我淫人妇妇淫人。
若将美色思亡妇，遍体蛆钻灭色心。

女子看罢，虽然识字，不解其意，请问其详。仁杰道："人人这点好色之心，不能禁止，虽神仙亦不能免。但是上天难欺，有坏阴骘。我见小娘子杏脸桃腮，朱唇玉颈，就是铁人也要销魂。这点欲火，哪得能灭，灭而复发，如此者三，若有三位美人，已败三人之行矣。今只把小娘子作死过之人，一七已过，万窍蛆钻，臭气逼人，淫心顿消。若小娘子还有慕我之心，亦只好把我也比作死过之人，想到遍体蛆钻，一堆枯骨，任你容貌盖世，此火断不能生矣。"那女子听了这一席话，一想，忙拜于仁杰前，口称："郎君，妾要去此邪念，亦非一日，只是欲火难消。如今听了此言，如梦初醒，终身记念不忘，可为半世节妇矣，全赖郎君金言，今当拜谢！望郎君勿以妾之丑态所泄，终身感戴不朽。"拜毕，出房而去。

仁杰见那女子去了，心中大喜。又恐那女子转来，听得金鸡三唱，急叫小厮进内收拾行李，算还店钱，到前面人家梳洗吃饭而行。正是：

举心动念，天地皆知。

不知后事如何，且听下回分解。

第二回

李淳风课[1]识天机　武媚娘初沾雨露

　　不说狄仁杰在路行程，单说太宗丁酉年点选宫娥。其时有荆州刺史盖文达，点得美女一名，叫做武媚娘。刺史想道："'媚娘'二字叫得不好，明日御前岂有称之理！"进改名武曌[2]，取日月当空，万方照临之意，差官送入京中。太宗一见大喜，留在宫中，宿了一夜。次日拜武曌为才人，左右不离。又封武氏一门官职，升盖文达为弘文馆学士，武曌之父武士彟[3]为都督，一时荣耀，宠幸非常。有诗为证：

　　荆州美女出自贫，月貌花容似洛神。
　　淫荡千秋作话柄，专权二九作明君。
　　深宫日日笙歌咏，梨院朝朝舞彩云。
　　高宗二百山河重，留得丹书污汗青。

　　其时司天监李淳风，知唐室有杀戮亲王之惊，女主专权帝位，因此密奏太宗。太宗笑道："岂有妇人能居大宝之理？这定是男子，或名中带着'武'字，如有犯忌，即便杀了。"此时华州刺史李君羡，因他貌美，人都称他为李五娘，太宗闻之，忌而生疑，赍[4]诏召至半路杀之。又传旨各处搜求，凡有姓武，或县名武，名字涉于妇人类，尽行诛戮。

　　李淳风知屈杀多人，连忙奏道："陛下勿杀害众人。臣前日所奏，上达天意，不敢有误。武氏乃宫中武氏也，望陛下去之。"此时太宗正当锦帐欢娱，鸳枕取乐，怎肯将武氏贬杀，便道："卿既能知未来天意，可晓得今科状元是谁？"李淳风道："陛下暂停一日，臣当魂游天府，便知分晓。"

---

[1]　课：占卜的一种。
[2]　曌（zhào）：同"照"，武则天为自己名字造的字。
[3]　彟（yuē）。
[4]　赍（jī）：带着。

太宗准奏。

是日,李淳风沐浴斋戒,焚香望天祝告,祝毕,遂卧于殿前。直至黄昏,方才醒来,即俯伏奏道:"陛下在宫与武氏淫乐,上帝怒极,必须杀之。可挽天意。若问今科状元,臣见天榜名姓,乃火犬二人之杰。有彩旗一对,上有诗一首,诗曰:

美色人间至乐春,我淫人妇妇淫人。

若将美色思亡妇,遍体蛆钻灭色心。

太宗听了,命李淳风书其姓氏诗句,藏于盒中,加上皇封,置于金匮,候揭榜之日,取出一对,如果不差,即废才人武氏。说罢,退朝入宫。是夜有疾,卧病在床,次日罢朝。

有东宫太子,乃是高宗,入宫问安,武氏故意装出许多风流,小心勾引高宗。高宗一看武氏,但见:

玉钗斜插鬓云松,不似雀徽镜里容。

频蹙远山增媚态,盼登秋水转情浓。

高宗看见武氏这一般的风流俊俏,因想道:"怪不得父王爱这妃子,有了病,有这等艳色,自然夜夜不空了。"便留心欲私之,彼此以目送情,未得其便。偶尔高宗出外小解,武氏忙取金盆取水,跪捧于地,进与高宗净手。高宗见他娇媚,遂戏将清水洒其面上,低低念云:

昨忆巫山[1]梦里魂,阳台[2]路隔奈无门。

武氏即便轻轻答云:

未曾锦帐风云会,先沐君王雨露恩。

高宗大喜道:"观汝才色兼美,深得我心。"遂携他手而起,竟入便宫无人之处,着武氏去了小衣,遂成云雨之欢。这才叫做:

君王只爱新人乐,忘却纲常天子尊。

不一时二人云收雨散,武氏泣道:"妾侍至尊,感承垂念。今蒙殿下之恩,遂犯私通之律。倘日后位登九五[3],则置妾于何地?"高宗闻言,

---

[1] 巫山:神话中,先王梦中与巫山神女幽会。
[2] 阳台:神话中,先王与神女幽会于巫山之阳,后指男女合欢的处所。
[3] 九五:指帝位。

发誓道："俟宫车晏驾[1]，朕即册汝为后。有违此言，天厌绝之！"武氏道："口说无凭，须留表记。"高宗即解所佩九龙羊脂玉环为赠，武氏叩首而谢。自此以后，宫中出入，并无阻挡。

太宗渐渐龙体无恙。至放榜日期，首名状元姓狄，名仁杰，二名杨炯，三名卢照邻，传胪王勃。太宗看罢，吃了一惊，心中想道："我只道李淳风是狂言，谁知连一字也不差，岂非天意！"即召李淳风进便殿，问道："卿说状元名姓不对，何也？"李淳风奏道："臣一时不敢泄露天机，将狄仁杰三字分开，所以说'火犬二人之杰'，乃是狄仁杰也。臣该万死，求杀武氏。"太宗道："武氏在朕宫中，服侍一场，并无过犯，岂可赐死！朕自有主意，将他遣发便了。"不知武氏如何下落，且听下回分解。

[1] 俟（sì）宫车晏驾：等皇上去世后。俟，等候。

第三回

武才人出宫为尼　　褚遂良入朝直谏

当下太宗听了李淳风，遂追了武士彟都督之职，便宣武氏出宫。不一时武氏出宫，俯伏在地，涕泣流泪。太宗道："朕念汝深宫服侍一场，赦汝一死。宫中房内宝玩物件，一概赐汝，以尼庵一所赠汝，以终天年，永不收用。各官亦不许再谮[1]。"武氏谢恩，出宫为尼去了。太宗即选状元狄仁杰进殿，问其有诗之故，命取李淳风写的诗句，与狄仁杰观看。仁杰看了大惊，奏道："此臣于路上旅店之中，有一少妇苦欲私臣，臣被他三番调戏，欲火三发，臣恐累德，唯唯不敢，后遂不能禁止，作此绝欲之诗，才得保全，不损阴骘。"太宗大喜道："此乃朕有福，得此良臣，真真仁厚长者。"回顾高宗道："我儿有福，当受此仁德之臣。"即钦授为直谏御史，仁杰谢恩出朝。

太宗回宫，旧病复发，日重一日，医药不痊，遂驾崩于宫内。传位于高宗，改元永徽元年，以王妃为皇后，勤修国政，用贤去奸。心中只想武氏，暗使内监打听武氏为尼之处，却在兴龙庵内，吩咐武氏留发，俟后来召及。至太宗崩后次年，高宗传旨，托言往兴龙庵烧香，令群臣排驾，向兴龙庵而来。

再说武氏自从太宗发出为尼，受不过凄凉寂寞，老尼志明做脚，勾引了白马寺小和尚怀义，私通已非一日。这日高宗驾临，于路但见：

行官迢递接仙台，郭外骖騑羽倚来。
出护皇舆□□合，天临晨极五云间。
春留翠柳供行客，香到桃花□□杯。
独愧周南留滞[2]者，侍臣遥望柏梁材。

---

[1] 谮（zèn）：诬陷，中伤。
[2] 周南留滞：周南，地名；留滞，即停留。谓不为所用。

当日兴龙庵众尼，闻听圣驾来临，同武氏忙忙迎接高宗入庵。众尼三呼万岁，俯伏在地。高宗看见武氏，御手挽扶，遂同到佛前烧了香，就携武氏同入云房。武氏泣道："陛下位至九重，忘了九龙玉环之约乎？"高宗道："朕岂能忘，恐人谈论，故尔迟迟。今特驾临，正谓三载不见，如隔天壤，思卿之心，何尝一日无之！"说毕，二人遂在云房交欢。正是：

发结尼姑百媚生，君王一见使淫蒸[1]。

高宗二百山河主，贻臭千年污汗青。

不多时，内侍奏道："左仆射[2]褚遂良在外催促圣驾回宫。"高宗吩咐武氏："明日朕着内使来召，切不可令人知觉。"武氏谢恩。

当时高宗回宫，到了次日，暗着内侍裴中清用车载武氏入宫，立为则天昭仪。褚遂良闻知此事，吃一大惊，忙入朝来。方进午门，遇见裴中清出朝，中清问道："褚老大人何往？"遂良道："闻知圣上招纳先帝才人武氏为则天昭仪，特来谏阻。"裴中清笑道："纳也纳了，谏之何益？不如请回府去罢。"遂良闻言，大声喝道："都是你们这等逢君逆贼，谁要你管，还不快走！"裴中清笑道："我让你是先朝老臣，我且回去。"说毕竟出午门而去。褚遂良叹道："狄仁杰不在，征西诸将未回，徐茂公等不知几时才到。"心中忿恨，亲身鸣钟击鼓，请驾临朝。高宗在宫闻知，说："是了，褚遂良又来多事了。"武则天道："何不杀之？"高宗道："他乃先帝顾命之臣，须缓缓图之。"吩咐内侍："回复左仆射，说朕知道了。叫他回府去罢。"内侍传旨出外，褚遂良道："我非多事，因受先帝托孤之恩，不得不言。"等了半日，不见出宫，只得叹息回府去了。

高宗自纳武则天之后，把一个正宫皇后抛在一边，每日耽于酒色、不理朝政，武氏百般巧媚挑唆，高宗听信巧言，遂有废贬正宫皇后之意。毕竟后事如何，且听下回分解。

---

[1] 淫蒸：指同母辈淫乱。

[2] 左仆射（yè）：官名。

第四回

征西将回朝受爵　武昭仪暗害正宫

不说高宗宠幸武则天，且说薛丁山大兵奏凯回朝，在路行程非止一日，到了长安。高宗命文武出郭迎接。次日早朝，御玄武楼，受西域贡礼降表，众将卸甲入朝。徐茂公进朝，褚遂良拱手迎道："老千岁，圣上宠幸武氏。若是见驾，以社稷为重。"茂公应诺，遂上楼见驾。高宗赐坐，茂公把征西将士劳苦之事说了一遍，高宗安慰了一番，即命光禄司于是日设宴，大宴功臣，择日加封。宴毕，群臣谢恩，辞朝而出。褚遂良忙问茂公："武氏若何？"茂公道："此系天意，难以挽回。"遂良顿足叹道："徐勣[1]只可为将，不可为相。只此一言，把唐家江山将属他人矣。"说毕，气恨出朝，回府去了。

再说次日薛丁山在长安城外立起魂幡，招仁贵薛王及母柳太夫人魂魄，开丧挂孝。后日，高宗大封功臣，以薛丁山为上柱国、西京留守、两辽王，子孙世袭；妻樊梨花为镇国一品夫人，高琼英为定国夫人，高兰英为安国夫人，程金定为护国夫人，申媚花为宁国夫人，荣封三代；以程咬金为开国长寿鲁王，赐安车驷马，宫女三十六人，加九锡[2]，入朝不趋，剑履上殿，赞拜不名，荣封三代，闲居养老，不必入朝，以程万牛袭鲁王之职；以徐茂公为开国英王，平章重事，赐田万顷，以子敬业世袭英国公之职。其余征西将及西凉将降将，俱各论功升赏，一一加封，并无遗漏。

次年，武则天生太子，高宗更加宠幸，自此高宗称天帝，武氏称天后。一日徐勣身故，享年九十三岁，高宗闻之，不胜悲伤，赐御祭御墓。此时武则天谋夺正宫之心愈急，凡武氏兄弟子侄和张昌宗、张易之，俱

---

[1] 勣（jì）。
[2] 九锡：帝王赐给有大功或有权势的臣子的九种物品。

认勋戚，尽居显爵，势倾朝野。内宫恃宠，王亲大臣半归武氏，都为心腹，凡正宫王后一举一动，无不尽知，时常在高宗面前谮言王后的过失。高宗亦大有废王后立武氏之心，因王后系元配，又无大过，一时难于废出。

是年，却值王后身怀六甲，后兄王守一在府，积甘露水，书符拜斗，祷告天地，求王后生一太子。早有侍臣报知武氏，武氏想道："王后不生子，万岁定立吾子为东宫；若王后一生太子，立嫡不立庶，这东宫之位就到不了吾子了。"左思右想，急差心腹内侍，悄悄召郎侍许敬宗及枢密府使张天左、张天右三人，入宫计议其事，许以"废得王后，册立我为正宫，左右二相当分张氏二人，平章之职当与许敬宗"。三人道："此事不难，侍臣三人明日见主，先上一本，说后兄王守一有弑主之心，每夜于府上积天露，书符拜斗，咒诅天子。娘娘一面速买嘱王后宫女，如此如此，包管废却正宫，立娘娘为后。"武氏大喜，三人辞出。

武氏即悄悄买嘱王后宫女："照依如此办理，不可泄露，事成定有重赏。"王后宫女回宫，即照武氏所嘱办妥。至晚，高宗驾幸西宫，武氏迎驾入宫，叫一声："万岁，今日为始，臣妾不敢留驾在此，请驾到正宫中去歇罢，免得害了万岁的性命。"高宗惊道："这是怎说，何以见朕在贵妃宫中，便害了性命？即速奏明，以释朕疑。"武氏泣道："妾若奏明，王后闻知，妾即死矣。"高宗道："有朕做主，王后何能害卿，不妨直奏。"武氏道："王后恨妾迷惑圣上，不但有杀妾之心，竟有谋害万岁之意。妾闻宫中造一木人，写上圣上年庚八字，钉了手足，埋于龙榻之下，与国舅王守一诅咒万岁，欲谋天位。访闻此事是真，求万岁做主。"高宗闻言，大怒道："有这等事，一发反了！"忿恨而起，来至后宫。

王后接驾，高宗喝道："你干得好事，焉敢谋咒朕躬！"王后不知何故，只吓得目定口呆，不能回答。众内侍齐至龙榻下把土掘开，不上二尺，果有一木人，取将起来，上边写御讳八字，又有五个大钉，钉了手足中心。高宗怒极，手指王后骂道："贱人！朕与你何仇，造此木人咒朕，朕岂不能废你么！"王后泣道："此木人不知是哪一个埋在此地，连我一些也不知，也不知是何人害我。我与陛下结发之情，焉有此心？陛下休听谗言，屈害于我。"高宗道："朕若不听谗言，天子之位不久付于王守一了！"说毕，忿恨而出，往西宫而来。

第四回　征西将回朝受爵　武昭仪暗害正宫

次日驾临早朝，有许敬宗、张天左、张天右三人上本，参国舅王守一心怀谋逆，于府中积天露书符拜斗，咒诅圣上，有篡位之心。高宗道："不消三卿弹奏，朕早已知之。"遂下旨把王守一全家拿下，押赴市曹斩首，并谕文武百官，欲废王后。旨一下，群臣皆惊。闪过司徒赵国公长孙无忌、西台御史褚遂良，同众老臣奏道："王后贤惠素著，中外皆知；王守一赤心为国，谁人不晓。今陛下一旦听信匪言，以'莫须有'[1]三字，即将国舅诛戮而废王后，恐中外闻之，有伤陛下之明，臣等死亦不敢奉诏。"高宗道："王后私造木人，书朕八字，埋钉宫中；王守一在家诅咒朕躬，欲谋大逆，理应正法，卿等何得谏阻？"长孙无忌道："王后与陛下结发元配，岂一旦有此反心，其中宁无奸谋暗算？陛下明见万里，何得即诛国舅而废王后，实为有伤仁政。"高宗见群臣苦谏，无可奈何，下旨将王守一收入天牢，发枢密院张天左、张天右严讯具奏，忿怒退朝。

驾至西宫，武氏接入，问事若何，高宗道："王守一发张天左二人查审，朕欲废后立汝，怎奈母舅长孙无忌与一班托孤老臣再三苦谏，权且忍下，然朕心已定，昭阳之印终当付与汝矣。"武氏暗喜，悄悄差心腹嘱托张天左二人，务必将王守一严审咒圣之恶。二人依旨将王守一极刑拷讯，王守一宁死不招，可怜负屈含冤死于狱内。未知王后后来如何，且听下回分解。

---

[1] 莫须有：宋朝奸臣秦桧诬陷岳飞谋反，韩世忠不平，质问他有没有证据，秦桧回答说"莫须有"，意思是"也许有吧"。后用来表示给人加以根本没有的罪名。

第五回

高宗误信报女仇　杜回忠心救小主

话说高宗自拿问王守一之后，竟不到王后宫中去了。一日，王后亲往西宫来候天子，适高宗却游御园，不在宫内。武氏正抱一岁小公主在宫闲坐，忽报王皇后驾至，武氏眉头一皱，计上心生，即将公主放在龙床，吩咐宫女如此如此，自闪入侧室去了。王后一到西宫，众宫女跪迎，王后问道："万岁爷在宫否？"宫女道："在御园，想必就回来。"王后听了，下辇[1]入宫，至龙床边，见公主啼哭，王后把公主抱起，抚弄一回，等久不见驾回，依旧将公主放下，自回本宫去了。

武氏见王后已去，急忙来至龙床，狠了狠心肠，将公主登时扼死，把被盖好，自己仍旧往侧室去了。少时高宗驾回西宫，问贵妃何在，宫女道："在偏院。"不多时武氏亦回，高宗道："朕女呢？"武氏道："方才吃了乳睡去，此时好醒了。"走至床边，揭开龙帐，假做失声道："不好了！为何公主闷死了？"高宗大惊，抱起死尸，放声大哭。武氏问："何人至此，大胆闷死公主？"宫女道："无人入宫，方才只有娘娘入宫，不许奴婢们通报，独自进宫，好一会工夫就去了。"武氏流泪道："王后，你好狠心！不能害我，即谋害了公主！"高宗大怒道："贱人如此悍恶，杀朕之女，今次必定废之！"即时草诏，谕亲王文武大臣，择次日告祀[2]天地，贬王后为庶人[3]，册立武氏为后。诏旨一下，文武皆惊。

次日，高宗不坐大殿，御太乙殿，武氏垂帘于后，召文武会议。大司徒赵国公长孙无忌、大司空李良等入议。褚遂良道："司徒元老，司空大臣，身命虽重，今日之事，当以死谏。"一同进殿，山呼已毕，高宗宣

---

[1] 辇（niǎn）：皇帝皇后坐的车。
[2] 祀（sì）：祭祀。
[3] 庶人：平民百姓。

谕:"王后失德,谋死公主,不堪以母仪天下,今与众卿共议,废王后为庶人,册立武氏为后,昭告天地祖宗,山川社稷,速选仪文,卿等毋得再议。"褚遂良俯伏在地,奏道:"臣蒙先帝托孤之重,今日愿以死报陛下。王后贤明无罪,中外咸知。先帝临终之时,执陛下之手对臣道:'朕佳儿佳妇,今已交卿,若无大故,不可废也。'先帝虽崩,言犹在耳。今陛下无故一旦废嫡,有伤先帝之灵,臣死亦不敢奏诏。"高宗道:"王后杀朕女,焉得无罪!朕心已定,册立武氏,无得再谏!"遂良叩首流涕道:"陛下即欲废后,另立公卿大夫之女,尽可选立为后,何必册立武氏?且武氏曾经侍过先帝,若立为后,臣恐千秋之后,难逃直笔,将以陛下为何如主!陛下必欲立武氏为后,还陛下笏,乞放归田里。"高宗羞怒交集,无言可答。武氏在帘内大声道:"如此无礼,何不杀之!"长孙无忌道:"不可!遂良乃先帝托孤之老臣,岂可诛辱!"因命左右扶遂良出。高宗遂下诏废王皇后为庶人,贬入冷宫。有诗为证,诗曰:

贤哉元后著芳名,执掌昭阳无改更。
岂知武氏无情算,暗谋生女陷昭阳。
虽有忠臣多谏语,哪能转意听直良。
狐媚尚能偏惑主,至今提起实堪伤。

高宗既废了王后,遂立武氏为皇后,诏告天下,贬褚遂良为崖州刺史,长孙无忌解司徒职,升张天左为左丞相,张天右为右丞相,许敬宗为大司徒。武氏自为皇后,权归掌握,因高宗病目,每坐朝,武氏坐于侧,垂帘御政,时人号为二圣临朝。于是武氏之侄武承嗣、武三思等,俱居显职,横行朝野,政事悉决于武氏,高宗惟拱手听之而已。武氏又差心腹内侍,常至冷宫,打听王后生产,欲行谋害,又发矫旨一道,前往崖州,着褚遂良自尽。可怜褚遂良一个忠直老臣,亦死于武氏之手。

再说王后贬入冷宫,终日哭泣,欲寻一死。又想腹中有妊,不知是男是女,倘或生一太子,也好留传一点骨血,与母报仇,若寻一死,岂不伤了腹中儿命。自解自叹,在冷宫过了数月。这一日到了半夜,腹中忽觉疼痛,两个宫女抚背扶胸道:"娘娘想要生产。"及至五更,王后更加疼痛,不多一时,生下一个太子来了。宫女急忙烧汤沐浴,又取件旧衣包裹太子。王后抱在怀中看了看,止不住流泪,叫声:"苦命儿啊,为母的若不贬下冷官,此时生下你来,文武进表称贺,何等风光!如今在此冷宫,生下你来,还有何人来看视,便比到百姓人家,也不能及他一二。"说罢,不住伤悲。

早有武氏贿嘱宫人报知武氏,武氏道:"王后生太子,休使万岁知道。我想斩草不除根,萌芽又发生,不如将他母子一起杀了,便断后患。"主意一定,就叫宫女悄悄去唤掌宫太监杜回进来。宫女去不多时,杜回来到叩头,便问:"唤奴婢进宫,有何吩咐?"武氏斥退左右,叫声:"杜回,我有一件大事,托你去做。若除得我心腹之患,我当赏你一个大大的美差。"杜回道:"娘娘只要吩咐,奴婢就去做。"武氏道:"王后今生下一个太子,恐万岁知道,复立王氏,并立其子为东宫。此我心腹大患,不可不除。我与你短刀一把,今晚到冷宫,将他母子杀害,回来我赏你两江巡按之职。"杜回闻言大惊,不敢不允,便道:"娘娘吩咐,怎敢有违。"武氏大喜,遂给与短刀。

杜回接刀出宫,暗道:"武氏,你好心狠!既夺了正宫,又要杀他母子,我想怎生救得太子出宫才好。"想了一回,自道:"必须如此如此,方能救得太子。"等至黄昏,悄悄来到冷宫门首。宫女一见,问道:"杜公公,要见娘娘么?"杜回道:"正是。"宫女即与他传报。王后道:"可叫他进来。"杜回入宫,走至床前跪下,叫声:"娘娘,奴婢杜回叩头!"王后道:"夤[1]夜至此,有何话说?"杜回道:"娘娘,不好了!"看见两边宫女,又住了口。王后道:"这宫女是我心腹,有话但说不妨。"杜回道:"可恨武氏闻知娘娘生下太子,将奴婢唤进宫去,给奴婢短刀一把,叫我杀害娘娘并太子性命。"王后一闻此言,吓得魂不附体,便道:"贱妃!我与你何仇,既占我正宫之位,又要害我母子性命!"哭了一声:"儿啊!可怜你方出娘胎,就做无头之鬼!罢,罢,杜回,你既奉武氏之命,速速收我母子的首级去罢!"杜回闻言,吓得汗流如雨,哭道:"奴婢是娘娘旧日手下之人,岂忍加刃于娘娘小主?我杜回此来是要救太子出宫,日后长大,好与娘娘报仇。"王后道:"你果有忠心么?"杜回道:"若有别心,也不对娘娘明说了。"王后道:"你果如此,便是我母子的大恩人了!"

---

[1] 夤(yín)夜:深夜。

忙下床便拜。唬得杜回不住地叩头，说："娘娘，不要折杀了奴婢！"王后起来，向床坐下，又问道："你今救太子出宫，要逃哪里去？"杜回道："奴婢想来，别处却不能容身，惟有抱太子往江夏府中去。老王爷孝恭已死，有殿下李开芳袭职，又系宗室，更有忠心，奴婢抱太子前去，自然收藏。但娘娘方产病体，如何出得宫去？"王后道："只要你救出太子，我死亦无所恨。但宫中四下俱是武氏之人，你如何救得太子出去？"杜回道："娘娘，此时趁夜静，无人知觉，请娘娘来写下哀诏一道，拜托江夏王抚养太子，娘娘再与太子起了名，日后可以报仇。奴婢抱太子从后宰门出去便了，请娘娘以速为妙。"王后遂咬破指尖，写下血书一道，又想了一想，因天明生下此子，就取名李旦，将书封好，付与杜回。又将床中抱起太子，两眼泪如雨下，叫声："我那苦命的儿，才出母胎，就要离别！你的命不该死，杜回抱你出宫，不可啼哭，日后成人，见此血书，如见母面。"叮咛了一番。只见太子面有笑容，并不啼哭。杜回再三催促，王后无奈，心如刀割，将太子付与杜回。杜回接了太子，别了娘娘，竟出冷宫而去。要知端末，再听下回分解。

第六回

江夏王救护真龙　通城虎打奸闯祸

话说王后见太子去了，只哭得死而复苏，遂自缢于冷宫。两个宫女见王后已死，一同自缢而亡。

再说杜回抱了太子，心惊胆战，悄悄出了后宰门，直奔江夏王的府中来。此时已有四更时分，江夏王李开芳尚在宴客未散。你道请的是何人？一位是英王李敬业，此时茂公已亡，敬业袭了父职，本姓徐，当初太宗赐茂公姓李，至今不改。一位是左都御史，姓马名周，乃淮西蔡州人氏，文高北斗，武胜孙吴，十五岁中了解元，十六岁中了会元，殿了第一甲第一名状元，娶有两位夫人，长林氏，次李氏，名唤湘君，勇冠三军，万人莫敌。其时马周年方十九，为人忠直，昔年出征吐番有功，升了西台御史。江夏王此晚请人吃酒，尚未散席，外边杜回来至府门，拾起石头照鼓上打去，鼓声大振。原来亲王的鼓，不是乱打的，非驾崩国变，概不传鼓。当下江夏王正与马周、敬业吃酒，一闻鼓声，忙问何人传鼓，家将回禀是掌宫太监杜回，江夏王吩咐唤进来。

杜回抱了太子，慌慌张张走到殿上，叫了一声"千岁"，看见了英王及马周，便住了口。开芳道："所抱之子是谁，为何暮夜至此传鼓？"杜回道："奴婢因抱此子，不便叩头，求千岁屏去人众，奴婢好讲。"开芳喝退人众，殿上只有敬业、马周。开芳道："英王乃开国元勋，马爷又忠直义士，纵有机密事，皆可与闻不妨。有何大事，你快说来！"杜回道："有正宫王娘娘哀书在此，请千岁一看，便知明白。"开芳接书一看，与敬业、马周一齐大惊，且喜救出了太子。开芳接过太子，仔细一看，不觉泪下。敬业、马周皆泪流，叫一声："千岁，当今圣上听信奸佞，将王后贬入冷宫，又遭武氏谋害，幸亏杜太监一片忠心，救出小主，投奔千岁。千岁当抚养府中，待圣上万岁后，当扶小主正位。我二人愿与千岁共之！"开芳道："日后天子登天，嫡庶之分，理应此子正位。孤当与二位仁兄共佐之，

第六回　江夏王救护真龙　通城虎打奸闯祸

上不负先帝之恩，下不负王后之托。"就叫杜回："你今宫中也回去不得，且藏在孤府中，抚养太子，只说孤大世子李琪所生。待他日后成人，将这血书与他观看，便可与他母亲报仇。"杜回叩谢。开芳叫乳母抱太子进去。到次日假言生下一孙，杳无一人知觉，按下不表。

且说武氏到次日天明，不见杜回回报，心中甚疑。忽见有一宫女来报，说："冷宫王娘娘并两个宫女，俱自吊死宫中。"武氏闻言，又惊又喜。惊的是杜回、太子不知去向，喜的是王后一死，拔去眼中之钉。一面吩咐将王后以庶民礼收殓，一面发旨访拿逃监杜回。自王后一死，武氏心中无所忌惮，高宗一举一动，反为武氏所制。

英王与江夏王、马周，有匡扶唐室之志，上本求为外藩。高宗允奏，下旨令英王徐敬业节度淮阳，出镇扬州，令江夏王李开芳留守西京，西台御史马周为辅。圣旨一下，敬业即日起程，住镇扬州。李开芳留守长安，与马周参赞军务，私图恢复唐室江山，按下不表。

再说两辽王薛丁山生有四子，一名薛猛，乃高兰英所生；一名薛勇，乃高琼英所生；一名薛刚，乃樊梨花所生；一名薛强，乃程金定所生。这四位爵主惟有薛刚性躁，时年十八，生得面如黑漆，体如烟熏，力大无穷，专好抱不平，替人出力，长安城中人人怕他，故此人给他起了一个浑名，叫做"通城虎"。他结交的是越王罗章，胡国公秦海并程统、程飞虎、尉迟青山、尉迟高岭这一般好动的人，终日饮酒射猎，半夜三更或出或入，无所禁忌，两辽王并管他不下。

这一日，薛刚约了众友出城游玩，到晚入城，又在酒店饮酒，呼三喝六，直饮到三更时分，俱已大醉。吩咐家将算还酒钱，一同出了店门，见月色如同白日，都不骑马，步行玩月回府。也是合当有事，远远望见大轿一乘，前呼后拥，喝道而来。薛刚早已看见灯笼上写着"左相府张"，就知道是奸臣张天左，叫一声："众位兄弟，我看张天左这厮，眼大无人，不免乘此给他一个大没体面如何？"众英雄俱有酒兴，皆说道："好！"一齐上前，拦阻大轿，喝道："什么人，擅敢大胆犯夜！"张天左见是这班功勋，连忙下轿，说道："是老夫，在中州侯武三思府中饮酒，不觉夜深了些。"薛刚道："放屁！此时不在府内，黑夜行走，大胆极矣！你今犯夜，律应杖责。众兄弟们，还不快打！只打他犯夜，不管他是不是丞相。"此时张天左有口难分,躲闪不及,被薛刚揪翻在地,程统、程飞虎就抽出他的轿杠来,尽力便打。张天左虽有从人,见是这班功勋,俱各早已躲藏了。众人一齐打了六七十轿杠,只打得张天左扒身不动,只是叫饶,众人方才大笑而去。不知张天左如何回府,再听下回分解。

第七回

程咬金朝房辩论　张天左忍气吃亏

话说张天左被打，叫苦连天，从人们见众功勋去远，方才走出来，扶他上轿回府。且说薛刚与众人打了张天左，一路同行，薛刚道："众位，我们一时高兴，打便打了，须防他明日上本。"罗章、秦海二人道："怕他怎地，哪怕他吃了老虎心、豹子胆，也不敢上本惹我。"薛刚道："他欺软怕硬，不去寻你，定来找我。"程统道："不妨，我弟兄回府，禀知家父，耸[1]出我祖，明日上朝，与他歪缠，包管无事。"薛刚大喜，各自回府。

单说程统弟兄二人回至府中，程万牛、程铁牛老弟兄两个尚在未睡，一见他二人回来，便问道："为何这时候才回来？"程统道："儿早已回来，因路上闯了一场大祸，所以来迟。只怕这祸有些开交不得。"万牛道："闯出甚么大祸？"程统道："是张天左在武三思府中吃酒回来，孩儿与罗、秦、薛刚吃酒，方出酒店，遇见张天左坐在轿内，装腔反道我们犯夜，要锁打孩儿，我们一时不忿，将他拉出轿来，打了他一顿轿杠。只怕他明日上本寻我们。"程铁牛道："他半夜三更在外吃酒，如何反说别人犯夜？你们正该打他。"程万牛道："我想这厮惧罗章是圣上御戚，秦海是天子外甥，他决不敢去惹。他定然要奏两辽王与我们纵子行凶，辱打元宰，到要提防他。不如我同你去对爹爹说知，耸出他老人来，自然无事。"铁牛道："哥哥说得有理。"

二人来至内宅，见了程咬金，禀道："爹爹，两个孙儿与罗、秦、薛刚一班聚饮回来，半路遇见张天左在武三思府中吃酒回家，自己不避人，反说孙儿们犯夜，要锁打孙儿们，谁料这些后生们正在血气方刚之时，竟拉他下轿，打了他一顿轿杠，张天左焉肯干休，明日必定上本。倘然

---

[1] 耸：当同怂，怂恿。

输与他，岂不没了我们功臣的体面？为此孩儿禀知爹爹，怎生设法不输与他才好。"程咬金道："文官不巡夜，张天左不思自己的不是，反来锁打别人犯夜，况我孙与罗、秦、薛刚，皆系功臣之子，武将之儿，理当巡夜，查视皇城，就被后生们打一顿何妨！你们放心，明早我亲自入朝，包管无事。"万牛、铁牛、程统、程飞虎闻此言，俱各大喜退出，各自去睡了。

　　到了五更，文武百官齐集朝房，张天右见张天左行走不便，便问："哥哥之足，为何不便？"张天左把夜来之事一一告诉，"如今只等天子临朝，当面哭奏，以报此仇。"张天右惊讶道："哥哥可晓得罗章、秦海是天子至亲，如何与他做得对头？"张天左道："我已有主意，竟把薛刚为首。"话犹未了，只见左右报道："老鲁王爷临朝。"众文武一齐出朝房迎接。众施礼毕，张天左道："老千岁，今早上朝，却为何事？"程咬金道："老夫特为夜来之事，你今日来是上本不上本？"张天左道："下官正要告诉老千岁，你想身为大臣，谁无相知请酒，如何说下官是犯夜？两辽王之子薛刚及二位令孙，在途以轿杠毒打，如何忍得？老千岁当如何处分？"程咬金道："足下既为宰辅，岂不知大唐律例，王子犯法，与民同罪。半夜三更，在外吃酒夜行，该当何罪？况且中州侯的酒，也是私宴，如何奏得圣上？再这一班人，皆是武将功臣之子，理应巡夜，以防不虞。你今违旨饮酒夜行，又自恃丞相，藐视众人，岂不是你自己寻了一场打来，与众功臣之子何涉？老夫劝你忍耐了罢，你若是定要奏闻，老夫亦当面圣，即以此公论言之，只怕圣上还要罚你一个不是，请自思之。"张天左默默无言，张天右道："哥哥，我想吃亏是小，法令事大，老千岁说的这话也不差，不如忍耐了罢。老千岁也不必面圣，请回府罢。"程咬金道："愿从遵命。"遂起身回府。不知薛刚这班人后来又做出何事，欲知端底，再听下回分解。

第八回

张天右教场受辱　樊梨花堂上生嗔

　　却说薛刚这班人，闻听张天左并不上本，俱备大喜，依旧日日在外游玩。过了一月，这一日薛刚带了家将，骑马往教场中来射箭，行到教场门首，只见许多人役，挤拥不开，薛刚问道："何人在此操演？"家将道："是张右丞相操演御林军。"薛刚闻言，大怒道："又不奉旨，为何私自操演禁兵？不是造反，意欲何为？"遂纵马飞奔演武厅来。张天右在厅上，见薛刚来，料是来看演操。只见薛刚到了厅前下马，飞奔上厅来，张天右忙站起身，才叫一声"三爵主"，早被薛刚将张天右一把扯住，往下一撩，喝令家将绑了。家将一声答应，把张天右绑住。御林军不知何故，齐吃一惊，吓得张天右魂不附体，忙问道："为什么绑我？"薛刚道："反贼，我且问你，你是文官，并不统属武事，如何私自操演禁兵？明有谋反之心！"喝令左右绑去砍了。正在吵闹之间，忽见罗章、秦海、程统、程飞虎、尉迟青山、尉迟高岭走上厅来，忙问何故，薛刚即将他私演禁兵，明有造反之心，故杀之以与朝廷除恶，罗章道："不要杀他，只将他绑打四十，罚他擅自操兵之罪，禁他下次便了。"薛刚道："如此便便宜了他。"吩咐家将用大棍将他重打四十。家将答应一声，将张天右揪翻在地，用力打了四十。打完，众英雄一哄下厅上马，俱往郊外游玩去了。

　　张天右疼痛无比，誓不与薛刚干休，从人扶他上轿，也不回他自己府去，竟到张天左府中来。天左一见，大惊道："贤弟，如何这等光景？"天右道："我与薛丁山势不两立，纵子行凶，也没有纵到这步田地的！"遂把操演禁兵被薛刚殴辱一事，一一说了一遍，"我明日定要入朝上本！"天左闻言，大怒道："有这等事？我和你先去告诉鲁王，明日再入朝上本。"说罢，二人上轿，竟往鲁王府中来见程咬金。

　　程咬金一见，便问天右："公为何尊足有些不便？"天右见问，不觉泪下，就将操演禁兵被薛刚凌辱之事，细细说了一遍，又道："我明早启奏两辽王恃功倚势,纵子行凶,毒打元老,该得何罪?如今还求老千岁公论。"程咬金闻言,想了一想道:"这件事,不是老夫护着两辽王与薛刚,似天右公也有些不是。天右公,你乃右丞相,枢密院自有你文官应办的政事,你又非武职,又不是功勋将代,如何去操演禁兵?且足下又不奉旨,私演禁兵,是何意思?恐其中也不能无不是。"张天左道:"天右即有不是,或是老千岁,或是别的王爷打了,天右也还气得过,这薛刚仗着祖父之力,得了一个爵主,黄毛未退,乳臭未干,如何敢私下毒打大臣?"程咬金道:"这话说得也是,老夫劝你不须上本,我同你去到两辽王府中,叫薛刚赔你一个罪,出了此气何如?若必要上本,足也当自想,私演禁兵之罪,怎好奏知天子?"张天右道:"老千岁说得不差,他果肯给我赔罪,也就罢了。"程咬金道:"既如此,老夫即同行。"

三人遂起身上轿,来到两辽王府,见了薛丁山。礼毕坐下,丁山道:"老千岁同二位贤相降临,有何见教?"咬金道:"老夫因令三公今早打了右丞相四十棍,二相要奏知圣上,老夫于中解和,特同来见贤王。三令公可在府么?"丁山大惊道:"逆子出去,尚未回来,如何打了右丞相?"天左道:"王爷,你还不知三爵主在外横行哩!昨前晚间,途中遇见三爵主,说我犯了夜,把我打了一顿轿杠,彼时我欲奏闻,被程老千岁拦住。今舍弟操演禁兵,令郎说舍弟私演人马,意在造反,要将舍弟取斩,幸亏一班众功勋来到解劝,遂将舍弟打了四十大棍。请问王爷,世上有这等事么?势必奏知天子,因程老千岁再三劝解,特来求王爷一言而决。"咬金说:"不必说了,只叫令郎出来,赔一个罪,便完了这事。"丁山当下惊讶不已,遂骂:"逆子不服父训,如此横行,我哪里知道。"

不料樊梨花站在屏风后听见这些话,心中大怒,遂出来见了众人,行礼已毕,对丁山道:"亏你做了一家主子,如何反说吾儿的不是!吾儿为人正直无私,有甚么不是?你且说来与我听。"丁山道:"夫人,你休来问我,你只问张右丞相就知道了。"不知张天右如何回答,且听下回分解。

第九回

夫人护子亲面圣　薛刚仗义救冤人

　　话说张天右听了樊夫人之言，遂近前道："夫人此言，一发奇了，难道说令郎该打我四十棍吗？"樊夫人道："该打的！你是文官，又非武职，如何去操练禁兵，其中就有可打之道！"天右道："我就该打，自有千岁、王爷，令郎如何私自打我元老？"樊夫人道："乱臣贼子，人人得而诛之！况我儿乃功臣之子，打你何妨？你不知情，还要上本，就去上本，何能害我！程千岁，你也年纪老了，亏你说赔罪的话，叫我儿赔何人的罪？"咬金道："这是老夫见不到处，失言了。"天左、天右道："既然如此，明早奏知圣上，自有公论。"遂忿忿出府而去。丁山道："夫人，你今护此逆子，他若启奏，我却不管。"樊夫人道："你既不管，待我上朝去分说。西凉若没有我，只怕此时还不能平哩！如今太平无事，就用不着我了，我就不得朝见天子吗？"咬金道："老夫明天也要上朝，在朝专候夫人了。"说毕，也自回府去了。

　　次日五更五点，樊梨花备轿上朝，咬金及文武朝臣，纷纷齐至。不多时，高宗临朝，文武山呼已毕，高宗看见程咬金、樊梨花，便问道："老功勋与镇国夫人亲临朝内，有何事情？"二人奏道："因右丞相有事，故来朝见。"高宗便问："张天右，有何事情？"天右俯伏奏道："臣因思陛下久未巡狩，恐一旦乘舆出幸，御林军日久不演，恐难保驾。因此昨日在教场中操演，被两辽王三子薛刚抢上演武厅，将臣绑了，道臣私演禁兵，竟欲加诛，幸得越王罗章同众功勋再三解劝，将臣捆打四十。痛臣身居右相，为陛下股肱，薛刚何得目无国法，毒打大臣？两辽王纵子行凶，有干典律。只求陛下与臣做主！"

　　樊梨花道："陛下明并日月，张天右身居文臣之首，统领百僚，举贤佐理，辅治仁政，乃他分内之事，又非祖荫生，又非元戎武职，又不奉陛下明旨，私行操演，心怀谋逆。臣子薛刚，秉性忠直，难容奸过，将他捆打，正为陛下禁戒乱臣之子，只求陛下详察。"

高宗沉吟半晌，叫一声张天右道："御林军乃朕禁兵，自有众功勋演操，与你文官何涉？私演禁兵，其意可知，四十之责，代朕儆戒，可为不差，可为忠直。镇国夫人及程老功勋，以后凡有不奉朕旨，私演军兵者，即行诛之，以儆乱心。"樊梨花谢恩，张天右恨恨而退，高宗退朝，众皆回府。

且说薛刚闻知天子之言，心中大喜。过了半个月，这一日又带领家将在外游玩，从府尹衙门经过，只见有几百人围着个二十来岁的妇人，那妇人肩背上背着一张哀单，流泪求化，遂吩咐家将，叫那妇人过来。那妇人来至马前，不住地啼哭。薛刚道："你是何方人氏，为何在此流泪求化？"

那妇人叩了一个头道："爷爷，小妇人杨氏，丈夫薛义，乃山西绛州人，带妾至京，投亲不遇，回乡不得，卖身于张太师府，得他身价银三十两，到手用完。张太师见我年少，心起不良，我誓死不从，即将我丈夫发与府太爷，立追身价银五十两。可怜我丈夫在狱，三六九追比，看看打死。小妇人无奈，只得在街上哀求爷们求助分厘，完纳身价，以救丈夫。"薛刚道："你丈夫姓薛，我也姓薛，又同是绛州人，五百年前同是一家。你不必啼哭，待我救你丈夫出来。"说罢，遂进了衙门，见了府尹余太古道："太守公，因有一敝同宗受屈公庭，特来奉恳释放。"余太古道："贵宗何人，所为何事？请道其详，下官即当释放。"薛刚道："敝同宗名唤薛义，被张天右所害，发在台下追比身价，只求太守公释放，所追银两，弟当奉纳。"余太古惊道："薛义乃张太师家人，如何是三爵主的贵同宗？"薛刚道："先祖乃绛州人，此人亦绛州人，论起来原是一家。弟方才在途中见其妻杨氏哭泣哀求，因张天右欲淫彼，不遂其心，故将薛义发到台下，追比身份银五十两。弟心不忍，无非救困救危之意，请太守公即行释放，身价银弟即完纳。"太古道："原来如此，身价银下官也不敢要，情愿捐俸缴完张府，薛义爵主领去就是了。"遂吩咐衙役，把薛义带进来。

不多时，薛义进来跪下，太古道："你好造化，此位是两辽王第三位爵主，因见你妻在街啼哭，问其根由，来与本府说知，替你还了身价，救你性命。这就是你的大恩人，还不磕头谢恩！"薛义闻言，连忙膝行上前，叫道："恩主爷爷！"薛刚起身，一把扯住道："不必如此，此乃小事。你且同我去，自有好处。"薛刚遂作别府尹，上马出了衙门。

一出头门，杨氏看见丈夫已放出来了，不胜大喜，忙忙跪在马前磕头。薛刚叫他起来，遂吩咐家将，唤一乘轿子，抬了杨氏，薛义步随了轿子，竟向两辽王府而来。到了门首，吩咐家将左近出两间房子，与他夫妻住下，又取白银百两与薛义道："你且拿去盘置几日，待我弄一个官儿与你去做。"薛义忙叩头道："目今蒙恩主救全蚁命，已属万幸，如何还敢望与小人谋干前程？此恩此德，何日能报！"薛刚道："乃小节之事，何必挂齿！你须在外等待几日。"说毕，遂进内去了。未知如何，再听下回分解。

第十回

贫汉受恩得武职　官民奉旨放花灯

　　话说樊梨花见薛刚回来，便问道："今日有何事情，你这般欢喜？"薛刚道："母亲有所不知。今有山西绛州族中，于爹爹叔侄之称，于孩儿同辈，名叫薛义，贫苦异常，携妻特来投奔爹爹，谁料爹爹竟不念同宗之情，不惟不肯提拔他一把，连面也不容他见。孩儿今日在路遇见，将他带回府来，叫他暂住在外边。孩儿特来与母亲商议，我想我家有几个世袭的总兵前程，让一个与他去做，也见得宗谊之情，使他感激。大哥薛猛是应袭王爵，不消说起，二哥与孩儿并四弟等应袭总兵，尚未就职，孩儿的总兵愿让薛义。母亲可做主，移文上兵部，四弟年尚幼小，未可为官，只把二哥名字并薛义顶了孩儿名字，开名送部，遇缺即补，况二哥在家无事，也乐得去做做官。母亲在爹爹面前，只说开二哥名字到部，千万不可说出薛义来。"樊梨花道："此乃我儿一片好心，我依你便了。"
　　这樊梨花他能知过去未来之事，岂不知这薛义是张天右的家人，薛刚在京兆府中救出来的？他因这薛刚乃九五星杨凡转世，特来报前世之仇，要杀尽薛氏满门，以此樊夫人诸事都一一顺他，想要解冤释仇，却不知前世之仇深了，如何解得开？这才是"有债有仇方成父子，无缘无怨不是夫妻"。
　　当下樊梨花与丁山说知，就开了薛勇并薛义名字，送部候选。过了一月，就出了两个总兵缺，一个是盗马关总兵，一个是泗水关总兵，把薛勇补了盗马关，薛义补了泗水关。命旨一下，薛刚即与薛义料理周全，薛义并妻子拜谢了薛刚，自往泗水关上任去了。再说薛勇拜别父母兄嫂，带了夫人邵氏，自往盗马关上任去了。当下薛刚打发了薛义，送了他二哥起身，完了公事，依旧同这一班功臣子弟，在外玩耍。

第十回　贫汉受恩得武职　官民奉旨放花灯

残冬已过，又到新正[1]，将进上元佳节，天子旨下京兆府及金吾等衙门，告谕长安居民百姓，今年都要搭灯棚，广放花灯，庆贺太平，其余王公侯伯、文武百官各衙门首，俱要搭过街灯楼，大放花灯，自十三日起至十七日止，通宵彻夜与民同乐。长安城向来花灯极盛，与别处不同，如今高宗在位三十余年，烽烟不举，天下太平，又奉旨大放花灯，四方哄传，比往年更胜几倍。至十一日，大街小巷百姓门首，就都搭起灯棚来了，其余王公侯伯文武百官门首，俱叫奇手巧工搭造五彩灯楼。及至十三日，乡间男女百姓并三教九流人等，纷纷都来长安看灯，长安城内比常更多了数万人，纷纷嚷嚷，好不热闹。

又兼正月十五日是兴唐开国鲁王程千岁的百岁寿日，那天下大小文武官员，都差人齐至长安，要赶上正月十五日给程千岁送上寿礼，更加热闹。你说外官如何都给他送礼？只因他乃开国功臣，兴唐大将，历保三帝，荣加九锡，出入建天子旌旗服色，只减天子一等，就是高宗，也差内官代为庆贺，其时鲁王府中，自十一日早已门前搭起一座御赐百岁金牌坊，又搭五色彩缎灯楼，装成八仙上寿、王母蟠桃故事，都用白玉金银珠宝穿扎，奢华夺目。到了十五早，巡城御吏及金吾等衙门，知道天下差官送礼的多在城外作寓，发锁匙三更就开了十个城门，以便天下送礼官好赶上上寿。每年天子受百官上元朝贺，有规矩是五更，如今早了一个时辰上朝，让五更等百官与鲁王上寿。鲁王这一日坐了银安殿，手执御赐八宝玉如意，左右列二十四个美女，乃是高宗赐与为晚年之乐，越王罗章、两辽王薛丁山这一班功臣子弟，并亲王宗室大臣，都来银安殿庆贺拜寿，程咬金俱回以半礼，二子诸孙代为拜谢。其余文武百官俱在殿下，排至端门外，总拜庆贺，自五更直闹至日午，方才安净。

程统、程飞虎不消说没工夫，不得出来看灯，就是罗章、秦海、尉迟青山兄弟，都在府中替鲁王料理事情，哪里得闲看灯。惟有一个薛刚，乃是好动的人，随他父上过了寿即回府，一时心急，遂等不到日落，即带了家将，步行出府，到各处去看灯。未知如何，听下回分解。

---

[1] 新正：新年正月。

第十一回

彩灯下踢死皇子　御楼上惊崩圣驾

话说薛刚性急，未到日落即出王府，带领家将沿街看灯。灯棚尚未点灯，薛刚见没甚好看，竟上酒楼上吃酒。自己遂开怀畅饮，直吃到月上东山，方才叫家将算还酒钱。出得店门，早已灯火满街，换了一番世界，轰轰烈烈，把一座长安城，竟变就了一个灯市。男男女女，老老幼幼，若村若俏，或行或止，纷纷嚷嚷，挨挨挤挤，都出来步月观灯。且说那鲁王门前的灯，是八仙上寿、王母蟠桃；越王门前的灯，是八蛮进贡；两辽王门前的灯，百兽灯中挂麒麟灯；江夏王门首，是百鸟凤凰灯；胡国公门首，是八仙过海灯。其余各亲王大臣门首，俱是稀奇故事灯。皇城内花灯尤其更盛，五凤楼前，搭起一座彩山灯，高有六丈，俱用五色彩缎扎成，顶上用黄金瓦，四面俱以珍珠白玉砌成，中间挂一金龙灯，以金钱扎成龙鳞，周围张挂外邦所贡奇珍宝玩珠灯，何止几千盏。正面黄金匾上，用明珠穿就四个大字："万国同春"。一副对联，也是珍珠穿的，左是"四海咸宁万邦俱载皇家历"，右是"山河永固兆民尽享太平春"。高宗与武后幸五凤楼上观灯，太子李显及二三四五六七几位皇子，都在五凤楼下坐着观灯。左右内侍，手执红棍，因与民同乐，不禁百姓行走观看，只不许喧哗。到了三更时分，看灯的男男女女、公子王孙，比前愈多，挨挤不动。

话说薛刚在外城看了，又到酒肆中畅饮大醉，入内城来。五凤楼街上，人都挤塞满了，此时人山人海，灯影下谁认得是薛三爵主，任他喊叫，并无人让路给他。他乘着酒兴，抡起两拳，向人丛中乱撞乱打。拳头如同石头，被打的人不是头破血流，就是筋断骨折。看灯的男男女女，大喊起来，四下乱跑。人多得紧，一时如何跑得及，前边一个跌倒，后边便压倒。许多人也不管有人倒在地上，那人就在人身上乱踏过去，也不知踏死了多少人，叫苦连天，喊声大震。

第十一回　彩灯下踢死皇子　御楼上惊崩圣驾

　　高宗大惊,传旨何等人行凶打路,速拿正法。下边就有第七皇子李昭,领众内侍穿过彩山灯来查问。人拥如潮,哪里去查?七殿下大怒,喝令内侍用棍打开众人。喝了一声,苦了这些看灯的众人,全无躲闪,死者甚多。只见薛刚抡开两拳乱打,那些百姓一齐喊道:"两辽王家三爵主通城虎打死人了!"众内侍抡棍齐奔薛刚。薛刚大喊一声,一把抓住了一个内侍,提过来,抓住两腿,一分两半,一手提着一支死腿,乱打乱舞。众内侍一齐惊喊倒退,不料把七殿下挤翻在地。薛刚此时红了眼,也不管是谁,提脚便踢,偏踢中了七殿下肾囊,登时气绝。众内侍大喊道:"不好了,薛刚打死七殿下了!"高宗在楼上听见这话,唬得魂飞魄散,往下一看,谁知众宫女靠在栏杆上势重,栏杆脱了,众宫女与高宗一齐跌下楼来。未知性命如何,且听下回分解。

第十二回

武后下旨拿薛族　薛勇修书托孤儿

话说高宗一跌下楼来，众臣救驾入宫，武后即发旨，速拿薛刚。此时薛刚酒醒，方知踢死皇子，心中着急，两手提着两根人腿，往人丛中打开一条血路，料难回府，也不顾父母兄弟，便一溜烟就逃走了。此时各衙门都得了报，俱差人擒拿凶手。鲁王府中那些功臣，正在饮酒，一闻此报，个个大惊，这是抄家灭族之祸，谁敢来管？金吾等衙门一面发令："速闭城门，不许放走薛刚！"城门上正待要闭，怎得那人千人万，人山人海，一齐俱要出城逃命，十分拥挤，门军取棍乱打，如何打得开，薛刚来至城门首，见城门未关，遂夺了一根大棍，打开血路，夺门而走逃命去了。

再说高宗因惊破了胆，又跌坏了身，救治不痊，崩于内庭，在位三十二年。武后悲怒交集，命中州侯武三思点兵三千，围住两辽王府，捉拿叛臣一门家口。这件事关系叛逆，谁敢保救！武三思统兵来至两辽王府，四面围住。此时丁山在府，已经闻知此事，正在惊慌，樊梨花正回想，当初在西凉白虎关，执意要斩杨凡，今日抄家灭门，由此而起，大限已定，岂能逃避！此时大爵主薛猛的夫人张氏，生有一子，取名薛蛟，都在府内。惟二爷薛勇，在盗马关做总兵，四爷薛强，正月初往太行山进香，俱不在府内。当下武三思统兵入内，逢人便捆，自丁山夫妇拿起，直至家丁女婢而止，尽行捆拿，解到午门。

三思入宫启奏武后道："逆臣薛丁山一门家口，共有三百八十五人，尽皆拿到午门，所有家财已经封贮。其薛刚、薛强逃走，薛勇现做盗马关总兵，可差官去拿。"武后道："把薛丁山一门囚入天牢，候拿到薛刚、薛勇、薛强，一同正法。"一面发旨，传示天下，画影图形，捉拿薛刚、薛强，拿获者赏千金，封万户侯，隐藏者一经发觉，与反叛同罪。一面大殓高宗，一面差兵部侍郎李承业，前往盗马关拿薛勇家口。一面着文

第十二回　武后下旨拿薛族　薛勇修书托孤儿

武大臣扶太子李显即位，改元咸亨，号为中宗，发哀喜二诏，颁行天下，然后于柩前举哀，尊母武后为皇太后，立妃韦氏为皇后，择日将高宗葬于乾陵。

一日，中宗临朝，张天左、张天右奏道："薛丁山纵子行凶，踢死七殿下，惊崩先帝，罪同叛逆，伊父薛仁贵夫妇之棺，葬于白虎关白虎山，合行发其坟墓，挫其尸骨，以正大逆之典。乞陛下发旨。"越王罗章忙出班奏道："两辽王父忠武王薛仁贵，功高山岳，保先主太宗跨海征东十二年，建立奇功百余件。休说别的，只说太宗被盖苏文困在海濡之中，太宗有言：有人救得唐天子者，情愿让他做君我做臣，万里江山平半分。其时仁贵单骑救驾，力退辽兵六十四万，跪于海岸，求太宗赦罪。彼时太宗哪一件不赦，甚至掘皇陵、杀皇亲这等罪，也都开赦。如今薛刚做此大逆，固当赤族之诛，但与忠武王之坟何涉？臣闻仁者加刑，不及枯骨，求陛下赦之。况伊婿窦必虎封平西侯，现掌大兵四十万，镇锁阳城，若下旨去开忠武王之坟，彼妻薛金莲乃忠武王之女，万一激变，为患不浅，乞陛下思之。"罗章这话激切，细述仁贵大功，正该罪在薛刚一人，隐隐保救丁山一门之意。就是中宗心内，也欲赦丁山一门，却被武后做主没法，只得说道："当初仁贵之大功，朕岂不知，今日焉有掘坟之理？"罗章道："此乃陛下洪恩，忠武王九泉之下，亦感恩不尽矣。"

张天左二人入宫，暗奏武后道："新君柔弱，太后付以天下大任，恐不能守，乞太后早为定议。"武后道："国遭新丧，难以即废，尔等从容待之。"自此二人常在武后面前言中宗的过失，却说武后有一件毛病，一夜也少不得风月欢娱，自高宗崩后，日召大臣宿于内庭，这且不表。

单说盗马关总兵薛勇，一日得报知薛刚踢死皇子，惊崩圣驾，自行逃走，父母兄嫂一门，尽行拿住，囚入天牢，又差李承业来拿自己，离关只得八十里了。见报大惊，火速退堂入内。夫人抱着一岁幼子薛斗，见薛勇面目失色，便问何故，薛勇道："不好了，全家性命不保了！"遂把薛刚之事说了一遍，"今又差兵部侍郎来拿我，我想到长安，岂能保全！"说罢夫妇相对而哭。闪过家人薛虎，泣道："三爷造此大罪，老千岁阖府囚入天牢，老爷又举家备拿，此去长安，倘有不测，岂不绝了薛氏宗嗣？老爷可将公子交与小人，先行逃遁，日后已可以传宗接代。"薛勇道："此言有理,姑丈窦必虎镇锁阳城,待我修书一封,抱公子前去投他。"邵氏道:"这事情罪大如山,律除三族,倘朝廷也要拿他,却怎处呢?"薛勇道:"不妨,我姑丈为平西侯,掌四十万兵权,管辖西域一百余国,通贡大都,朝廷如何敢去惹他?"邵氏道:"既如此,速修书。"薛勇收泪修了书,付与薛虎。邵氏抱着薛斗,泣道:"母子今日分离,想难再见,专望你日后重整薛氏门楣,我死在地下,也得放心!"二人哭哭啼啼,难分难离,又恐天使一至,不能脱逃,不得已,将薛斗抱与薛虎道:"存孤恩大,我死在地下,亦感汝之恩!"薛虎接了公子,拜别出府,往锁阳城去了。再看下回分解。

第十三回

小神庙薛强遇师　大宛国公主招夫

再说李承业一到盗马关,开读诏语,当堂即拿了薛勇,其余家人都已逃散,只拿他夫妻二人,囚解长安而去。

且说薛强与四个将佐,在太行山进了香,正回长安路上,闻听薛刚大闹花灯,踢死皇子,惊崩圣驾,一门尽被拿入天牢,又在盗马关拿了薛勇,不久尽行杀戮,单走了薛刚、薛强,诏颁天下,画影图形,捉得十分紧急,薛强一闻此信,唬得魂飞魄散,一句话也说不出来,家将道:"四爷若回长安,必受其祸,不如逃走为妙。"薛强道:"三爷造此大罪,一门受戮,我要独逃,何忍父母受诛?不如前去长安,同父母一死。"家将道:"此言差矣!若回长安同死,岂不绝了千岁的后代?不如逃避,也好传宗接代。"薛强道:"此言有理,但你四人同行,未免着人动疑,只好分路,各自逃走。"四人听了此言,无奈只得分路而去。

且说薛强往雁门代郡而逃,果然遍处画影图形,捉拿其急,不敢从大路而行,只向村僻小路而逃,正行之间,忽然阴云四布,下起雨来。并无人家可躲,只见土岗之下,有一座坍塌破庙,隐隐有"小神庙"三字。入庙见四下无人,便倒身下拜,叫声:"神圣,我薛强今日遭此大难,父母一门,尽囚天牢,我逃难至此,但愿神圣庇佑,得脱虎口,有处安身,日后重整家声,情愿重修庙宇,再塑金身!"祝毕,站起身来。不想神后跳出一个人,双手把薛强抓住,喝道:"好大胆,外边画影图形,正要拿你和薛刚,今日我先拿你去请赏!"薛强大惊,把那人一看,原来是个道人,忙叫:"道人,你当真要拿我去么?"道人笑道:"贫道特有话与你说,在此等你多时,前言相戏耳。我乃终南山林淡然大师门人,兴唐魏国公李靖便是。"薛强闻言,下拜道:"原来老师就是兴唐魏国公。请问老师,在此等待薛强,有何吩咐?"李靖道:"我今劝你,不必埋怨薛刚,这也是前世之仇。但新君不久废黜,大唐天下属于女主,日后灭武兴李，中兴皇唐天下，还在薛刚与你。今日贫道特来送你一个所在，完你宿世姻缘。日后威镇山后，独霸一方，等有了亲丁十二口，方可归保太极上皇光明大帝临凡的真主，重整李氏江山。紧记吾言，速随我来。"看官，你道这大帝临凡的真主是谁，就是高宗元配王皇后所生的太子李旦，隐在江夏王府中的便是。

当下出了小神庙，李靖袖中取出一方帕子，铺在地上，叫薛强坐于帕上，盼咐闭了双眼，口中喝声道："起！"一声响亮，腾空而起。薛强紧闭双眼，身若浮云，顷刻间，不知过了多少路。又一声响，落于平地。薛强开眼看时，不见了李靖，却是荒郊野地，把帕子一看，却是一块石板。但不知此处是何地方，远远望见有人而来，穿的衣服另是一样，头发扎着六股结，遂上前问那人道："请问这里是何地方？"那人道："这里是大宛国，那边就是国王住的城池。看你打扮，像是中国人，为何来此？"薛强道："家父经商外邦，久客未回，寻访至此。"那人道："你父既是客商，必在城内，可入城去问。"薛强别了那人，竟往城内而来。行不数里，已入城中，只见人烟凑集，街市热闹。当下投了旅店，吃了晚饭，安眠一夜。

到了次日天明起来，用过早饭，遂走出店前。见行路之人，都打扮得齐齐整整，一队队一阵阵，如蚂蚁一般往来。薛强问店主："今日街上为何如此热闹？"店主道："小爷，你初到此，所以不知。我这国里的国王，生了一个如花似玉的女儿，名唤九环公主。七岁能文，又善用兵，手使一杆梨花枪，枪法精奇，各邦咸服。今年长成一十七岁，国王要与他招一个驸马，公主说：'姻缘原是天定。求父王在教场中搭一座彩楼，待孩儿择日上楼，对天拜祝，抛球定婿。不论外邦本国，也不论相貌丑俊，即招为驸马。'国王依言，发旨在教场搭一座彩楼，择定今日，公主在楼上抛球招驸马。这些人都打扮了到教场去，俱是想做驸马。小爷你也该教场中去看看热闹。"薛强道："既如此，我就去看看。"遂起身出店，直往教场而来。未知何如，请看下回分解。

第十四回

教场中神佑良缘　　金銮殿夫妻交拜

　　话说薛强出了店门，见路上行人，俱是往教场中去的，遂不用问路，跟了众人，直到了教场中，四下一看，见那些人，也有外邦，也有本国，俱是奇形怪像，薛强暗笑道："这些人，公主肯招为驸马不成！"又见那座彩楼，搭在教场正中，俱是用彩缎扎成，单上留出一方月亮祠。

　　这公主今日正在楼上沐手焚香，下拜祝告道："我孟九环今日午刻在楼上抛球招亲，以完终身大事，惟求过往神圣，但愿球打有缘人，以完宿世姻缘。"祝毕起身，步至月亮祠口，往上看，日当正午；往下看，人山人海，公主遂双手捧了斗大的绣球，往楼外只一抛。这球转东转西，再也落不下来。

　　看官，你道这是怎说，只因这大宛国公主孟九环，乃是上界寿长星临凡，该配与天猛星薛强。这球一抛空中，值日神早已接定，走东走西，寻找天猛星。下边千万人呐着喊，齐齐仰面上看，球到东，挤到东，球至西，挤至西，人人伸着手，俱要接这绣球。谁想这球偏偏落到薛强头上，薛强一伸手接住绣球。前后左右的人，一齐来抢，薛强喝道："天赐良缘，绣球是我接着的，谁敢来抢！"只见彩楼下跑出百十兵役，打开众人，来至薛强面前，见他手捧绣球，齐声喝彩："好一位驸马！可是中国人？尊姓大名，一一说明，便于启奏，入朝成亲。"薛强道："我是中国山西绛州龙门人氏。说起来料贵邦也必知道，我祖乃先皇太宗驾前官拜平东安西开国两辽王、天保白袍大将军，姓薛，名仁贵；我父征西大元帅、世袭两辽王名薛丁山。我兄弟四人，长兄薛猛，二兄薛勇，三兄薛刚，我是薛强。"兵役道："原来是天朝白袍将之孙，征西大元帅之子，足堪以配公主。请问为何来此？"薛强把薛刚大闹花灯，踢死皇子，惊崩圣驾，一门被囚，自己脱逃，路遇李靖，送他至此，一一说了一遍。禁兵便传奏上楼，公主吩咐送薛强馆驿住下。

公主自己入朝，奏知薛强始末。国王闻言大喜，吩咐即日大排喜宴，令文武百官去迎请驸马入朝与公主完婚。众官到馆驿，迎薛强入朝见国王。国王见薛强面如傅粉，仪容威丽，心中大喜，即令换了吉服，让坐进茶。又命侍女扶公主出殿。二人先拜了天地，次拜国王国母，然后夫妇交拜，拜毕，送入洞房。外殿国王大宴文武百官。这薛强在宫内与公主饮宴之时，把公主一看，真是如花似玉，心中甚快。公主也看薛强容貌不凡，十分欢喜。宴罢，入锦帐中共成云雨之乐，不必细述。自此薛强安心住在大宛国。但未知薛刚当日如何逃避，请再看下回分解。

第十五回

卧龙山两雄交斗　聚义厅双人配合

　　话说通城虎薛刚自正月十五夜大闹花灯，踢死皇子，从人丛中打出长安，过了潼关，望河南一路奔逃。走到徐州地方，忽见一座山岭，十分险峻，只听得一声锣鸣，出来了百余喽啰，齐声喝道："留下买路钱，方许过山；若说半个不字，立刻叫你丧了性命！"薛刚道："银子尽有，只怕你们没福得我的。"遂把双腿一纵，把一个喽啰劈面一拳。那喽啰叫一声"不好"，便仰面后倒。薛刚遂拾起那喽啰的哨棒，身子一进，不论前后左右，一齐乱打，打得些喽啰叫苦连天。

　　内有一个喽啰，奔上山来，报于女大王道："山下来了一个黑脸少年，十分凶恶，打死多少喽啰，还说要上山拿大王哩！"女大王闻听大怒，遂提刀上马，跑下山来。薛刚举目一看，只见来了一员女将，生得玉貌花容，蛾眉杏眼，宛如西子再世，心中想道："不信世上有这样美女，做强盗头儿。"女大王把薛刚一看，只见他面如锅底，环眼豹头，恍若文坛临凡，暗暗喝彩道："此人非王侯之位，不足以处他，但观其气色，目下欠利。"原来这大王精于风鉴，当下见了薛刚，早有三分喜意。薛刚喝道："来的女子，可是贼头么？"女大王道："黑汉哪里人氏，通下名来！"薛刚道："女子，若通名与你，也辱没了我。"举棍便打。女大王把刀来迎，两下一来一往，斗了有六十回合，不分胜负，各人暗暗喝彩。薛刚喝道："且住，杀了半日，不曾问你，你是何方人氏，可有父母兄弟在此落草么？"女大王笑道："方才问你名姓，不肯通说，如今，倒来问我，我却对你说。我姓纪名鸾英，乃湖广房州黑龙村人。父亲纪德，自幼在此山中落草，不生男子，单生我一人。三年前父母俱亡，我便做了寨主。你是何方人氏，也须说来。"薛刚便道："若我通出名来，只怕你唬掉下马来。坐稳些，听我道来：我祖居山西绛州龙门县人，官居开国天保大将军、平东安西两辽王薛仁贵是我的祖，征西大元帅薛丁山是我的父，一品镇国夫人是我的母。我乃三爵主薛刚、浑名通城虎便是。"鸾英道："原来是三爵主吗？"遂滚鞍下马，说："请爵主上山。"薛刚想到："我就上山，怕他怎么！"遂上马同鸾英上山。

进了木城寨，到了聚义厅，一齐下马，二人见了礼。吩咐大排筵席，左右二桌，左一桌请薛刚坐下，右一桌鸾英相陪。饮酒之间，问道："三爵主尊庚多少，曾有妻否？为何至此，今欲何往？"薛刚道："我今年十八岁，尚未定亲。因正月十五夜酒后大闹花灯、踢死皇子，逃出长安，独行至此。"鸾英道："爵主既造下此罪，朝廷定然四下捉拿。就有去处，路上亦甚难走，我有一个愚见，但不知爵主肯否？"薛刚道："有何见教，无不从命。"鸾英欲言又止，满面通红，说道："且住，更了衣再来奉告。"遂起身闪入寨后，便叫了一个喽啰头进去，吩咐道："我今年已十七岁，尚无配合，不为了局。今看薛刚出身大族，武艺非凡，若再错过，从何而择！你去外边，与他说知。他若应允，山寨中又有了主了。若说成了，重重有赏。"

头目领命而出，叫声："爵主爷，恭喜恭喜！"薛刚道："喜从何来？"头目道："大王唤小人进去，非为别事，欲与薛爷共偕白发。小人看薛爷英雄，非大王不可以匹配，正所为宿世良缘。今日之事，不可错过，只须薛爷一允，即便成亲，奉为山寨之主。"薛刚闻言想道："此女武艺高强，又姿容美丽，况我无栖身之地，不如允其亲事，且在此住下再作计议。"便道："既承寨主美意，岂敢推辞！请传言寨主，愿结婚姻。"头目入内禀知。

鸾英大喜，吩咐寨中张灯结彩，大排喜筵，二人同拜了天地，结成夫妇。当下合山喽啰共有三百余人，都来参见新寨主，俱赏喜筵。他夫妻二人合卺[1]于寨中，被底欢娱，不须细述。

过了十余日，薛刚差了一个精细头目，上长安打听父母的消息，一面把山寨修筑，设立关隘，以防不虞。未知后来如何，欲明端底，再看下回分解。

---

[1] 合卺（jǐn）：成婚。

第十六回

弃亲子薛蛟脱祸　废中宗武氏专权

话说李承业在盗马关拿了薛勇夫妇，解至长安，与薛丁山一同囚入天牢。此时鲁王程咬金与一班功臣，谁不欲救薛氏一门，怎奈这罪在不赦，谁敢多言，只好纳闷于心，指望中宗恩赦。在中宗亦有赦他之意，奈武后甚怒不息，又兼张天左、张天右等在武后面前唆奏，这且不提。

且说江淮侯李敬猷，知中宗实有欲赦薛氏一门之心，怎奈武后必要杀尽薛氏一门，又有一班权臣唆奏武后，武后竟有废帝之意，若帝一废，薛氏一门焉能得赦？薛刚虽造此大罪，一门被戮，怎忍他世代忠义功臣，竟做了覆宗绝嗣？我如今如何设法，救了薛猛三岁之子薛蛟出牢，日后也好与他薛氏传宗接代。左思右想，无法可救，只是叹息。想了半日，忽然把桌一拍，道："要存薛氏之孤，须得一个三岁的小儿，到天牢暗行换出薛蛟方妙。况我又无多子，只得两个孩儿。长子孝德，五岁上在花园中被妖摄去，至今并无下落。次子孝思，今方三岁，虽与薛蛟同岁，但是独子，如何可去换他出牢？不绝了我自己的后代！"想了半日，忽然叹道："罢，罢！若惜吾子，焉得救出薛氏之后？况我哥哥敬业，现有三子，尽可传宗，何用孝思！"主意一定，抽身入内，吩咐乳娘道："我晚上要抱公子出去玩耍。"乳娘应诺。原来敬猷夫人生下孝思，产后身亡，孝思就交付乳娘抚养。

到了天晚，敬猷叫了几个心腹家人跟随，吩咐备马。取了一个竹笼，敬猷抱孝思纷纷泪下，不得已放在笼内。那孝思也不啼哭，昏昏睡去，外人竟看不出来。家人背了竹笼，敬猷上马，出府往天牢而来。到了初更，已至牢门。敬猷下马，家人到牢门口道："江淮王来查监哩。"狱卒忙报狱官，狱官火速开门跪迎。敬猷入内，吩咐狱官："钦犯在牢，不是当要，速闭牢门，尔等小心看住牢门，不必伺候。待本爵入内，挨次查点。"狱官连声答应。敬猷同家人掌灯，故意查点牢犯。原来薛丁山一门，共有三百八十五口,却不做一处拘禁,分为四牢,四牢之中,又分开四下监禁。敬猷知薛猛夫妻囚在星字号监房,查将进去。到了星字号监房门首,只见外面都是木栅,栅门上加三道封皮,当中只留一方洞,传送饮食,故此敬猷进去不得。来至洞口,连呼大爵主数声。薛猛与妻抱着薛蛟,正在啼哭,忽听有人低唤,便问是谁,敬猷道:"我江淮侯在此,快来有话商议。"薛猛忙至洞口一看,便叫:"大人,黑夜至此,有何见教?"敬猷道:"尊府一门被囚,我等众功臣皆欲保奏,奈武后怒气不消,无门可救,倘有不测,何人传接薛氏宗嗣?所以下官悄地来救令郎出去。"薛猛道:"大人,牢中紧急,如何救得小儿出去?即使救出,明日武三思来查,不见小儿,追问起来,岂不累及大人!"敬猷道:"实不相瞒,小儿孝思,与令郎同是三岁,无人认得。我特将小儿至此,换令郎出去,着小儿替其一死。快把令郎送出洞来换去!"薛猛道:"大人,此言差矣!大人若有多子,仗义存孤,来换小儿,也还使得。今大人只此一子,来换小儿,难道薛氏宗嗣不可绝,大人倒可以无后么?"敬猷道:"我年纪尚未老,还可再生。爵主不可延迟,快快换出来,若被人知觉,反为不美。"薛猛道:"如此说,大人之恩,天高地厚!我薛猛生生世世愿作犬马图报。大人请上,先受我夫妇一拜!"言罢,夫妇在内跪拜。敬猷道:"休拜,休拜,以速为妙。"薛猛夫妇拜罢,将薛蛟从洞内递出,敬猷抱了,家人启竹笼,抱出孝思,薛猛接抱入洞。敬猷将薛蛟放入笼中,带了家人便走,走到外边,吩咐狱官小心看守,狱官跪送出牢。敬猷上马回到府中,抱出薛蛟,令乳娘好生抚养,按下不表。

　　且说张天左、张天右见中宗无杀薛氏一门之心,便暗奏武后道:"新君昏懦,忘先帝之遗恨,容留叛臣家口,且日与群小荒淫,不理国政,不可君临天下。乞太后以社稷生民为重,早定大计,庶天下太平,国家幸甚。"武氏见奏,遂定了主意,下旨废中宗为庐陵王,贬往湖广房州安置,如无命召,不许擅至长安。中宗泣涕受命,与娘娘韦氏,即日起驾往湖广而去。武后遂临朝执政,改为垂拱元年,朝内大政,悉归张天左、张天右,禁军兵马,悉命武三思掌理,一时武党尽居显爵,大权尽归武后。未知后来如何,且看下回分解。

第十七回

薛丁山全家遭刑　樊梨花法场脱难

话说中宗被废，武后专权，竟下旨将两辽王府中殿前掘一个地坑，以便埋放叛臣家口的尸首，一面命武三思统兵打扫法场，三日后将薛丁山一门三百八十五口老少男女，尽皆斩杀。这旨一下，众功臣谁不寒心，但无法挽回，只好暗暗伤感。

行刑先一日，城中禁止行人，城门闭上，百姓家家闭户。到了五更，武三思统兵在天牢门首排围，直至法场之上，又挑选几百勇士，进牢把薛丁山一门三百八十五口尽皆绑缚，押出天牢。丁山咬牙切齿，骂樊梨花道："不贤妇，生得好儿子，今日一门老少，尽做无头之鬼，皆因你生此逆子，才有今日之惨！"

樊梨花泪下道："两辽王，不必怨我，这也是前世的冤仇，今生来报。可记得当初在西凉时，滴泪斩杨凡？今此逆子，即杨凡转世，造此大逆，杀尽一门，正是冤冤相报，宿世之仇。今何独怨于我，难道说我今日就能脱此一刀么？"丁山忿恨不已。军士押到法场。此时狂风大作，日色无光，半空中来了梨山老母，停住云光，往下一看，只见绑缚之人，有如蚂蚁，堆在法场之上。老母叹道："一点冤仇，行此大报！但樊梨花命中不该吃刀。"说罢，老母把手一招，那樊梨花身上的绳索寸寸皆断，"呼"的一声，将樊梨花摄上半空云之中。下边军士呐喊，叫："不好了，樊梨花腾空走了！"武三思大惊，吩咐军士："不许声张，由他逃走罢！"叫军士开刀，众剑子手一齐下手。半空中，梨山老母叫声："徒弟，你未该脱此凡胎，为师的特来救你。你今试看下边，一门诛戮之苦！"

樊梨花往下一看，只见薛丁山、高氏、程氏、薛猛、薛勇、张氏、邵氏，以及亲丁老小，人人被杀，血光直冲斗牛，不觉泪如雨下，五内俱裂，几乎坠下云端。那三岁的假薛蛟却不用绑，放在地上，执刀便砍。忽正北上一朵祥云，如飞而至，一道人往下一招，"呼"的一声，把孝思摄入空中。军士呐喊："不好了，薛蛟又飞上天去了！"武三思惊道："一定是樊梨花作法，摄了去！"其余尽行斩讫，遂入朝复旨。

梨山老母在云光之内，看那道人乃太乙山窦青老祖，忙打一稽[1]道："此子乃江淮侯之子，仗义替换薛蛟，大命不该吃刀。道兄该带往仙山，抚养成人，日后也有一番事做。"老祖道："正是，贫道所以火速赶来，救他上山。"因指樊梨花问道："此位就是天魔女么？"老母道："正是小徒。"老祖点头，叫声："天魔女，只因你蟠桃会上，对金童一笑思凡，金母把你贬下红尘受苦，三次羞骂，白虎关斩了九丑星杨凡，怨仇相报，故杨凡托生汝腹，杀你一门家口，刀刀见血。你今灾难未满，未该回上瑶池，待灾退难满之日，脱了凡胎，才上瑶池，永奉金母。道兄，你今带天魔女回仙山，贫道去了。"送别老母，带孝思回太乙山而去。这边樊梨花跟梨山老母回西南洞岛山而去。

再说两辽王府内殿前，掘一数丈深坑，军士扛、抬薛家三百八十三人尸首，到了坑上，将尸首如腊[2]一样，脚搭在肩上，填在坑中，上用三皮石板，三皮生铅埋盖，以生铁熔化，浇成坟堆，立一石碑，上刻四行字道："反叛薛家门，铁石压其身。万年千载后，怀恨铁丘坟。"把府门锁钉，拨二百多军士把守，如有人来哭祭者，即系叛臣之党，拿住斩首。

武三思回朝奏道："叛臣家口，俱已正法。单腾空走了樊梨花，并摄去了三岁的薛蛟，其余已尽斩首，遵旨造下铁丘坟，特来缴旨。"武后道："樊梨花走了也罢，只是那薛刚逃遁在外，未经拿获，终为大患。"武三思道："太后前已诏谕天下，画影图形，严行缉拿，不怕这贼飞上天去。少不得有日拿住正法，请娘娘放心。"武后听了此言，也就放心。未知后事如何，再看下回分解。

---

[1] 稽（qǐ）：稽首，古时的一种礼节，跪下，拱手至地，头也至地。
[2] 腊：腊肉。

第十八回

武氏削夺唐宗室　马周挺身当大任

话说武氏废了中宗，杀了薛族，自专国政，临朝称制，有改唐为周之意。但惧唐宗室亲王及众功臣之后为患，悄与诸权臣议："这班功臣不掌兵权，住在长安，必无祸患。最可虑者宗室亲王，现掌兵权，为害不浅，必须陆续削夺，方保无患。"武氏听了，遂罢江夏王李开芳西京留守之职，乃以武三思为之，留守副使马周也罢职闲居。在长安凡宗室在官者，悉令罢职，所有要职尽以诸武为之。

那一班功臣，见斩了薛丁山一门家口，又造铁丘坟，人人叹息，个个寒心。鲁王程咬金在府中，不住长叹流泪，程统、程飞虎侍于左右，见咬金流泪，忙叫："公公，为何不悦？"咬金道："我有甚不悦，只可怜那两辽王忠武公薛仁贵，保太宗跨海征东十二年，功高日月，太宗恩赦多条，甚至掘皇陵、杀皇亲亦皆恩赦。今薛刚造此大逆，亦当遵太宗遗旨，只好罪在薛刚一人，奈何把他一门三百八十余口，尽皆杀绝，埋造铁丘坟，想起来岂不寒心！"程飞虎道："公公不必伤悲，你道他家杀得干净么？那薛刚逃循在外，怎肯干休，这是斩草不除根，萌芽依旧发。况法场上走了樊梨花，摄去了薛蛟，根苗不断，少不得在外起手，如何得能干净！"咬金道："但愿薛刚在外能成大事，报此三百余口之仇，万千之幸！你只看武后临朝，遂弃功臣，罢各亲王兵权，诸武尽掌大兵，只怕唐室江山归于别姓矣。"

不言鲁王叹息，再说江夏王李开芳自退西京留守之职，闲居在府，见武氏临朝，宠用诸武，淫乱内庭，渐剪皇唐天下，暗想武氏有篡位之意，使唤杜回入内殿，说道："你当年冷宫之中救出王后所生太子李旦，投我府中，假做孤家世子李琪之子，今年已十四岁了。如今皇家乡故，高宗驾崩，新君被废，武氏临朝，退弃亲王元勋，重用诸武，观其作为，将有移唐社稷之意。孤本意欲举太子登龙，无奈兵权已解，无力可为。我今欲将始末之事对小主说明，托与马周，同你前往扬州去投英王敬业。他现统兵十万，尽可以保小主兴兵，奔入长安，抄灭武氏，保小主登位，重兴唐天下，你道如何？"杜回道："千岁所见不差。"开芳就叫家人去请了太子来。太子见了江夏王，问道："祖父唤孙儿有何吩咐？"开芳道："殿下，我非你祖，乃你之叔祖。高宗皇帝便是你父，休认差了。"李旦闻言不解，便叫："祖父这话，孙儿一字不解。"开芳手指杜回道："你要明白，可问他，他是你的恩人。"李旦问杜回道："老千岁这话是何意？"杜回跪下道："小主实非老千岁之孙，乃高皇帝元配正宫王娘娘之子。"便将十四年前，武氏暗害王后被贬冷宫，生产相救之事，一一说知。开芳取出王后的血书，并一暗龙白玉裹肚道："这是你母的血诏，所留的宝贝。"李旦看了血诏，大叫一声，哭晕在地。开芳与杜回连忙扶住，攸攸哭醒，只哭母后负屈含冤，死在冷宫，又骂武氏谋害正宫，窃居昭阳，今又废皇兄，临朝称制，怎能拿住，碎尸万段，方消我恨！开芳道："不须哭。我今欲托参谋马周，送你往扬州投英王敬业。他乃开国元勋之后，素有忠心，前去投他，自然保主兴兵，与母后报仇，接此大位，重兴皇唐天下。"李旦道："叔祖恩王十四年养育之恩，高如日月。若有日拿了武氏，兴我唐家，定当图报大德！"

开芳即差人去请马周议事。马周自罢职闲居，日与妻林氏、李氏谈些今古，或与义弟王钦、曹彪论些兵法，忽听江夏王来请，即起身来到王府，参见了开芳并小主李旦。当时开芳屏退侍人，只有李旦、杜回在殿，将小主已知始末及托他送往扬州见英王以图大事，一一说知。马周道："周愿保小主，明日起行。"开芳大喜，备筵与小主饯行。开芳满斟一杯，奉与马周道："参谋，孤今将皇唐江山之主交付与你，须要小心保护，务成大事，请饮此杯。"马周接杯，一饮而尽，道："千岁放心，我马周今日奉小主往扬州，若不重兴皇唐天下，保小主登龙，也无颜再见千岁之面！"开芳道："若得如此，国家幸甚！"回身叫道："小主请上，待老臣拜送。"李旦道："叔祖恩王，李旦怎敢当。"就对拜了四拜。马周请小主并杜回起身，开芳送出王府，洒泪而别。要知此去如何，再看下回分解。

第十九回

江淮侯诉出原由　通城虎知情痛哭

　　话说马周请小主李旦并杜回到家，一面与二妻林氏、李氏，王钦、曹彪说知情由，悄悄连夜收拾。到了五更，林氏夫人并王钦、曹彪妻子家小，先行出城，马周与李氏夫人，王钦、曹彪、杜回，保小主一同上马起身。出了长安，过了潼关，向扬州一路而来。一日到了扬州，赁房安下家小，马周与王钦、曹彪、杜回，保小主到节度大元帅英王辕门。马周对军士道："我们是京中来的，有个柬帖，烦你报进去。"军士接了，传递入府。

　　此时敬业在府中，正与骆宾王商议恢复，忽传进一个柬帖来，敬业把柬帖一看，"呵呀"了一声，说："小主驾到了！"忙整衣冠与骆宾王火速出府，俯伏在地，口称："小主，老臣敬业与参谋骆宾王接驾。"李旦双手相扶道："老功勋请起。"敬业迎小主至银安殿，率骆宾王山呼朝见。然后，马周率王钦、曹彪、杜回参见英王，又与骆宾王见礼，取出江夏王来书，细述长安诸武专权，武氏淫乱之事。敬业看了书道："小主，老臣正欲兴兵入长安，以靖妖孽，扶小主登龙。不意小主驾临，实为万幸，待老臣修书，差人星夜上长安，知会臣弟敬猷，叫他速来，以免为武氏所害。一面调集人马，操演军兵，保小主入长安，中兴天下。"骆宾王道："老元戎速修书知会令弟。待参谋做一道檄文，遍告天下，以讨武氏，名正言顺，万无不克。"敬业大喜，即刻修书，差家人星夜奔长安，一面调集人马，下教场操演。

　　且说家人赶到长安江淮侯府，见敬猷呈上来书，敬猷拆书看了，方知其故，忙上本回乡祭扫，即日收拾家小，带了薛蛟起身。出了长安，过了潼关，取路往扬州进发。一日，行到徐州卧龙山，忽听一声呐喊，涌出百十喽啰，大呼："来者休走！留下买路钱，方许过山！"敬猷提刀在手，一马上前，喝道："好大胆强盗，擅敢拦阻官府去路，只叫你贼头过来受死！"众喽啰见来人不善，不敢下手，遂着一个喽啰飞奔上山，报知薛刚。薛刚提戈上马，冲下山来。敬猷横刀一看，认得是薛刚，吃了一惊，大叫一声："来的莫非是通城虎薛刚么？"薛刚抬头一看，见是敬猷，即抛戈下马，敬猷也下马，两下相见。薛刚道："老功勋，念薛刚正月十五夜酒后闯祸，夺门而走，逃至此山，遇见寨主纪鸾英，相招成亲，避身在此。不知我父母并一门老少如何？已差小校上京打听，尚未回来。"敬猷道："你闯了大祸，逃至此山，得了妻子，却害得你父兄一门不浅！且到你山上，细细说与你知道。"

薛刚即请敬猷上山。敬猷吩咐家丁，将车子且住在寨外，自己同薛刚入聚义厅，见了纪鸾英，行了礼。薛刚问道："我父母怎样了？"敬猷道："说起来却也伤心，自从正月十五夜，你大闹花灯，踢死皇子，惊崩圣驾，武后发旨，差武三思统兵围住府门，将你父母兄嫂一门老少，俱拿入天牢，又差李承业去盗马关，拿你二兄夫妇至京。因新君仁慈，不忍杀你家，被武氏废为庐陵王，贬在湖广房州安置，武氏自临朝称制。众功臣欲救无门，我不得已，将亲子孝思悄入天牢，换出你侄儿薛蛟。可怜你父母兄嫂一门老少三百八十余口，尽行杀戮，单单驾云走了樊夫人，并摄去了小儿孝思。又在你家府中掘一大坑，把这许多尸首堆垛坑内，用三皮石板，生铅熔化浇盖，取名铁丘坟。"薛刚闻言，大叫一声，双足一跳，哭晕在地，鸾英火速来扶，薛刚哭死还魂。敬猷道："通城虎，你就哭死，也无济于事！"薛刚道："我闯此祸，应该万死，若是新君把我家抄杀了，也罢了。这淫贱武氏，无非是兴龙庵内养汉的尼姑，不念我祖父有天大的功劳，竟将我全家杀戮，这冤仇怎解！我定要杀上长安，拿住武氏并诸贼臣，万剐千刀，开铁丘坟，以报三百八十余口之仇，才出我这一口恶气！"

敬猷道："但愿你能报仇，诚万千之幸，也出出众功臣心口闷气！目今武氏专权，亲王的兵权尽皆削去，将来必有大变。我今有事，要往扬州，与家兄计议，恰好与你相遇。今将令侄薛蛟交还你，也可完我一时仗义存孤之意。"说罢，叫家丁抱过薛蛟，付薛刚接了。薛刚请敬猷上坐，拜谢救侄之恩。两下对拜了四拜。寨中早备下筵席款待，敬猷略饮几杯，作别就行。薛刚苦留不住，夫妻二人相送下山而别。敬猷自往扬州去了。欲知后事，再看下回分解。

第二十回

薛刚一扫铁丘坟　马登力救通城虎

话说薛刚夫妻二人，回至寨中，忽见差往长安探事的喽啰回来，所探之事与敬猷所言无二，薛刚大放悲声，哭死复活，遂叫妻道："我在此朝欢暮乐，可怜我一门老少，刀刀见血，又造此铁丘坟，于心何忍！我明日要别你下山，前往长安，祭扫铁丘坟，聊表我心，再图报仇泄恨！"鸾英道："官人，你生长长安，谁不认得，且一路上画影图形拿你，你这一去岂不是自投罗网？倘有不测，这三百八十余口之仇，何人去报？我若不怀孕，同你前去，或可相助一二。我今又不能同你去，你休要差了主意，不去的为上。"薛刚道："不妨，路上谁敢拿我！就是诸贼臣知风，我也不怕他拿我！你可放心，待我祭扫了铁丘坟，即便回来，包管平安无事。"鸾英再三苦劝，他总不听，坚持要行。到了次日，薛刚打扮做差官模样，身边暗带两条铁鞭，选两名勇力喽啰跟随，鸾英相送下山，再三叮咛："一路小心，速去速来。"夫妻山下拜别。

薛刚一路果见画影图形要拿他，他也不放在心上。一日到了长安，等至天晚，挨门入城，叫小校买了香烛、金纸、酒肴，候至夜静，来到自己门首，月光之下，看见府门封锁，当门立一石碑，上面刻的字念了一遍，大怒，双手把石碑掇起，放倒在地，将门锁扭下来，推门而入。两个小校将门闭上，跟至大殿。薛刚见大殿拆去，造下铁丘坟，阴风凛凛，甚是凄凉。小校把香烛点起，排下祭礼，薛刚倒身下拜，放声大哭，全无防避。不料一哭，外边把守军士就听见了，忙来门首探望，见石碑放倒，听得哭声，明明是通城虎。内中一个军士低声道："我想薛刚十分厉害，我们拿不住，恐怕反送了性命，不如分头去报，领兵来拿。"众军齐说："有理，火速去报。"

话说武三思在府，忽听报道薛刚祭扫铁丘坟，即刻传集兵将，亲自统领奔铁丘坟而来。这边张天左、张天右得报，飞报入宫，武后命武承嗣率御林军去助武三思。

却说薛刚哭祭一回,化了纸钱,即在坟前遂与两个小校吃祭礼。忽闻外边人马齐至,喊声大振,两个小校唬得半死。薛刚道:"不要慌,有我在此!"取出双鞭,走到府门,开了门,拒门而立。武三思催兵抢入门来,薛刚大吼一声,挥起双鞭,打倒了十余人,其余俱倒退出去。薛刚奋勇冲杀,不多时,武承嗣领御林军又到,内外围了一个水泄不通,凭你英雄好汉,插翅也难飞去。

到了天明,各府俱知此事,吓得程咬金只是气喘。忽越王罗章、武国公马登等齐来见咬金道:"这薛刚真正胆大包天,不想生法报仇,反来祭扫铁丘坟,是自投虎口。他死不足恤,只可怜谁与两辽王报仇接代!老千岁有何妙计救他?"咬金道:"列位也是呆子,谁肯舍了家眷,前去杀开一条血路,引他出来,同他斩开城门而走?"众人闻言,俱各呆了。马登一想,叫声:"程千岁,我的妻子已死,又无父母兄弟,只有一个七岁小儿马成。我回去放走家人,将小儿寄在千岁府中,待我救他。"咬金道:"将军若能如此,薛刚性命可保。事不宜迟,快去,快去!"众人一起催促,马登即时上马回府,不多时,只见马登顶盔贯甲,抱着马成,来到鲁王府中,将马成交与咬金,即时飞马奔铁丘坟来。

那薛刚在铁丘坟内,仗着双鞭,死命拒住府门,杀得满身是血,总冲杀不出来。武三思、武承嗣催兵围住,却也不能近前拿他。到了巳牌时分,只见马登一骑飞来,大叫:"开路!"军兵一见是武国公,两下列开,让他冲入重围。来至铁丘坟门首,大叫:"薛刚,快随我走!"薛刚此时顾不得两个小校,抢出门府。马登一马当先,薛刚步行在后,冲杀出来。军兵齐喊道:"武国公马登反了!"武三思、武承嗣听了,忙来拦住。马登挺枪直取三思,薛刚抢入一步,举起双鞭,照武承嗣劈胸打来。承嗣一闪,不料坐马跳起,跌翻下地。薛刚腾地跳上他马,更加威风,马登虚闪一枪,架开三思的大刀,大叫:"薛刚,既得了马,不可在此恋战!你我并力杀出长安,就可得生了。"薛刚道:"大人说得有理。"遂同心并力冲杀出去。三思领兵追赶,马登取弓搭箭,照着三思射来。三思眼快,急忙闪躲,不想正射马眼,那马乱跳,将三思跌下马来。军士急救了三思,谁敢再追。马登、薛刚一到了光太门,门军俱各杀退,二人斩开城门,走出长安,直奔潼关而来。欲知后事,再看下回分解。

第二十一回

三思领旨剿薛刚　鸾英荒郊产男儿

却说潼关总兵尚元培，闻报薛刚祭扫铁丘坟，杀出长安，一路下来，将近潼关，暗想："今薛刚造下大逆，把他一门尽行杀绝，甚是可怜，今只存薛刚一人，我安忍下手拿他，使忠武王无后！"遂吩咐军士，大开潼关，不许阻拦薛刚，凭他过去。

话说薛刚、马登行到潼关，见关门大开，并无拦阻，遂放心出了潼关。行过数十里，到一林子下，二人下马少歇。薛刚道："蒙大人拔刀相助，救我出来。恩德难报！只是大人家中妻小，岂不被害？"马登道："不妨，我妻已亡，只有小儿马成，已寄在鲁王府内。请问你闹花灯之后，一向在于何处？"薛刚就把逃至卧龙山，得遇纪鸾英之事，说了一遍，"因前日闻一门被杀，五内俱裂，所以前来祭扫。若非大人相救，刚又死于武氏之手矣！我日后定要招集义兵，杀上长安，大报此仇。大人如今要往何处去？"马登道："但愿你日后报得此仇，也不枉我救你一场。我今要往湖广房州，去投小主，以图中兴大事。"薛刚道："大人若到房州见小主，乘便与我上一本，如小主肯赦我之罪，我便招集义兵，保他中兴天下。"马登道："我自然替你留心。"二人遂在林下对拜四拜，洒泪而别。马登自往房州去了，薛刚自回卧龙山而来。

再说武三思拿不住薛刚，只拿了两小校，夹讯时方知薛刚在卧龙山招亲落草，遂入朝启奏道："薛刚勇悍无比，臣已将他困在铁丘坟内，正待受缚，不料反了马登，来助薛刚，并力杀出走了，只拿住跟薛刚来的二个小校，供称薛刚在徐州卧龙山与纪鸾英成亲落草，请娘娘发旨定夺。"武氏闻奏大怒，即下旨拿马登家属。时已无一人在府。武氏发旨天下，捉拿叛臣马登，一面封三思领兵大元帅，往卧龙山擒拿薛刚。

且说薛刚回至卧龙山，见了鸾英，把祭扫铁丘坟及马登相救之事，一一说知。鸾英道："只苦了二个小校，定没了性命。官人平安而回，万千之幸！"过了数日，喽啰飞报上山，说武三思领兵十万，望卧龙山来了。薛刚道："这厮欺我，他人马虽多，焉能拿我！"吩咐众喽啰小心把守山口木城，待兵到日，再作计议。

且说武三思统兵到了卧龙山，放起号炮，把山四面围了个水泄不通。薛刚与鸾英在山顶上往下一看，只见将勇兵壮，刀山剑海，尽是大兵，好生厉害。鸾英道："官人，你我虽不惧怕，但四百喽啰，怎能与十万雄兵迎敌？"薛刚道："你且守住山寨，待我单刀匹马，杀下山去，先杀他一个下马威，使他知道我的手段。"说罢，顶盔贯甲，挥了丈八矛，飞身上马，开了木城，冲下山来。

武三思见薛刚匹马下山，忙令三军奋力齐上，刀兵云集，把一个薛刚团团围住。三思遂分一半人马，围住薛刚厮杀，一半人马乘势大布云梯，冲上山来。那四百喽啰，早已惧怕，一齐崩溃。鸾英叫一声苦，忙奔入后寨，解开盔甲，将薛蛟袱抱怀中，把衣甲包好，提刀上马，杀下山来，横冲直撞，踏入千军万马之中，找寻薛刚，人多得很，哪里去寻。且说薛刚正在死命对敌，忽见卧龙山上火起，恐山寨有失，把矛一举，杀出重围，来至山下，看见山上木城俱是唐兵占住，薛刚大惊，知山寨已失，只得回马，后又杀来。正遇武三思叫喊，薛刚大怒，挺矛直取三思。三思抡刀来迎，薛刚左手执矛，逼开三思的刀，右手举鞭，迎面打来。三思叫一声："不好！"急忙闪开时，一鞭正中肩上，大叫一声，急急败下去了。薛刚又连挑数将下马，才杀出重围，落荒而走。再说鸾英，杀得血透重铠，寻不见丈夫，奋勇杀出重围，也自落荒走了。

且说三思，虽然打破卧龙山，只破得薛刚巢穴，哪里拿得他住，仍旧被他走了。武三思又发文书，各处缉拿薛刚，自整人马回长安而去。

且说纪鸾英，一马落荒，走了七十里，不见后面追赶，喘息少定。看怀中薛蛟，且喜无事，但身中怀孕，战了一日，不觉腹内作疼，只得慢慢催马而行。不上十里，腹内如同刀割，胞水淋漓，想必是要生产，看四下又无人家，一派都是荒山野地，无奈何，只得下马。将马拴在树上，怀中解下薛蛟，将甲卸下，倚着葵花树身，席地而坐，声声叫苦，连疼几阵，立时生下一子。且喜鸾英乃是有力之人，住了一会，精神少定。把小儿看时，是一个男子，心中大喜，但见生得面孔皮肉，竟与薛刚无二。此子按上界铁石星官临凡。当时鸾英扯了半领战袍，抹干了小儿身上之血，又将半领战袍包了，不住伤心，止不住流下泪来。因在葵花之下生的，便取名薛葵。欲知后事，请看下回分解。

第二十二回

鸾英避难黑龙村　薛义忘恩贪爵位

　　当下鸾英产下薛葵，坐了一会，思想夫妻离散，如今我往何处去安身？左思右想，忽然想起母舅丁一守，现在湖广房州黑龙村丁家庄居住，不免前去相投，权且住下，打听丈夫的下落，再作计议。主意已定，遂把薛葵放在怀中包好，抱了薛蛟，解缰上马，直往湖广投丁一守去了。

　　且说薛刚杀出重围，行了一夜，见无追兵，方才放心，思想山寨虽破，我妻手段高强，料不丧于武氏之手，但夫妻分散，无处安身，却往哪里去了？想了一会，忽然想起泗水关总兵薛义。当初在长安我救他出狱，又与他干此前程，我去投他，定然留藏。想定主意，遂拨马往泗水关来。看官，你道薛刚造此大逆，薛氏宗枝尽行拿斩，这薛义如何却平安无事？因他贿嘱了张天左，题明同姓不亲，所以依旧做官。那薛刚到了泗水关，写了一封书，来至总兵府，烦中军传进去。

　　薛义正同妻子杨氏在私堂闲话，忽见传书进来，拆开一看，不觉大惊。杨氏问道："何处来书，为何大惊？"薛义道："夫人，那两辽王爵主薛刚，自从大闹花灯之后，逃走在外，累及一门杀绝，埋造铁丘坟。多亏张太师，与我题明同姓不亲，免遭其祸。他竟大胆私祭铁丘坟，反了马登，同他杀出长安。拿住他的从人，知他在卧龙山落草，武三思提兵打破卧龙山，又拿他不住。他如今来投我，现在府外，如何是好？"杨氏道："既是恩人逃难至此，理应宜作速迎请进来，留藏府内，以报昔日大恩。"薛义道："真乃妇人见识！那明诏上说，拿住薛刚者，封万户侯；藏匿者，即系叛逆，全家诛戮。难道不顾灭门之祸？依我诱他进来，拿他解上长安，做了万户侯，永享富贵。"杨氏大怒道："天下有你这样没良心的人！当日救你出狱，又与你干此总兵之职，今日他家破人亡来此投，你不思报恩，反以仇报！自己忘恩背义，死在目前，还想做甚万户侯，永享富贵！"薛义闻言大怒，喝声："贱人！嫁鸡随鸡，怎敢气我！"遂一脚踢来，不防正中杨氏阴门,往后便倒,丫头上前扶时,早已死了。忙叫:"不好了,夫人死了!"薛义道:"不许声张!俟拿了薛刚,再收殓夫人,且把尸首抬过一边。"又嘱咐家丁如此如此,不可泄露。叫中军开门,快请下书人相见。

薛刚见请,即便入府。薛义一见薛刚,纳头便拜,道:"小人昔承恩人相救,得荣任于此,时刻难忘。昨闻长安之事,一门遭戮,又闻恩公逃避在外,我差人四下寻访,并无下落,小人日日记念。日前得报,恩公同恩主母纪氏夫人在卧龙山栖身,又被武三思所破。恩公得脱虎穴,逃遁至此,还算不幸中之幸。今日可放心在此,多住几时,等小人操演人马,再招义兵,与恩公杀上长安,以报大仇便了。"薛刚流泪道:"若得如此,感德不浅。"薛义道:"恩公说哪里话!"吩咐家丁备酒,薛刚道:"令正夫人何不请来一见?"薛义道:"贱内有病,卧床多日,所以尚未拜见恩公。"薛刚乃是一个直人,并不疑惑。说话之间,早已摆上筵席,二人共饮。不知酒后如何,再看下回分解。

第二十三回

通城虎酒醉遭擒　两英雄截途抢劫

　　话说薛刚因连日奔驰，滴酒不曾到口，见了酒杯，便杯杯干，又兼薛义殷勤相让，不觉开杯畅饮，不多时吃得酩酊大醉，人事不知，睡在席上，如死人一般。薛义唤齐家丁，将薛刚拿住，知他勇冠三军，用七八条麻索紧紧捆住，又用手扭脚镣拴了手足，上了囚车，放在私衙。一面取棺木收殓夫人，一面传令军将装束，伺候天明押解进京请功。

　　到了三更时分，薛刚酒醒，睁眼一看，只见满身绳索，捆绑在囚车上，众将持刀防守，不觉大声喝道："薛义，你今拿我，却欲何为？"薛义道："你休怨我，我既做了朝廷的官，难道徇私情，欺皇上，藏你在此么？今将你解上长安，以尽臣道。"薛刚闻言大怒，骂道："忘恩负义的狗贼！可记得当初囚在府狱中，三日一比，你妻在街上求乞，亏何人救你出牢，得此地位？"薛义道："我虽因你相救，到此进位，但先遵君命，后尽私情。难道因你私情，就欺了君不成！"薛刚看见上边的棺木，骂道："狗贼！你扛这棺木却是何意？"薛义道："他便是报你大恩的人，也须说与你知道。棺中是我的妻子杨氏，他妇人家不知法度，叫我留你，一时口角相争，误将他踢死，这就是报你的恩了。"薛刚又骂道："丧心贼！你结发之情尚且不顾，何况于我！罢罢，由你解上长安去罢！"

　　到了天明，薛义领了人马，押解囚车，离了泗水关，直望长安而去。行至汉州黄草山，忽听一声锣响，涌出七八百喽啰，两个山大王，一个生得五色花脸，赤发红须，獠牙突露，宛同鬼判；一个生得鸳鸯脸，左边朱红色，右边蓝靛色，左边是白眉毛，右边是红眉毛，须黄发绿，相貌狰狞，当时拦住去路，大声喝道："来者留下三千黄金作买路钱，方许过山！"薛义闻言，抬头一看，见他二人的相貌，吃了一惊，唬得心头乱跳，强大着胆，把刀一横，叫一声："强贼！你断路也须打听明白，或断客商，或断百姓，我乃押钦犯上长安的官将，焉有银钱与你！"两个

第二十三回　通城虎酒醉遭擒　两英雄截途抢劫

山大王喝道："我知道你是泗水关的总兵，尽有金银，去送与奸臣，就送我三千黄金，也不为多。若说半个'不'字，立刻叫你作刀下之鬼！"薛义喝道："休得胡言！"举刀便砍。那五色脸的拿刀只一隔，乘势一伸手，将薛义抓过马来，往地下一抛。众喽啰一齐上前，用索捆了。那些押解军兵，见主帅被擒，丢下囚车，俱各四散而逃。

薛刚在囚车中喊道："好汉快来救我！"两个大王滚鞍下马，打开囚车，急急解缚，连声叫道："薛三哥，受惊了！"薛刚道："二位素不识面，何以知我？"那五色脸的道："小弟姓吴，名奇，这鸳鸯脸的名叫马赞，都是常山人，皆在此山落草。数日前，有一个仙人，乃京兆三原唐魏公李靖老爷到此，他说今日今时，有泗水关总兵薛义，忘恩负义，拿你解上长安，路过此间，叫我拿下薛义，以救三哥，且避此山，日后唐王中兴皇唐天下，许我二人蟒袍玉带。所以在此等候，果然不差。请三哥上山做寨主，发落薛义。"薛刚大喜。

喽啰牵过一匹来，薛刚与吴奇、马赞一齐上马，来到大寨，下马入了聚义厅。吴奇道："我等豪杰，做事须要直捷，我们休论年齿，竟尊三哥为兄，结为生死之交便了。"当下三人对拜八拜，上边摆下三张交椅，正中坐了薛刚，左边是吴奇，右边是马赞，令众喽啰参见了。薛刚吩咐："把薛义抓进来！"一声答应，把薛义摔进大寨，掷翻在地。薛刚骂道："狼心狗肺的贼！你当初在牢中，追比身价，我一时仗义，救你出牢，又与你干此总兵之职。到而今你不想知恩报恩，反用酒来迷我，拿住解京，贪图富贵，不料天理昭彰，你竟也有今日！"吴奇道："三哥，这等没良心的人，与他说么！或剐或杀，速速处置，我们好吃酒。"薛刚吩咐："把他绑在大柱子上，先砍去手足，然后剖出五脏，再斩其狗头。"吴奇、马赞拍手称快，寨中大摆筵席，庆贺吃酒。欲知后事，再看下回分解。

第二十四回

扬州城英王举义　金陵地两军对敌

　　今且不表薛刚在黄草山落草，再说江淮侯敬猷，到了扬州，朝见了小主李旦，又见了哥哥英王。他兵马早已整集，骆宾王做下一道讨武氏檄文，刊刻刷印千万张，差人四处张挂，择日祭旗，哭告太宗皇帝神灵，立举义旗，即日兴师。留大将军朱克虎，与英王三个儿子李美祖、李嗣先、李成孝保小主守扬州，英王带敬猷、骆宾王、马周、王钦、曹彪，兴兵十万，杀奔金陵而来。各州关隘先见了檄文，知英王为国勤王，中兴天下，保高宗元配正宫的太子李旦举义，所到之处，俱是开城迎接。直抵金陵，离城三里安营。金陵守将武天宝，忙点军将把守城池，又写下告急本章，并檄文一道差官星夜上长安求救。英王亲督军兵攻打城池，奈金陵城十分坚固，一时不能攻破。

　　且说差官赶到长安，枢密院投下本章，张天右忙入宫启奏道："淮扬道节度使英王李敬业，起兵造反，诈称废后王氏冷宫所生太子李旦为主，所过无拒，直抵金陵，攻城甚急。武天宝有本并敬业参谋骆宾王所作檄文奏上，请太后定夺。"武氏大惊，把本章看罢，又把檄文一看，上写道：
　　　伪临朝武氏者，性非和顺，地[1]实寒微。昔充太宗下陈[2]，曾以更衣入侍，洎[3]乎晚节，秽乱春宫，潜隐先帝之私，隐图后日之璧。入门见嫉，蛾眉不肯让人；掩袖工谗，狐媚偏能惑主。践元后于翚翟[4]，陷吾君于聚麀[5]，加以虺蜴[6]为心，豺狼成

---

[1] 地：出身。
[2] 下陈：指才人。
[3] 洎（jì）：到，及至。
[4] 翚翟（huī dí）：皇后的礼服。
[5] 聚麀（yōu）：二头以上公鹿共有一头母鹿，喻禽兽之行。
[6] 虺（huī）蜴：毒蛇、蜥蜴。

第二十四回　扬州城英王举义　金陵地两军对敌　‖ 057

性，近狎邪僻，残害忠良，杀姊屠兄，弑君鸩母。人神之所同疾，天地之所不容！犹复包藏祸心，窥窃神器[1]，君之爱子，幽之于别宫；贼之宗盟，委之以重任。呜呼！霍子孟[2]之不作，朱虚侯[3]之已亡。燕啄皇孙，知汉祚之将尽[4]；龙漦[5]帝后，识夏庭之遽衰。

　　敬业皇唐旧臣，公侯冢子，奉先君之成业，荷本朝之厚恩。宋微子[6]之兴悲，良有以也；袁君山[7]之流涕，岂徒然哉！是用气愤风云，志安社稷。因天下之失望，顺宇内之推心，爰举义旗，以清妖孽。南连百越，北尽三河；铁骑成群，玉轴[8]相接。海陵红粟[9]，仓储之积靡穷；江浦黄旗，匡复之功何远。班声动而北风起，剑气冲而南斗平。喑呜则山岳崩颓，叱咤则风云变色。以此制敌，何敌不摧；以此图功，何功不克？

　　公等或居汉地，或叶周亲，或膺重寄于话言，或受顾命于宣室[10]，言犹在耳，忠岂忘心？一抔之土[11]未干，六尺之孤何托？倘能转祸为福，送往事居[12]，共立勤王之勋，无废大君之命，凡诸爵赏，同指山河[13]。若其眷恋穷城，徘徊歧路，坐昧先几之兆，

---

[1] 神器：帝位。
[2] 霍子孟：霍光，汉朝稳定皇帝基业的大臣。
[3] 朱虚侯：刘章，刘邦之孙，诛专权吕后，迎立文帝。
[4] 燕啄皇孙，知汉祚（zuò）之将尽："燕啄皇孙"系汉成帝时民谣"燕飞来，啄王孙"的简语，时赵飞燕做皇后，因无子，杀死他宫皇子多人。祚，帝位。
[5] 龙漦（chí）帝后：漦，吐沫。传说夏朝时，有二龙自称褒之二君，夏帝将龙的吐沫装在木盒中。周厉王时，开启木盒，龙聚流出，化为玄鼋，进入后宫，一宫女感而怀孕，生褒姒。褒姒后为周幽王王后，惑主亡周。
[6] 宋微子：殷纣王的庶兄，殷亡后，内心伤悲。这里自比李敬业哀唐为周替代。
[7] 袁君山：汉和帝时外戚专权，袁每与大臣议事，不禁流涕。这里亦是自比。
[8] 玉轴：指战船，轴在船后把舵处。
[9] 红粟：陈米，颜色变红。
[10] 宣室：汉未央宫正殿。这里系借用。
[11] 一抔（póu）之土：指高宗陵墓。
[12] 送往事居：往，死者，即高宗；居，生者，即中宗。
[13] 同指山河：同指山河为信。

必贻后至之诛。请看今日之域中，竟是谁家之天下！

武氏看罢，叹道："真乃奇才！人有如此之才，不宜居朝内，为皇家所用，而使之流落不遇，失身从贼，实为可惜。敬业乃开国元勋，世受国恩，不思报效，一旦举兵造反，诈以妖人李旦，诡充太子为名，意在颠覆社稷，自图天位。若不早行剿灭，必为大害！"命兵部侍郎李承业为大元帅，武三思、武承嗣为左右监军，领兵二十万征讨敬业。又差许敬宗往太白山，开掘兴唐开国公英威武王茂公坟墓，暴其尸骸。李承业和武三思、武承嗣领兵出了长安，直奔金陵而来。

且说众功臣得报，英王保太子李旦兴兵扬州，讨武氏之乱，已至金陵，武氏着李承业等兴兵征讨，俱各惊喜相半，只望敬业得成大事，早入长安，大家仰望兵至不表。

且说许敬宗到了太白山，正待开掘茂公坟墓，忽然阴云四合，狂风大作，一声霹雷，大雨如注。许敬宗及从人避在深林躲雨，只见茂公坟上，火光直透云霄，泥土四下崩裂，穴中窜出一条十余丈的金龙，直上半空，张牙舞爪，乘着风雨之势，竟飞向西北而去。后来应在敬业三子李成孝身上，为西馀国王，称为西馀威武皇帝。当时雨止云收，许敬宗至坟前一看，坟已沉灭，只有一个万丈深潭，即将此事回奏不表。

再说李承业等兵至金陵，离城三里，下令安营。英王得报李承业领兵二十万来救金陵，忙令各营小心防守。到了次日，李承业率子克龙、克虎、克豹、克麒、克麟、克彪、克熊、克凤、武三思、武承嗣大小众将，大开营门，列阵讨战。英王亦开营门，人马八字排开，敬业立马于中，左有敬猷、马周，右有王钦、曹彪。李承业道："老功勋，你乃开国元勋之后，皇唐大臣，当尽臣职，为何以妖人李旦假充太子，举兵造反，玷辱先人，骂名万代！"英王喝道："太宗皇帝栉风沐雨，亲冒矢石，定有天下，传于万世。武氏狐媚惑主，先帝听其谗言，废正宫王娘娘，贬入冷宫，幸生太子。武氏顿生不良之心，暗命杜回行刺，杜回怀忠，救出太子，抚养民间，今已长成。若新君在位，我等无说，怎奈武氏凶暴，将新君贬去，遂弃宗室大臣，宠用奸邪。若皇长子既废，理宜先帝嫡子小主名旦登龙。武氏何人，擅敢临朝专政，淫乱内宫！我乃皇唐大臣，岂可坐视不救，故此举义兵以讨武氏。尔等好好拜伏迎降，免今之死；倘如执迷，

第二十四回　扬州城英王举义　金陵地两军对敌

只怕这城下即是你埋尸之所矣。"承业大怒，抡刀直奔英王，英王举刀来迎。三思、承嗣双马奔出，马周、敬猷纵马敌住。李氏八子一齐杀出，王钦、曹彪分挡八将。两下交兵，鼓声大振，喊杀连天。承业与英王战了五十余合，承业抵挡不住，回马便走。三思、承嗣见承业败走，亦各回马，八子抛了王钦、曹彪，走回本阵。英王催兵一拥杀上，承业大败，入营坚守不出。英王得胜，收兵回营。未知承业败后如何，且听下回分解。

第二十五回

承业定计袭扬州　铁头乘夜刺英王

　　话说李承业败回营中，谓三思道："我想敬业难以为胜，当以智取。今有一计，可取敬业之首，而拿妖人李旦。"三思忙问何计，承业道："敬业领兵在此，扬州定然空虚，纵使有兵保李旦居守，不过老弱之卒。二位监军领兵五万，悄地从长江而渡，直抵扬州，破其巢穴。再用一人诈降敬业营中，倘彼听信收用，乘便将敬业刺死，贼兵无主，不战自溃。但此计少此诈降之人耳。"三思闻言称妙，就问帐下："谁敢前去诈降行刺？事成之后，奏上太后，官封极品。"帐下一人应道："小将愿往。"三思看时，乃是大将姚铁头，能飞檐走壁，作事甚密。承业大喜道："汝若前去，须如此如此，包成大功。"铁头允诺。武三思、武承嗣就领精兵五万，悄悄暗渡长江，往扬州而去。

　　次日，姚铁头领百余兵，往英王营来。英王军士一见，就要放箭，铁头等一齐摇手大叫："不可放箭！我们是来投诚的。"军士闻言，即便传报，英王令他进来。铁头率众入营跪下，口称："千岁，小人姚铁头，现为李承业帐下队长。闻千岁保太子中兴天下，小人们俱是皇唐兵卒，怎肯反助武氏，抗拒义师！今日洗心，与同队人投诚帐下，乞千岁收留。"马周道："这姚铁头满脸都是诈气，又且百余人逃来，无兵追赶，其诈是实，千岁不可听信收用！"英王道："此一小卒，焉敢诈降！姚铁头，你既真心来降，孤亦真心待你，你原为队长，孤亦收你为队长，俟后有功，再加升赏。"姚铁头叩头谢恩，其余军士令归义兵队内。

　　到了次日，英王遣将挑战，承业坚闭营门不出。一连十余日，并不交兵。一日，忽见报马飞报入营："启千岁爷，武三思领兵五万，暗渡长江，攻打扬州而去。"英王闻报大惊道："小主在扬州，万一有失，如何是好？"遂命马周、王钦、曹彪，分兵五万，火速去救扬州。

　　英王自马周去后，不知何故，神思恍惚，坐立不安，与敬猷饮酒散闷，

第二十五回　承业定计袭扬州　铁头乘夜刺英王

至晚兄弟二人于帐中安寝。这夜是姚铁头值夜，守至三更，听各营梆锣渐渐欲绝，潜至中营，放出那飞檐走壁的手段来，直入帐中，拔出利刀，将敬业、敬猷刺死，割了二人首级，悄悄逃出大营，竟归本营。见了李承业，禀知其事，呈上首级。承业大喜道："此功不小，候奏闻封赏。"即时点齐人马，高挑二人首级，杀奔而来。这英王营中那百余个降兵，放起一把火来，大声喊道："英王兄弟已被姚铁头刺死，大兵又杀来了！"各营义兵见外攻内应，一时没了主帅，遂纷纷大乱。骆宾王火速叫家人削去头发，逃出营后，竟至杭州灵隐寺做了和尚，后来云游他处，竟不知所终。再说金陵城中武天宝，也杀出城来接应。可怜英王一片忠心，大事未成，死于小人之手，义兵四散奔逃，承业大胜。欲知端底，再看下文分解。

第二十六回

马周失势权居山　武氏篡位移唐祚

话说马周率领兵五万，来救扬州，离扬州尚有百余里，马周忽见他二夫人李湘君率领十余骑，保着车辆，飞奔而来，吃了一惊。来到面前，看车子上是他大夫人林氏并王钦、曹彪二人妻小，忙问："小主李旦若何？"湘君道："不好了！武三思领兵来攻扬州，城内兵微将寡，不能把守，英王二殿下李嗣先战死疆场，被武贼攻破城池。大殿下李美祖、三殿下李成孝与小主李旦，逃出扬州，不知去向。英王家下，尽被武贼所害。幸亏我与兄弟李奇，保着家小，从乱军中杀出来，正要往金陵去，不料此间相遇。可惜你的救兵来迟了。"马周顿足道："如今小主已逃，师出无名，大势去矣！"李湘君道："小主与大殿下、三殿下，一定逃往金陵，到英王营中去了。你我不若且回金陵，合兵一处，再议进取，何必在此踌躇？"马周道："言之有理。"遂令三军转回金陵。

来至半路，遇着逃下来的义兵，禀知英王被刺之事，马周大叫一声，晕坠马下。王钦、曹彪忙来扶住，苏醒半日，方才长叹一声，道："千岁呵！当初若听我言，何至丧于小人之手！今英王兄弟已死，大兵已散，小主又不知去向，好叫我进退两难，如何是好？"王钦道："将爷不必心焦，此处过东三十里，有一翠云山，十分险峻，且屯兵此山，权且安身，待找着小主，再图中兴。"马周依言，即领人马来至翠云山，就在山上斩木为城，塔连寨房，将兵马扎下，就差王钦、曹彪，各带几名精细军士，不拘天下州县，各处寻访小主。二人领命，下山而去。

再说武三思兵破了扬州，杀了英王家小。走了太子李旦，并李美祖、李成孝及马周家小，四下寻拿，不知去向。三思收兵回金陵，与李承业合兵一处，奏凯班师回朝。

那一班功臣早先得报，知英王兄弟被刺，攻破扬州，小主逃避，个个惊呆在府，只好闭门长叹而已。江夏王李开芳闻知英王之事，又恐隐

第二十六回　马周失势权居山　武氏篡位移唐祚

藏太子事发，竟带家小，逃往直北沙陀而去。

再说李承业、武三思等回朝，将行刺英王兄弟，攻破扬州，逃走太子李旦等，一一奏了一遍。武氏大悦，封李承业三齐王、兵部尚书，加封三思为忠州王，承嗣为青州王，姚铁头为都总管。仍传谕天下，缉拿在逃反臣马周等并妖人李旦，拿获者封万户侯，隐藏者夷族。

自此以后，武氏大有篡位称帝之意，又令李承业抄杀皇唐宗室四百家，共一万三千余口，唐室宗枝诛杀殆尽。当下武氏竟择吉日，头戴平天冠，身穿五爪龙袍，登金銮殿，即皇帝位。张天左、张天右、诸武大臣，皆吉服朝贺，山呼万岁，就是那班功臣在长安者，无奈何也只得朝参。武氏自号为天册金轮智明文武神圣则天皇帝，改元垂拱元年，建国号曰大周。移皇唐七庙神主于太庙，追封武氏之父祖曾高七代皆为皇帝，妣[1]皆为皇后。册立三宫六院，点集秀男为宫娥，张昌宗为正宫皇后，张易之为偏宫贵妃，后妃宫娥俱涂脂抹粉，并穿女人服色。这也是天意，故阴阳如此颠倒。诸武尽皆加封王爵，就是乳哺之儿，也封为公侯。一面发喜诏，颁行天下，大赦罪囚，只有李旦、马周、薛刚不在赦内。又将这班功臣仍是开国之人，一一加封爵位，各赐金帛，但不令他们掌握兵权。又封白马寺僧怀义和尚为护国大禅师，赐蟒袍并龙头禅杖，这和尚就是在兴龙庵与武氏有奸的王怀义。其余宠幸之臣，尽加显职，荣封三代。正是一子受王恩，全家食天禄。欲知后来如何，再看下回分解。

---

[1] 妣（bǐ）：已故的母亲，这里包括祖母、曾祖母。

第二十七回

谢映登指示咬金　众功臣避难出镇

话说鲁王程咬金在府，正与程万牛叹息道："从古至今，未见有女人做皇帝，男子反做了皇后的，可怜皇唐江山，倒被阴人占去坐了！更可惜唐室宗枝，杀戮殆尽，这四百家共一万三千余口之仇，我老人家若得亲见报复，那时含笑而死，亦无遗恨。"话说未完，只见门官禀道："外边有一道人，名叫谢映登，要求见千岁。"咬金道："原来是我旧日拜盟兄弟到了，快请进来！"二人相见，礼毕坐下，咬金道："谢老弟，当日在瓦岗寨时，我进五关开兵之际，为何不见了你？后来闻你成仙，愚兄十分欢喜。今日相逢，喜出望外。"吩咐摆席。映登道："世事如同春梦，我想昔日同盟诸友，俱已作古，只存兄与弟两人耳。老哥福寿俱全，子孙衍庆[1]，小弟今日无以为寿，有瑶池枣数枚，与兄为寿。"咬金道："多谢老弟！但愚兄风中之烛，光景无多，若贤弟不弃，我情愿同归林下，以尽天年。"映登道："老哥寿元甚长，不必多虑。但目下唐家大变，兴废有时，不可强为，小弟今日到此，正恐你们急欲中兴皇唐天下。我想武氏而今杀戮太重，甚忌二十四家功臣，恐有内患，早晚必然分封出镇。老哥可着众功臣，速速打点赴任，待时而动，断不可效英王敬业之所为，切记，切记！取酒过来，待弟立饮三杯，就此告别。"咬金不敢强留，送出大门，映登拂袖而去，不知所之。咬金即知会各功臣，速速打点起身，只候旨下不提。

再说武氏对武三思说道："朕想这些在京功臣之后，今日反一个，明天反一个，大为不便。若不使他远镇封疆，实为内患。"三思奏道："万岁所虑甚是，必须封为藩镇，慢慢削他们的兵权，除之则易。万岁此意

---

[1] 衍庆：旺盛。

不差。"武氏大喜,即召礼部入宫,册造兵符印信,开载封疆汛地[1]。到次日,尽宣二十四家王公侯伯,齐集金銮殿,着礼部宣读圣旨,诏云:

奉天承运,皇帝诏曰:朕今即位以来,天下晏然。冒矢冲锋,用人干扰攘之际;锡爵班禄,当报于太平之时。兹朕拜告太庙,分金符玉印,拨付各道,授土封茅。尔等众功勋,各宜出镇,即日起程,务使宗社奠安,边烽永息。宜体朕意,尔其钦哉!

宣罢,众功臣叩头谢恩,退出朝门,各领金符玉印,赴任是那职处:

济南节度使　　鲁王袭职程统
金墉节度使　　胡王秦文
宜阴节度使　　郑王尉迟青山
燕山节度使　　越王罗章
潭州节度使　　褒国公段吉节
幽政节度使　　顺国公马政
铜台节度使　　武平王裴弘济
相州节度使　　绍国公唐丕
汴梁节度使　　永兴公盛大恭
陈州节度使　　护国公刘英
河间节度使　　郑国公魏千金
寰州节度使　　成国公童升
河南节度使　　郓国公殷干国
青州节度使　　樵国公柴武
河东节度使　　赵国公长孙肖
莱州节度使　　莱国公薛誊
金陵节度使　　蒋国公屈突生
寿州节度使　　郧国公张堂
潞州节度使　　薛国公梁东钦
广陵节度使　　楚国公侯宪
宁夏节度使　　单化国公史成

---

[1] 汛地:军队防守之地。

中山节度使　　昌国公齐光
　　广昌节度使　　成昌国公白瑾
　　渔阳节度使　　燕国公李耀

众功臣得了任所，俱来鲁王府辞行。咬金道："不必辞行，即速快走，迟则恐其有变。"众功臣遂拜别，各赴任所而去。此时徐国公长孙顺德年已老耄[1]，不受封疆，倚着皇亲之势，募集勇士，欲要恢复中兴，反周为唐，被门下稗将[2]施胜泄漏，武氏令三思领兵三千，围住长孙顺德府门，不分老幼，尽行斩首。可怜三百余人，都做无头之鬼。不知后事如何，且看下回分解。

---

[1] 耄（mào）：八九十岁。
[2] 稗（bài）将：官职低微的将领。

第二十八回

武三思进如意君　魏思泉放徐美祖

再说武氏自篡位之后，淫心日炽，每夜要人行事，稍不称心，即令绞死，一夜之中，死者甚多，淫心终不能止。惊动太白金星奏达天庭，玉帝下旨，发西方白叫驴下来，一时投胎不及，欲附人身。不想长安城中有一个浪荡子弟，姓薛，名敖曹，少年标致，终日与一班光棍僧道盗贼往来，故后庭日夜被人耸弄，竟把一个阳物耸得极长极大，能挂斗粟而不垂。因有两个光棍争风，用酒将他灌醉，活活束死，弃在郊外。那西方白叫驴一道灵魂，便附在敖曹身上，活将转来，已是黄昏时候，闯来闯去。偏偏撞着武三思巡夜，三思喝令军士，拿下此贼。内有一军士道："禀千岁，此人是小的左邻，名叫薛敖曹，不是做贼的人，小人敢保。"三思又把敖曹看了一看，见他生得白净，遂说道："既不是歹人，本藩带你回府，去做亲随，你可愿去么？"敖曹允诺。遂带他回府。是夜，三思就叫他同睡，弄他后庭，十分中意。又见他的阳物足有一尺多长，心中大喜。到五更朝罢，随驾入宫，奏知武后，将敖曹送进内宫。武后即刻试之，果然如意，大喜，遂封为如意君，许三思承立东宫。次日御殿，又改元为如意元年，按下不提。

且说徐美祖，乃是英王长子，他本姓徐，因太宗赐姓李，故称姓李，今在患难之时，仍称姓徐。当日在扬州，与小主李旦及三弟李成孝，逃出了乱军之中，三人失散。徐美祖孤身逃走，虽则外面访拿甚严，因无人认得，幸一年有余，倒也平安。一日行到晋宁，遇着旧日同窗王潮，他父亲是显宦。两下相会，王潮就请他入府。用酒灌醉，留宿内书房，密嘱家将冯斗文、魏思泉，将徐美祖拿下，解上长安，就有一个前程了。

二人领命，来在外边。思泉道。"天色尚早，我们且吃一壶酒，然后拿他何如？"斗文道："使得。"思泉有心作事，三言两语把斗文灌得大醉，思泉忙走到内书房，摇醒美祖说："不好了！快走，不然就有杀身之祸！"美祖道："你是何人，前来救我？"思泉道："我是老千岁的旧家将魏思泉。

今王潮要捉你，解上长安，献于武后。我特来救你，前门不便，我和你从后门逃走罢。"遂挽美祖之手，开后门而走。

走不多远，只见王潮骑着马，并冯斗文带领家丁，手执火把，后面如飞赶来。魏思泉一见情急，前面一带土墙，遂跳入墙内躲闪，徐美祖急急转过土墙，见一座破庙，用手推开庙门入内，把门闭上，四下一望，并无处可以躲藏，只得爬上供桌，钻入神帐里边，伏在神座背后。

王潮赶到庙前，四下一照，叫道："我明明看见他转过墙来，如何不见？必定在此庙内。"叫人进庙去找。众人打开庙门，一齐拥入，七八支火把，俱立于殿下，望内照看，无人上殿。王潮道："为何不进殿去找？"众人道："此庙是女娲庙，虽无香火，只是人不敢犯，十分厉害。"王潮道："不怕他，有我在此。"遂下马领众上殿，东张西望，并没有影。斗文道："莫非藏在神帐内么？"王潮道："你去照照看。"斗文走到神座前，左手举火把，右手便来揭神帐，唬得徐美祖心惊胆战。斗文不想一扯，随手扯落许多灰尘，落在眼内，连忙丢下火把，两手捧了双眼，不住地揉擦，口中叫道："不见，没有。"走得下殿，被柱一撞，撞破鼻子，鲜血直流。又忽然神座下卷起一阵怪风，把火把尽行吹灭，震得破庙嘎嘎地响，如要坍下来的一般，地上又飞起石子，照人面打来。众人俱叫："不好了！"一齐跑出庙来，背后狂风大起，石子似雨点打来。众人乱跑，跑过土墙，方才住脚，皆说："此神真是厉害，不可惹他！"忽然想起道："家主哪里去了？"忙将火把晃了几晃，各处去寻王潮。忽听得墙角下有人叫喊："救人！"众人去看，却是王潮，跌落在粪坑内，连忙打捞救起。王潮满身污秽，头上都是粪蛆，急忙走到河边洗净，穿了家人的衣服，马又不见了，找了半日，不知去向，无奈何，只得同冯斗文并众家丁走回家去。正是：

　　捉虎无捉住，几被狼口伤。

王潮败兵回家不提，不知魏思泉与徐美祖后来如何，再看下回分解。

第二十九回

女娲主传授天书　狄梁公捉拿便嬖[1]

却说徐美祖在神座背后，见众人出了庙门，正欲出来，忽听有人叫道："徐星主，娘娘有旨，请你相见。"美祖看时，却是一青衣童子，便道："我是徐美祖，不是星主。"青衣道："就是你，娘娘专等。"美祖下了神座，跟了童子，转入庙后，却又是一天世界，两边尽都是松柏，正中一条石路，走不多时，忽又现出一座宫殿来。来至门前，童子道："星主少待，等我通报。"去不多时，又见两个侍女出来道："娘娘有请。"美祖随侍女上殿，看见上面坐着一位娘娘，头戴龙凤冠，身披九宫八卦袍，下面是山河地理裙，手执白圭[2]，端然上坐，徐美祖忙俯伏在地。娘娘道："你且平身坐下，我今授你天书一卷，教你行兵布阵之法，你今先到黄草山，会过薛刚，后佐庐陵王中兴天下。"又见女童捧茶一盏送至，美祖双手接来，异香扑鼻，一吸而尽。不一时侍女捧一黄绫包，送与美祖，美祖拜受，纳入袖中。娘娘吩咐送星主出去。美祖拜辞出来，见殿前匾额是"补天宫"三字，一下宫殿，被童子在背后一推，扑的一声响，跌下殿来。"呵呀"一声，却是从神座内跌将出来。似梦非梦，好生疑惑，把袖一摸，却有天书在内。此时天时微明，看座上神像，竟与梦中所见无二，又见上面匾额，是"女娲祠"三字，美祖连忙拜谢。

忽见背后一人，把美祖唬了一跳，仔细一看，却是魏思泉。美祖问他躲于何处，思泉道："我被他赶得急了，跳过墙来，不料就是这庙后园，故此走出来，恰好相遇。我们快走罢！"美祖问道："你可知道黄草山在哪里？"思泉道："离此有八百之遥。闻听山寨中是薛刚为首，还有两个是吴奇、马赞，同在此山。"美祖道："薛刚是我的好友，我正要去投他。"

---

[1] 嬖（bì）：受宠爱的人。
[2] 圭（guī）：古代帝王诸侯举行礼仪时所用的玉器，上尖下方。

思泉道："我也同去。"说毕，二人出了庙门，看见一匹马，思泉认得是王潮的，忙牵与美祖骑上，二人竟往黄草山而来。

不数日到了黄草山下，叫喽啰通报上名姓。薛刚闻知大喜，遂请上山寨来，个个俱见了礼，吩咐大排筵宴。饮酒之间，大家说出起义中兴之事，徐美祖有触于心，不觉下泪。薛刚忙问何故下泪，美祖道："方才言及起义之事，因想起先父、先叔被害，不知骨骸在于何处，因此感伤下泪。"薛刚道："原来为此，不觉又打动我的一片苦心。我薛门受令尊、令叔两大人莫大之恩，不能报其万一，前日闻令尊、令叔之变，小弟密差小校，往长安打听消息。小校回报说，武氏深恨令尊、令叔，将两大人之首级，放在法云寺内塔顶上，每月射他三次。名为比箭会，与我家铁丘坟一样的伤惨。"美祖闻言，大叫一声，哭倒在地。思泉连忙唤醒。吴奇、马赞道："二位不必伤悲，我二人日后愿帮薛兄开铁丘坟。今日徐老千岁兄弟二位的首级，我二人上长安去取来，与徐世子安葬，又可顺便到铁丘坟上，去磕个头。"薛刚道："你二位既要去，我明日也再去祭扫铁丘坟一回。"徐美祖、魏思泉道："你三位既要我去，我二人亦愿同行，倘有不测，亦可相助。"说毕，俱开怀畅饮，直至半夜方才安歇。次日，薛刚起来，吩咐喽啰，小心看守山寨，五人皆扮做差官，各带兵器银两，一齐下山而去，按下不表。

且说武氏欲念难遏，宠用三人，薛敖曹为正宫，张易之为东宫，张昌宗为西宫，又以王怀义为驸马，日夜在宫轮流淫污，丑态不可胜述。自此薛敖曹与二张，在宫则男扮女装，出外又横行无忌，强占民妻，欺奸幼女，无所不为。风声传入狄仁杰耳内，仁杰暗想："这些宠臣，一齐横行，全无忌惮，有日撞在我手，决不轻放过他去！"不期一日，张宗昌游猎回来，竟从端武门闯入。这端武门乃太宗所置，非台阁名臣，不许走此门。今昌宗走此门，偏偏遇着仁杰，仁杰大怒，叫武士拿下，武士上前，把昌宗扯下马来。从行内使见仁杰拿了昌宗，飞报入宫去了。仁杰至端武门坐下，武士把昌宗推至面前，立而不跪。仁杰怒道："无耻奴才，你何等出身，焉敢不跪！左右，与我打这奴才！"武士一声答应，把昌宗孤拐上打了二十棍，昌宗无奈，只得跪下。仁杰道："这端武门，怎许你献媚小人走得么？"昌宗道："皇宫内院，由我出入，何况这座中门！"仁杰喝道："胡说，掌嘴！"两边一齐答应，把昌宗雪白的脸打了五十个嘴巴，打得鲜血直流。仁杰道："我想这厮横行朝野，全无忌惮，国法难容。左右，与我绑去斩了！"武士答应一声，把昌宗绑了。

正欲行刑，只见武承嗣飞马跑来，手捧圣旨，大叫："刀下留人！"仁杰起身接旨。承嗣下马道："老相国，神皇有旨，张昌宗有罪当诛，看朕面上，暂饶一死。"仁杰道："老夫知道了，将军请回复旨。"承嗣知道仁杰性子执扳，只得先回，复旨去了。仁杰吩咐把张昌宗推回来，喝道："你这奴才，死罪饶你，活罪难饶！"喝声："扯下去，打！"武士把昌宗扯下去，打了四十大棍，打得皮开肉绽。内使得背他入宫。昌宗一见武后，便倒在他怀中，痛哭万状。武后忙取妙药，与他擦了棒疮。昌宗道："这老贼决要杀我，几乎不能与陛下相见。"武后道："那狄仁杰朕尚惧他三分，你如何冲撞他！以后须要小心回避他些，若再犯他，朕也再难与你讨饶了。"正言间，内侍启奏："狄国老见驾候旨。"武后命宣进宫来。未知仁杰见驾说出甚么话来，看下文便知端底。

第三十回

薛刚二扫铁丘坟　仁杰隐藏通城虎

当下仁杰入宫，向武后山呼万岁，拜伏在地。武后连忙立起，命内侍扶起，赐坐。仁杰谢恩坐下，道："张昌宗无礼，该正法斩首，陛下何故赦之？臣已薄责，乞陛下发出，废为庶人，以警天下。"武后道："朕已知道了。国老请回，以后见朕，不必行礼。不知何故，朕见汝来，满身发战，以后只行常礼便了。"叫内侍送国老回府。仁杰谢恩出宫。自古道，邪不胜正。武后位极人王，淫乱好杀，而独敬重仁杰，凡仁杰所奏之事，无不俞允[1]，所以武后篡位二十余年，年丰岁稔[2]，政治不乱，皆仁杰一人之功也，按下不表。

且说薛刚一行五人，离了黄草山，直往长安而来。到了七月十五日午刻，来至长安城外，五人下马。薛刚吩咐喽啰，牵马在这里客店歇宿，不可进城，就在此伺候。吩咐毕，五人遂步行进城。来至法云寺，日已沉西，现出一轮明月。这晚正是盂兰大会[3]，各庵各寺俱诵经拜忏[4]，施食焰口[5]。这法云寺乃武后御建，比别处大不相同，更加热闹，那些僧众忙忙碌碌，俱在各殿上做功德，人山人海，挤拥不动。这法云寺的宝塔，却在寺内殿后一个空园里边，无甚热闹，所以并无人往来游看，只有两个小和尚，在塔门首看守灯火。薛刚五人悄悄来至塔前，两个小和尚早被吴奇、马赞抓住了，喝道："你若喊叫，咱就杀了你！只说徐千岁的首级在哪里？"唬得小和尚道："在、在、在第七层塔、塔、塔上，有一铁、铁、铁匣便是。"徐美祖道："你引我去取下来，便饶了你。"小和尚就引了美

---

[1] 俞允：允许。

[2] 稔（rěn）：庄稼成熟。

[3] 盂兰大会：盂兰盆会，佛教仪式。

[4] 拜忏（chàn）：盂兰盆会的仪程之一，礼佛诵念，忏悔罪业。

[5] 施食焰口：盂兰盆会的仪程，对名叫"焰口"的饿鬼施食诵经。

第三十回　薛刚二扫铁丘坟　仁杰隐藏通城虎

祖、思泉、薛刚三人走上去，吴奇、马赞在塔门首守候。当下美祖三人到了塔顶上，果见一个铁匣，打开看时，果是两个首级。美祖拴在腰间，把两个小和尚也就杀在塔上，三个遂走下塔来。吴奇便问："有么？"薛刚道："有了，走罢。"五人齐出了法云寺，直奔铁丘坟而来。

　　来至坟边，见那些查巡铁丘坟的军士，俱已睡觉，五人把石碑掇倒，将门上锁扭去，开门而进，排下祭礼，五人倒身下拜，放声大哭。吴奇拜毕，就将金纸取出，在坟前烧起来了。军士们看见坟内的火光，一起喊道："不好了，薛刚又来了！"四面军士各取兵器，团团围住了铁丘坟，又有几个军士，飞报各衙门去了。坟内五人见军士围住，一齐动手，薛刚是两条铁鞭，魏思泉是两口宝剑，吴奇是两柄金斧，马赞是两把铜锤，徐美祖是一对银锏，五人齐杀出坟来，把那军士杀了五六十个。只见武三思领兵迎面而来，五人并力冲杀。又见武承嗣、李承业领兵周围杀来，徐美祖大叫："走罢！"五人冲开血路，杀出重围。看前面又有人马呐喊杀来，薛刚道："我们从小路走罢。"一直跑进小路，不料却是一条死路，走不出去，两边俱是高墙，后面喊声渐近，美祖道："路穷势急，这当如何？"吴奇道："墙边一株大树，不免爬上去，跳入墙内再处。"

　　五人一齐爬上树，跳入墙内一看，却是一所花园，忽听得亭子上有人说话，五人悄悄钻进假山洞内。看官，你道这花园是哪家的？原来是梁国公狄仁杰的。仁杰仰观天文，见罡[1]星落于斗牛之间，算定今夜有兵火之灾，当夜听得呐喊之声，遂领家童步入园中，在亭子上闲坐。看见黑影中有几个人钻入假山洞去，仁杰叫道："好汉不必躲我，我是当朝狄仁杰。"五人闻言，钻出洞来，来在亭子上，一齐跪下求狄国公救命。仁杰忙扶起道："原来是两辽王后裔，老夫算定今日今时汝等有七日大难，且躲在此间。"又见徐美祖，问道："贤侄为何也来在此？"美祖道："小侄来取家父家叔骨骸，故同此难。"仁杰道："可曾取来否？"美祖道："已取来了。"

　　仁杰遂设席相待，饮酒之间，说道："武后气盛未表，帝星不明，庐陵王尚多患难，未可举事。"薛刚道："小侄欲保庐陵王中兴，但恐他忌

---

[1] 罡（gāng）：天罡，古书上指北斗星或北斗七星的柄。

恨我踢死太子，惊崩圣驾。若去投他，他若拿我，我就不能脱身了。"仁杰道："老夫身虽在朝，心中实欲恢复唐家江山。你若有心中兴。老夫当暗里周全。待过了七日，救你们出去，日后便可保庐陵王中兴了。"说毕酒散。

仁杰对五人道："列位房屋内宿，恐不稳便，莫若在地窖内存身方妥。"遂引五人到万花楼下，令人揭起方砖，指地窖道："此内柴米酒肉水火皆备，请下去。过了七日，老夫再来奉请。"五人作谢，走下阶坡。见地窖内也起三间大房，灯火照耀，如同白日，果然日用之物件件俱全，遂在内住下。仁杰在上面把方砖盖好，披发伏剑，踏着地窖，蹭罡步斗，压镇五星恶煞，然后自去安寝。不知后来如何，再看下回分解。

第三十一回

王怀义善卜瓦笤　安金藏剖腹屠肠

再说诸武人马直闹了一夜，并无拿着一个人影，及查点军士，反被杀了三千余人，三思只得收兵。武后一问是薛刚又来祭扫铁丘坟，杀了半夜，并无拿着一个，心中大怒，下旨紧闭城门，不论皇戚官民人家，一概挨门搜查，务必擒获正法。即狄仁杰、张柬之家，也去搜检一番。这狄仁杰性子古怪，只不过应名搜检而已，谁敢十分细搜惹他。一连三天，满城搜遍，并不见影。武后又闻法云寺不见了徐敬业、徐敬猷首级。杀了两个寺僧，武后益发大怒。闻白马寺主王怀义善卜瓦笤，即宣入宫，叫他卜笤，看薛刚躲在何处。怀义取瓦一块，伏剑在手，踏罡步斗，念念有词，手起一剑，把瓦斩开，看了一番，奏道："看起笤来，这一行五人，犹如天上星宿，似在面前。又似不在人世，又似藏在空处，总是不曾出城。依臣愚见，这贼人定要出城，不如把城门开了，多添军兵把守，凡人出入细细搜检，断无不获之理。"武后允奏，依议而行。

再说仁杰，到了七日后，开了地窖，放出五人道："大难已过，我送你们去罢。"吩咐家将，预备轻弓短箭，猎犬黄鹰，今日出城游猎。又令薛刚五人扮作家将杂在众家将中，一起上马出城。到了城门首，见那里搜检行人。仁杰喝问何故，门官跪禀："奉旨查拿薛刚贼党。"仁杰笑道："原来如此，今日老夫倒带了薛刚众人出城游猎，你们何不搜检搜检？"门官叩头道："相爷家将中哪有薛刚，怎敢搜检？"仁杰又笑道："既不搜检，老夫就带薛刚众人出去了。"说罢，一齐纵辔[1]而行。出了城门，来到僻静之处，薛刚等五人下马拜谢，仁杰下马回礼道："你们回去，休忘了'忠孝'二字。"又将平章府令箭一支，付与薛刚道："此去如有关隘查问，只说老夫差往魏国公干，便无人敢阻。"薛刚接令箭在手，五人一起拜别上马

---

[1] 辔（pèi）：驾驭牲口用的嚼子和缰绳。

而去。料前日跟来的小校已先回山去了，一行五人遂星夜奔回黄草山而去。话说狄仁杰打了一日猎，至晚入城回府不提。

且说武后自纳了张昌宗，诸事尽托昌宗，武三思、武承嗣俱图谋为太子，贿赂昌宗，欲害庐陵王，因仁杰在朝，不能下手。其年恰好仁杰安抚回鹘[1]未回，诸武买出两个军士，出首庐陵王在房州传檄诸侯，意欲谋反。武后疑惑未定，昌宗从旁耸嘴。武后尚疑不决，着六部议奏。满朝是武党，俱议庐陵王有谋反之意，唯有工人[2]安金藏，大哭于太庙道："亲子尚听奸谗，疑其谋反，天下休矣！愿剖吾腹以明庐陵王之不反。"遂大呼，自剖其腹，现出肚肠。武氏闻知大惊道："朕亲子尚不能信，而疑其谋反，令工人如此忠谏，朕之过也。"下旨有再言庐陵王反者，定夷三族。

不日仁杰回京，一闻此事，入朝正色奏道："陛下如何听谗言，而疑庐陵王反，岂亲子而再不能容耶？"武后道："朕已知过，国老不在，无人计议。国老如有贤能之士，保举一人，朕即用为右相，倘国老再有公事不在，朕可与议政治。"仁杰道："张柬之老练明决，处事忠直，足堪为相，陛下宜急用之。"武后点首，即拜张柬之为右相，并同平章事。未知武三思、武承嗣谋求为太子之心，又做出何事来，欲知端底，再看下回分解。

---

[1]回鹘（hú）：回纥（hé），我国古代少数民族，主要分布在今鄂尔浑河流域，唐时曾建立回纥政权。
[2]工人：官吏，非现代意义的工人。

第三十二回

月姑迷惑武三思　鲁仲会遇通城虎

再说武三思、武承嗣日夜谋求欲为太子。到八月十五中秋佳节，是夜月色如银，武后在玑花楼与张易之、张昌宗饮洒观月，武后搂着昌宗粉颈道："朕自与卿相见，寸步不离，但愿生生世世，长如此月圆矣。"昌宗道："陛下万寿无疆，但储君未立，内外保无议论？"武后道："朕万岁后，庐陵王当承大位，何议论之有？"昌宗道："陛下差矣，请问庐陵王姓什么，陛下姓什么？若以庐陵王承大位，他姓李，决改周为唐，而武氏七庙绝矣。陛下若立一侄为太子，后承大位，必尊陛下为大周开基之主，武姓立国之君，传于万世，血食无穷。奈何以武家既得之天下，而复还李氏乎？乞陛下思之。"武后道："卿言诚是也。朕今如梦初醒，但承嗣浮躁，惟三思勤谨，可承大位。"即下旨宣武三思入宫议事。

孰知三思这晚独自步入花园玩月，忽听墙外有女子哭泣之声。遂即开了花园后门，走出来看。只见月光之下，有一美女，年约二八，生得如花似玉，满身穿白，在井边啼哭，见了三思，望井中便跳。三思急忙赶上抱住，道："你这女子，为何半夜来寻死？"那女子收泪道："爷爷呵，一言难尽。奴家姓花，名月姑，自幼许配韩家为媳，不料丈夫夭亡，父母逼奴改嫁，故此逃出寻死。"三思见了这般美女，娇声滴滴，早已魂落天外，道："我非别人，乃是赵王武三思。你今不必寻死，你若肯从孤家，当纳为正妃如何？"月姑低头不语，三思便来抱住，月姑并不推辞，二人遂入花园，在假山洞内云雨起来了。外边圣旨来宣他三次，家人内外并寻他不着，直闹了一夜。

天明，张柬之闻知此事，报于仁杰。仁杰此时卧病在床，忽闻此报，急急带病入宫，武后一见问道："国老有何话说，带病见朕？"仁杰痛哭奏道："臣闻陛下欲立三思为太子，所以特来冒死而谏。当初太宗皇帝栉风沐雨，亲冒矢石，以定天下。传至高宗，高宗以太子托之陛下，而陛下欲以传之他族，无乃非高宗之托耶！况侄与子孰亲，陛下若立庐陵王，则千岁万岁后，配食太庙；若立三思，自古至今未闻侄为天子，而肯立姑于庙者乎！陛下为何听信谗言，而误至于此？"武后大喜道："国老若不明言，几为小子所误。朕今决意立庐陵王，即下旨召他进京便了。"仁杰闻言谢恩，武后命内侍扶仁杰上车，送回府去。那三思同月姑在洞内直睡到日高三丈，方才醒来，遂携月姑回房中，方知昨夜召为太子，连忙入宫，已立庐陵王矣，直气半死。

过了几月，仁杰病危，忙请柬之到床前坐下，叱退左右，道："我年已七十，死不足惜，但恨不能日见中兴耳。我今定下三条大计，可保中兴。"遂取出三个锦囊，付于柬之道："第一个，可以保全庐陵王入长安。第二个，可以制伏诸武；第三个，可以救驾出京。仁兄依计而行，定然中兴，弟虽死在九泉，亦含笑矣。"柬之收了锦囊。哭别而去。又过几日，狄仁杰薨，遗表谢恩，武后得报，哭晕几番，即下诏赠为梁王，赐祭田千亩，命其子狄谨扶柩归葬，按下不表。

且说房州庐陵王驾下，文是鲁仲，武是马登，二人最为庐陵王所重。马登久欲与薛刚上本，只是碍着武后要拿他，不便开口。那庐陵王也念及薛刚就是踢死御弟，不过是人丛中挤倒了误踏死的，他如何敢踢死太子，就是惊崩圣驾，也是父皇的年数，将他一门杀尽，其实可哀，也有意欲薛刚保他中兴天下，这话也是庐陵王自己说不出的话。鲁仲也知道庐陵王的心迹，只因他说不出口，也不便提及薛刚。一日，庐陵王忽然叹气落泪，鲁仲道："千岁为何不乐？"庐陵道："孤想我祖太宗亲冒矢石，定有天下，子孙世守，不料母后废孤于此，今又杀宗室亲王四百余家，改唐为周，称帝长安，移唐宗庙。孤念及此，不觉伤心。大夫何以教我中兴天下？"鲁仲道："臣一介庸才，不堪当此大任。千岁要思中兴，必须聘请山西太原府屈浮鲁来，为人文武全才，与之计议，决能中兴。千岁可备黄金千两，白璧二十四双，明珠二十四粒，彩缎百端，付臣前去聘请，大事可成。"庐陵王允奏，即修下请书，备礼装车，点二十名军校相从。鲁仲即辞驾起身，奔太原而来。

行到黄草山，忽一声锣响，抢出数百喽啰，把鲁仲挑翻下马，一索捆了，相从军校也都捆了，将车上礼物也都抢上山去。把鲁仲推至寨中，

第三十二回　月姑迷惑武三思　鲁仲会遇通城虎

薛刚问道:"你是哪里差来的官,往哪里去送礼?"鲁仲道:"要杀便杀,何用问我?"徐美祖道:"不然,我这里也不肯胡乱杀,若与我们没有仇恨,我就放你,只要你说明白。"鲁仲道:"我是奉房州庐陵王的差。"薛刚、徐美祖只听说"庐陵王"三字,即起身亲自下来,与鲁仲解去捆缚,问道:"足下是庐陵王驾下何人?"鲁仲暗想:"古怪,难道庐陵王名声如此之大,山中草寇都敬重他,这也奇了。"遂应道:"在下乃庐陵王驾下大夫鲁仲,奉千岁的旨,往太原聘请贤人屈浮鲁,那车上即是聘礼。"薛刚听了,吩咐:"速把鲁大夫的从人放了绑,车上礼物不许乱动,快备酒筵,与大夫压惊。"鲁仲道:"好汉尊姓大名,何以闻我主之名而不加诛,反如此相待?"薛刚笑道:"我也自然有个名姓,少待便知。请问大夫,有一个武国公马登,可在房州么?"不知鲁仲如何答对,请看下回,便知端底。

第三十三回

银安殿共议中兴　房州城设立擂台

当下鲁仲道:"马登现在房州保庐陵王,足下果是何人?"薛刚道:"且再少待便知。"遂设席款待鲁仲。鲁仲心中猜疑半日,忽然一触,擎杯问道:"足下莫非两辽王之子,是三爵主薛刚么?"徐美祖道:"大夫猜着了。"鲁仲道:"原来果是三爵主,失敬了!"薛刚道:"大夫今日至此。乃是天缘。我有一言相告:大夫到太原,回房州时见庐陵王,为我呈一事,如庐陵王肯赦我万斩之罪,我愿纠集人马。保他中兴天下。"鲁仲道:"若说庐陵王,乃仁德之君,哪里要追究你的罪,他却常常叹伤你家受戮,心欲你保他中兴。爵主今既有此心,包在鲁仲身上,回去奏知主公,定即差人来召你。"薛刚道:"大夫回奏,只要放我的罪,我自到房州朝见。若来召我,万一武后知道,不但薛刚性命难保,而且累及庐陵王。"鲁仲点头道:"所见极是。"鲁仲到了次日,拜别起身,薛刚把礼车令人先送下山去,又取白金二百两相送,亲送下山,方才拜别。

鲁仲直奔太原而来,一日来到太原府,问到屈浮鲁家,投了名帖。屈浮鲁迎至厅堂,行了礼,从人把礼物送上。屈浮鲁忙问道:"鲁兄从何至此,此礼因何而设?"鲁仲道:"在下是房州庐陵王驾下上大夫,小主闻先生之名,特备礼物,差在下来聘请大驾前往,以图大事,有诏在此。"浮鲁吩咐排香案,俯伏山呼,开读了诏书,谢了恩,收了礼物,备酒款待鲁仲。到了次日,浮鲁收拾行李,同鲁仲起身,往房州而来。

一日,来到房州,鲁仲先入内奏知,庐陵王即下旨召浮鲁进见。浮鲁入银安殿,山呼朝见,庐陵王答以半礼,赐坐,问道:"孤久仰先生大才,今蒙不弃,惠然而来,孤之大事,望托先生,幸勿见却。"浮鲁道:"小野之人,有何才德,蒙千岁以重任委臣,臣敢不尽心竭力!有何大事,乞赐明言。"庐陵王屏退左右,只留鲁仲、马登说道:"唐家不幸,母后专权,移唐七庙,杀戮宗室,大权悉归诸武,国家亡于别姓。孤欲中兴天下，重整社稷，乞先生为孤谋之。"浮鲁道："千岁被贬此地，实为孤立，欲图中兴，诚为费力。但臣只能为主坐谋，至于交锋对敌，须得这一个人，方能成其大事。但此人有万斩不赦之罪，未敢出头保驾。"庐陵王道："天下为重，总有大罪，亦当赦免。你所荐者是何人？"浮鲁道："就是两辽王第三子薛刚。"庐陵王道："先生不言，孤也难以开口。薛刚当日踢死皇子，也是人挤倒了，不知误踏死的，他敢踢死太子么！就是父皇惊崩，也是年数该尽。母后无端将他一门杀尽，孤心甚为不忍，久有赦他之心。但不知他的下落，他焉知孤有赦他之心？"鲁仲道："那薛刚在那黄草山，同吴奇、马赞落草。"庐陵王道："大夫何以知之？"鲁仲就把奉聘被劫自始至末一一说明。庐陵王道："他既说不叫召他，他何由知孤赦他，他怎敢来朝见？"浮鲁道："这却不难，千岁在教场中搭一座擂台，待臣打一百日擂，传谕湖广十五府人等，有人打擂，得胜者赏千金，封为御营都教师。此旨一传，包管薛刚决来。臣趁此可以通知千岁赦他之意，又可以挑选武将，保驾中兴，此为一举两得。再令薛刚回山纠集人马，以图举义。"庐陵王允奏，即封浮鲁为都教师，一面传谕湖广十五府，一面传旨教场搭擂台。这旨一传出去，都要来打擂台。不知后事若何，再看下回分解。

第三十四回

吴奇马赞打擂台　浮鲁薛刚同见驾

话说这座擂台远近皆知，也有想做教师来打擂台的，也有想趁钱合伙来做生意的，十五府的人，纷纷都往房州而来。当时有十余人，合伙买些货物，要往房州做生意，路从黄草山经过，被喽啰拿住，押至寨中，来见薛刚等。薛刚见那些人下边一齐磕头道："大王爷，可怜小人们都是小本经纪，趁钱养家的，并无甚么财物，求大王爷开恩饶命！"薛刚道："既是小本穷民，我也不难为你，你是往哪里去做生意？"众人道："只因房州庐陵王新立一个教师，叫做屈浮鲁，打一百日擂台，小人们特合伙往房州去做生意。"薛刚心中明白，就知是鲁仲去太原聘请的人，吩咐把货交还他，这些人皆叩头而去。薛刚道："二位贤弟，我们也去房州走走，一来看看屈教师的手段，二来打听庐陵王可有赦我之心么？"吴奇、马赞道："该去，该去。"

三人扮作客商，留美祖看守山寨，薛刚三人即刻下山，往房州而来。一日到了房州，天色已晚，遂入城寻店安歇。次日，三人用过早饭，出了店门，往教场中来。一到教场，果然十分热闹，湖广十五府的人，也有来打擂台的，也有来看打擂台的，也有来赶市做生意的，人山人海，挤拥不动。他三人用力挤到擂台跟前，看那擂台用五色彩缎扎成，十分好看，柱上有一副对联，左边是"拳打南山猛虎"，右边是"脚踢北海蛟龙"。此时屈浮鲁尚未来，又见台上左边桌上，摆着五十两重的元宝一个并金花两朵，右边桌上摆着彩缎百匹。吴奇道："这银子、彩缎是作甚的？"旁边看的人说："这是庐陵王的旨，有人打得教师一拳者，就得此银子、彩缎为彩。"吴奇、马赞道："妙呵，妙呵！等他来，一拳头打下他来，得了此彩，真真乐极。"

正言间，忽听得鼓乐喧天，一齐说道："屈教师来了。"薛刚三人回头一看，只见屈浮鲁身高八尺，面如冠玉，微有胡须，头戴大红扎巾，身穿大红团花袍,坐在马上,一行百余人,鼓乐迎来。来到擂台之上,卸去大红袍,内穿一件白绫紧身。往下说道:"众人听着,本教师奉庐陵王之旨,来此打擂台,有人胜我者,簪花饮酒,得此全礼,即授以御营教师。若不能胜我而技勇可用者,也量才酌用。尔等众人之中。如有本事者,不妨上来与本教师比试。"吴奇、马赞推薛刚上去,薛刚道:"我不上去,哪位高兴,便上去与他交手。"吴奇道:"待我上去。"遂把衣曳起,从左边大步抢上擂台。

屈浮鲁一见他那一副五色脸的相貌,便暗暗称奇,想来此人定有些本事,遂做了一个势子等着他。吴奇抢上台来,哪里知道什么拳势,遂大喝一声,举拳乱打。一动手,浮鲁就知他不懂拳法,无非有些勇力而已,见他拳头一到面前,浮鲁把头一低,闪过一边,就回一拳打来。吴奇双手来接他手,不防浮鲁飞起左脚,正踢中吴奇的胸膛,仰后便倒,一声响,跌下台来。看的人一齐呐喊,吴奇爬起来,好似晦气将军。马赞大怒,从右边抢上台来,浮鲁一看光景,又知是个不识拳的,见他一拳迎面打来,浮鲁身子一弯,把头一低,从马赞肋下一钻钻将过来。马赞正待回身,被浮鲁左手一把抓住后背,右手一把抓住裤裆,喝声:"下去!"往台下只一抛,一声响,跌了一个童子拜观音。看的人又齐声呐喊。马赞也爬起来,张开大口,看着吴奇,并无一言,犹如和合[1]将军一般。

薛刚愤怒,喝声:"我来了!"双足一纵,纵上擂台。浮鲁把薛刚一看,便有些关心,两手一拱道:"请了。"薛刚双手一举道:"请。"二人分了上下,立住了身子,各人自做个势子,开拳相搏。交手三四个转身,如一对猛虎相斗,喜得吴奇、马赞大叫道:"妙,妙!我的三哥放出手段,打他下来,可与小弟出气!"这屈浮鲁虽未曾与薛刚识面,闻得薛刚身长一丈,面似锅底,今见此人面貌,又听见先打下去的二人叫他三哥,谅此人必是三爵主薛刚,那二人必是吴奇、马赞,遂双手一叉,喝声:"站住!"薛刚收住拳头道:"怎说?"浮鲁道:"我虽在此打擂台,实系要访一人,我看足下,莫非是鲁大夫所说的黄草山薛三爵主么?"薛刚道:"正是。"浮鲁道:"不用交手了,千岁等候久矣。且同到草舍说明,再见

---

[1] 和合:神名,蓬头,形容狼狈。

千岁。"薛刚闻言大喜,浮鲁穿了袍,挽薛刚下台。吴奇、马赞道:"奇哉,莫非打不过和了么?"薛刚摇头。

浮鲁吩咐牵三匹马过来与三人骑,四人上马,出了教场。来到屈浮鲁府中,下马入府,各各见礼坐下。浮鲁道:"小主聘我到此,相托中兴大事,鲁大夫又力举足下,保驾起兵,小主大喜,即欲差官召你,因恐泄漏风声,为害不浅,因此借擂台名色,欲见足下。果然三位俱到,你虽有罪,小主曾对我明言赦你,如今可放心同我去见小主。"薛刚大喜。三人同屈浮鲁来至庐陵王府,浮鲁先进内奏知。不知后事如何,且看下回分解。

第三十五回

庐陵王恩赦薛刚　五方将大战两雄

话说庐陵王正与鲁仲、马登在银安殿议事，忽见屈浮鲁奏道："今有黄草山薛刚率领吴奇、马赞来此打擂台，臣已问明，带来见驾，现在端门外候旨。"庐陵王即宣入见。三人来至银安殿，俯伏山呼，薛刚道："罪臣薛刚，万斩犹轻，乞吾主开恩赦宥。"庐陵王："孤赦卿无罪，当年长安大闹花灯，踏死御弟，也是误伤，并非卿有心踢死；至于惊崩圣驾，也是父皇的年灾命运，与卿何罪！不想母后昏乱，废孤于此，竟将卿一门杀尽，造下铁丘坟，孤心甚是不忍，如何还来罪你！今赦卿无罪平身。"吴奇、马赞大叫："好皇帝！还有什么话说！"薛刚山呼谢恩平身，然后与鲁仲、马登相见。

礼毕，庐陵王道："薛王兄，我母后谮称皇帝，改唐为周，宠用佞臣，杀唐宗室，孤身在此，如坐针毡，倘然加害，唐祚亡矣！若得王兄在外暗地纠集义兵，与孤中兴天下，足感王兄之情也。"薛刚欠身道："臣有滔天不赦之罪，蒙恩开赦，臣敢不尽心竭力，以图中兴！但此事只宜徐图，方能有济。臣回黄草山慢慢纠集人马，预先寻一兴龙之地屯扎，只等兵多粮足，即行起手，先拿诸武，保千岁复坐长安，中兴天下。"屈浮鲁道："此言正合某意。"庐陵王亲书赦诏，付与薛刚道："若得中兴，定开铁丘坟，伸你薛门之冤。"薛刚谢恩。庐陵王备宴款待。

到了次日，三人辞了庐陵王，拜别屈浮鲁、马登、鲁仲起身。吴奇回至店中，取了行李，还了店钱，出了房州，往黄草山而行。一日，在半路之中，走错路径，往来并无行迹，薛刚道："休走，等个人来问问路再走。"三人坐在乱山之中，四下张望，只见正东上一座高山，直耸半空，山石如火，一派红光，左边四个山头，右边也是四个山头，好似九座金宝塔。马赞道："三哥，你看，好一座山呀！我们住的黄草山，万不及此。若得此山起寨，便是兴龙之地。"薛刚道："果然好一座险峻山，但不晓得山名。"

忽耳边听得喊杀声，薛刚道："奇怪，这喊杀之声从何而来？"吴奇道："到山上去望一望，便知明白。"三人遂奔至乱山顶上，往下一看，只见那座险峻山下。有人在那里相杀，左边有四五百人，扛着五方旗号，为首的五个豪杰，分青黄赤白黑打扮，右边也有四五百人，打着花绿旗号，为首两个英雄，一个穿绿，一个穿花，那五个人战着这两个人。吴奇、马赞大怒道："三哥，那五个人战着那两个人，以多欺少，无理之至！我们何不去助他两人一阵？"薛刚道："有理。"

三人各执兵器奔来。来至跟前，那绿脸与花脸的正在拼命与那五个人大战，薛刚大声喝道："以多欺寡，我们不平，咱来也！"那绿脸、花脸的闻言大喜，那青脸、黄脸、白脸、黑脸的闻言大惊，一齐回马转来，黄脸的战住吴奇，青脸的战住马赞，红脸的战住薛刚。那红脸的与薛刚战不上三四回合，就有些力怯。那白脸与黑脸的见了，各执兵器，齐来夹攻薛刚，那绿脸、花脸的见两个来夹攻，忙举兵器便来帮助薛刚。薛刚道："你二人去那边等着，不必助我，你看我一个个都打翻他下马。"绿脸与花脸的闻言，带马立过一边观看。那黄脸、青脸的见他三人战不过薛刚，怕抛了吴奇、马赞，亦去夹攻。吴奇，马赞大叫道："薛三哥，快放出你的本事来，把他个个都打下马来，叫他知道咱的手段！"那五人正在死战，忽听见叫"薛三哥"，不觉惊讶，各停兵器，叫："黑大汉，站住。"欲知后事，再看下回。

第三十六回

九焰山群雄聚义　　通州城李旦落难

当下薛刚住了手,那五人问道:"你可是两辽王三爵主薛刚么?"薛刚道:"然也。"五人闻言俱下马便拜。那绿脸、花脸的,也下马来拜。薛刚扶起七人,问其姓名,为何厮杀。那绿脸的道:"小可姓南名建,那花脸的是我义弟,姓北名齐,在此九焰山落草。这青脸的名乌黑龙,这黄脸的名乌黑虎,红脸的名乌黑彪,黑脸的名乌黑豹,白脸的名乌黑蛟,是同胞兄弟,在前边二龙山落草。他五人见我这九焰山风水好,十分险峻,四面环绕,九个山头合抱,上边又有平坦之地四百余里,他五人来要夺我的山寨,我二人不肯,所以在此厮杀。不料爵主来到,助我二人,他五人见是爵主,所以拜服,如今只求公断。"薛刚道:"依我愚见,四海之内皆兄弟,何必争斗!五兄既爱此山,就同住一处,何等不妙?即如我,蒙这吴奇、马赞二弟留住在黄草山居住,才是英雄气象。若要争夺,焉得为之豪杰?"南建、北齐齐道:"爵主之言极是,敢不允从!且请爵主与吴、马二兄,乌氏五位,同到山寨中一叙。"众人各各上马,竟上九焰山来。

这山前有三座石关,进了三关,方到大寨。众人下马,入聚义厅,见过了礼,南建问道:"爵主何往?"薛刚把上房州见庐陵王,得蒙恩赦,复回黄草山,要择险峻之地召集义兵,保庐陵王中兴之事一一告诉。南北二人道:"我们原是良民,因武氏乱政,天下尽是贪官,受不过污气,故在此落草。今爵主既有恢复皇唐之心,集众起手,我等愿从麾下,请爵主即在此处相聚大义何如?"乌氏五人齐道:"此言甚妙,我等亦愿相从。"薛刚大喜。南建、北齐吩咐点起香烛,十人祝告天地,结为生死之交,让薛刚为九焰山寨主,大排筵席,庆贺吃酒。次日,薛刚叫乌氏五人去二龙山,搬取积贮钱粮,来九焰山屯扎,又打发吴奇、马赞回黄草山,接徐美祖携山寨钱粮到九焰山居住,合三处的人马,共有二万。又暗暗纠集义兵，以图大事，按下不表。

　　且说太子李旦，与英王长子李美祖、三子李成孝，在扬州三人失散，李成孝逃出西凉，遇异人传法，后来抢了西馀国，霸占一方，称为威武皇帝，国号大英不提。单说太子李旦逃难，一路幸喜无人认得他，逃到通州，没了盘费，只得沿街求乞，古庙栖身。

　　那通州城内有一富户，姓胡名发，系胡经次子。长子胡登，饱学秀才。有一女，嫁在赵宅。他家积祖为商，胡发习父生业，只因父亲身故，胡登、胡发便析居分住。胡登取妻文氏，无生男，只生一女，名凤娇，胡发妻刁氏，也生一女，名英娇。赵家胡氏生女鸾娇。鸾娇七岁上父母双亡，胡登收养在家。鸾娇长凤娇五岁，凤娇小英娇两岁。姑舅姐妹到了八九岁上，胡登就请绣娘杨氏教习二人女工。亦把侄女英娇接来一同学习，胡登亲自教些书文。这凤娇天性聪慧，善习诗书，琴棋字画，不学自能。胡登因读书坐食，家产渐渐消败，胡发能于生意，家业渐渐兴旺。后鸾娇长成，嫁与新解元陈进为妻，胡登得病身亡，胡发把绣娘杨氏请回自己家去，教女儿英娇，又与女定亲，许与马总兵之子马迪为妻。其年凤娇已十四岁，生得千娇百媚，绝世无双，他原是上界太阴星临凡。自胡登亡后，与母文氏孤苦相依，坐食山空，不得已将住宅卖了，又吃了数月，看看又尽，文氏对女儿道："儿呵！自你父亡后，物件变尽，房银又将吃尽，如今只存有十两银子，若再吃尽，如何是好？我想你叔叔家富足，我意欲将这十两银子，交与你叔叔生息，你我一同到他家去过活，我儿以为何如？"凤娇道："母亲之言有理。叔叔乃骨肉至亲，自然照管，况又有这十两银子与他，自然收养。"母女计议停当，次日来至胡发家中，把这十两银子交与胡发，要依他一同过活。胡发道："我也不是富足之家，如何养得闲人。嫂嫂既要在此，也须帮家过活才好。"文氏道："这个自然，愿听凭使唤。"未知胡发如何，再看下回分解。

第三十七回

七弦琴忧愁万种　　朱砂记天神托梦

当下，胡发不得已收了银子，留他母女在家。但刁氏十分不贤，每日打张骂李，将粗重之事派与他母女去做，母女二人也只得忍气吞声，竟与奴婢一般，按下不表。

且说太子李旦在通州沿街求乞，一日遇着胡发，胡发见他不像求乞之人，便问道："你这少年，何方人氏，姓甚名谁，为何求乞？"李旦道："小人姓马名隐，长安人也。只因兵荒，父母双亡，流落在此。"胡发道："你可能写算么？"李旦道："琴棋书画、吹弹写算皆能。"胡发道："我店中正少一人写算，你若肯许我，就在我家中如何？"李旦便道："得蒙收留，愿在此服役。"胡发道："你既肯在此，今改名进兴，早晚捧茶送饭，在店中料理。"李旦应允，就改名进兴了。

一日，进兴到厨房取茶，文氏见他举止不凡，遂叫住问道："你是哪里人，为何到此？"进兴道："大姆，我姓马名隐，长安人也，父母双亡。只因兵变，逃难至此，无处安身，故在此服役。"文氏道："可怜，可怜！"正说之间，忽听见娇滴滴声儿叫："母亲。"抬头一看，看见凤娇，不觉惊讶，自己暗想："如此女子，可谓天下无双，叫他母亲，定是他女儿。"取了茶，自往外边店中去了。文氏对女儿道："可怜这进兴，说起来也是好人家子弟，一时落泊，做了下贱之人，他与我母女，都是一般的苦命。"

到了晚间，文氏叫女儿道："你自到这里来，心中无一日畅快。今夜尚早，何不取琴一弹，以消愁闷？"凤娇闻言，取过瑶琴，整理丝弦，弹将起来，此时进兴尚在未睡，他的卧房是柴房，与厨房相近，忽听见琴声悠扬，想到："琴声出于厨下，必是大姆的女儿所弹。"及听得入耳，悄地来至厨下，走到窗前，侧耳细听，琴中竟弹出断肠之声，不觉心伤，忍不住推门进内。凤娇一见，就住了手。文氏道："进兴到此何干？"进兴道："大姆，小姐，恕进兴大胆，听见小姐弹琴，特来一听。声中无限凄凉，打动我的忧愁景况，不觉大胆进房。敢问小姐，为何弹出此调？"文氏道："原来进兴也知琴音，我只为先人亡后，家业凋零，在此吃他叔叔的一碗饭，受尽了万般的苦楚，所以小女弹此一曲，发扬心志。"进兴道："原来如此，请小姐一发弹完此曲。"凤娇也不推辞，复整弦弹起，一高一低，一紧一慢，听了之时，不胜凄楚。弹完，进兴连连称妙，文氏道："进兴，你何不也弹一曲，与老身散闷？我儿过来，让他来弹。"凤娇抽身来母亲身边坐下，进兴亦不推辞，把琴弹起。凤娇细将进兴一看，白面红唇，龙眉凤目，两耳垂肩，举止不凡，暗想："这样相貌，目下虽然落泊，日后定然大贵。"进兴弹罢，起身告退，自回柴房去了。母女二人亦关门而睡。

到了三更，文氏见一金甲神进房，叫声："文氏，听我吩咐，我有四句言语，你须记清：蟠桃会上结姻缘，玉女真龙下九重。入胎曾印朱砂记，速定婚姻切莫迟。"说罢而去。文氏醒来，却是一梦，道声"奇怪"，凤娇问母亲为甚么，文氏就将所梦之事一一说出："我儿呀，我想你右手上有半个朱砂记，晚上进兴弹琴，见他左手上也有半个朱砂记，明日进兴来可与他一比。莫非你的姻缘在他身上？"及至天明，忽见绣娘杨氏匆匆进来。未知何事，且听下回分解。

第三十八回

杨绣娘为媒说合　陈解元暗结英雄

　　当下，绣娘走进厨房来，叫声："大安人，我今夜三更，梦见一位金甲神，说杨氏一生行善，今与你大大富贵。又说蟠桃会上结姻缘，玉女真龙下九重，入胎曾印朱砂记，速定婚姻切莫迟，叫我与凤娇做媒许配进兴，日后有大富贵。所以老身起早，来与安人说知。"正说之间，恰好进兴来取汤，文氏道："进兴，你左手上可是半个朱砂记么？"进兴道："正是。"文氏叫女儿伸出右手来，与进兴左手一比，比起来犹如一颗印印的一般。绣娘道："一点也不差。进兴，你今晚等人都睡熟了，悄悄进来，大姆有话对你说。"进兴应了一声，取汤出去了。

　　到了天晚，进兴见人都睡了，悄地来至厨下。文氏、绣娘、凤娇都在房中，进兴道："大姆，叫我晚间进来，有何话说？"绣娘就把梦中之事说了一遍，"如今大姆央老身为媒，把凤娘许你为妻。"进兴道："大姆差矣，我是下贱之人，焉敢配小姐？"文氏道："不必推辞，是我情愿把女儿许你，一言为定，永无改移。"进兴便道："岳母请上，受小婿一拜！"拜将下去。文氏回以半礼。绣娘恐英娇寻他，先回房去。进兴道："小婿今日在患难之中，无物为聘，随身有一玉裹肚，权以为聘礼。"遂贴身解下，送过来道："此物付与小姐收藏，切不可与人看见，恐有不测。"文氏接来，交与女儿，叫声："贤婿，天晚了，你去睡罢。"进兴闻言，亦自去了。母女二人在灯下细看玉裹肚，上有两条暗龙，鳞甲如活，毫光闪闪，真为至宝。母女二人想道："此物非民间所有，你看进兴必非下贱之流，日后定然大贵。"说毕，母女二人亦自睡了，按下不提。

　　却说马家择定吉期，要娶英娇过门。到了吉日，马迪亲迎英娇嫁到马家去成亲，一到满月，择日回门。先一日，刁氏叫丫环到厨下，对文氏道："明日英娘回门，马家豪富，需要体面。二安人说你母女衣服破碎，不可出来，拨一升米给，叫你母女二人到柴房过一日，要绩一斤麻线。"母女闻言，暗暗伤心。

话说绣娘一日到陈进家闲走，偶然说起胡发夫妻相待文氏母女之事，便将神来托梦，比合朱砂记，已许与进兴之事说知。陈进夫妇道："看进兴相貌，岂是久穷的人，将来富贵了，也与他母女出口气。"

再说，到了回门之日，陈进夫妇亦来到胡家。陈进在外厅陪客，鸾娇入内，与舅母刁氏、表妹英娇见礼。鸾娇道："大舅母，凤妹为何不见？"刁氏道："休问他二人，在此吃死饭，穿的又破碎，如今关在柴房里，不许他出来。"鸾娇道："穷富也是人之常事，却有何妨？"刁氏道："他母女若出来，马家众人见了，岂不笑杀，叫你表妹何以做人！"鸾娇闻言默默不语。再说陈进在外厅上，与马迪众亲友行了礼，回头看见进兴，便深深一揖。胡发道："解元，这是我家小厮，如何与他行礼？"陈进道："舅公，人不可貌相，水不可斗量。但他目下虽在此服役，甥婿看他相貌不凡，日后定居人上，敢不以礼相待。"众亲友皆掩口而笑。胡发道："下贱之人，日后如何能居你我之上，解元还当自重。"及至入席，进兴侍立斟酒，凡与陈进斟酒，陈进必定立起，双手捧杯道："得罪了。"马迪仗着自己是总兵的公子，便笑道："陈襟兄的本性，敢是傲上而敬下么？"不知陈进如何回答，且听下回分解。

第三十九回

射飞鸦太子受辱　买雨具得遇东宫

当下陈进笑道："襟兄可知，愚蠢不须夸祖德，英雄莫论出身低。他今日身虽贫困，在此服役，焉知后日发迹，不如弟与兄之今日乎？"马迪哈哈大笑。及至席终，这胡家与东门相近，众亲友乘兴步出东郊玩景。马迪自夸箭称神射，百发百中，众亲友请试射一回观看。马迪取弓箭在手，道："看我射那第三株柳树。"及开弓射去，果中第三株柳树，众亲友齐声喝彩，马迪扬扬得意。闪过进兴道："姑爷射这柳树，乃是死的。我能射空中老鸦颈上，落下来与众位大爷发一笑何如？"胡发道："狗才，你敢与姑爷比射么？全没规矩！"陈进道："何妨，逢场作戏，论甚规矩！"就取弓箭付与进兴。进兴接搭弓箭，"嗖"的一声，正中老鸦，穿颈而落。陈进喜极道："手段真真高强！"众亲友一齐喝彩道："进兴手段高于姑爷。"马迪满面羞惭，胡发怒视进兴。

一齐回家，马迪忿怒，作别而去，众客一齐散去。胡发大怒，喝骂进兴："好大胆奴才，你与姑爷比箭，叫他生气而去！"取过板子便打，英娇也骂。胡发举起板子，尽力乱打，打得皮开肉绽。鸾娇闻知，慌忙出来，扯住胡发道："母舅，这比箭之事，我听得说，都是我家的废物惹起来的祸根，看我薄面，饶恕了他罢。"胡发喝声："奴才，若不是陈家姑娘份上，定打死你这奴才！"可怜把个进兴打得一时爬不起来，叫人拖往柴房，丢在铺上，遍身疼痛，身都翻转不来。文氏与凤娇闻此知事，悄悄来到柴房，纷纷泪下，叫声："贤婿，打得你这般狼狈，如何是好？我暗地取些粗饭在此，你好歹吃些，将养将养罢。"进兴道："岳母，这也是我命定该受此苦。把饭放在此，且放心请回。我虽打坏，却不至伤命，不久就有出头日子。"文氏放下饭，悄悄回去。

次日，鸾娇悄地来看文氏、凤娇，叫声："大舅母，凤妹，我听得绣娘说，比合朱砂记，妹妹许了进兴，如今被二母舅打坏了，睡在柴房。须用心看待他，将养好了，早些离此地，在此毒狠人家做么？"文氏、凤娇含泪点头。自此文氏不时常到柴房来看看进兴，进兴在柴房睡了半月有余，也全亏文氏与绣娘，私下与他将养好了棒疮，依然在店中料理不提。

且说曹彪奉马周之命，带了几个军士，四下寻访太子下落，寻到通州，忽然下雨，要买雨具，打从胡家门首经过，看见太子，惊喜交集。太子见是曹彪，丢个眼色，曹彪会意，闪在僻静处等候。进兴假作出恭，来至无人之处，曹彪跪下，口称："千岁，臣奉马爷将令，迎请圣驾。马爷现屯兵翠云山，专候驾到，即举大事。请千岁即行。"太子扶起曹彪道："我在胡家，已有七月。难得胡大姆相待，又将女儿许孤为妻，受他许多恩惠，岂可不别而行？你们且退，待至晚间，可到后门等我。"曹彪道："千岁，须要谨慎，不可泄漏风声。"太子点头，依旧回店。

到了晚上，店中内外人都睡了，太子来至厨下，恰好绣娘也来，太子上前，泪如雨下道："岳母，我叔父差人来接我，我令他晚间等候同去，顷刻就要离别了。"文氏闻言，悲喜交集，凤娇看见丈夫纷纷泪下。文氏道："贤婿，你令叔是谁？"太子道："我叔父现在边庭为官，故此差人前来接我，同到边庭，图一出身。若得身荣，即差人来迎接岳母小姐，同享荣华，不必悲伤，安心等待。"不知文氏如何，且听下回分解。

第四十回

痛离别母女伤心　　喜相逢君臣议事

　　文氏道："贤婿，你前往边庭，须速速来接我苦命的母女二人，切不可到了富贵之时，忘记了小女，另娶红妆，叫我母女终身无倚。"太子道："小婿这一点微忱，皇天可表，怎敢负岳母、小姐深恩！小婿若丧良心，定死于刀剑之下！"绣娘道："官人，你到边庭，但看你手上朱砂记，就如见小姐一般。那员外夫妇待他母女二人十分刻薄，是你知道的，须要早些来接他为妙。"太子道："不须叮嘱。但我岳母、小姐在此，早晚还求照管，若得身荣，决不忘大德。如今差人想已来了，待我叫他进来相见。"出厨房后，便是后门，太子开了门，果然曹彪军士共五人，在外等候。太子招呼入内，指道："这二位就是我岳母与小姐。"五人听得，跪下磕头。太子道："起来。"五人方才起来，不敢抬头，垂手而立。文氏道："贤婿，你实系什么人，为何此人如此行礼？"太子道："军伍衙门，礼数极重，不须细问，久而自明。"说毕，五人催促起身，太子又道："岳母请上，小婿就此拜别。"文氏还以半礼，大家纷纷下泪。太子出门道："此去襟丈陈家不远，前去一别，小婿就此分离了。"文氏、凤娇、绣娘齐送出后门，好不难舍难分，两下只得含泪而别。

　　话说太子同曹彪五人，来至陈家门首，着门公入内通报。陈进夫妇闻知，火速出来，鸾娇闪在屏风后。陈进相见太子礼毕，太子道："弟因家叔差人来接，暂往边庭，图一出身，即刻起行，特来相别。岳母处，还求襟兄念骨肉至亲，不时照管一二，异日小弟自当图报大德。"陈进道："不消吩咐，决不负托。请问令叔在边庭作何官职？"曹彪在下答道："军机重情，不须细问，日后便知。请公子速行。"太子与陈进两下对拜四拜，洒泪而别。太子上马，五人相随，挨出城门，奔翠云山而来。

　　话说马周屯兵翠云山，自从打发王钦、曹彪寻访太子，并无回信。过了月余，王钦回来道："四处寻遍，并无太子踪迹。"马周闻言，流涕道：

"君乃国之主，没了太子，师出无名，何以建中兴之业？"李湘君道："王钦虽未寻来，将来曹彪寻着太子，也未可知。你若惊惶，军兵散去，将何处置？"马周道："夫人言之有理。"遂强作欢容，未免心中纳闷。

又过月余，忽见曹彪来至，说太子已到山下，马周闻言大喜，率领大小三军，下山跪接。太子亲手扶起，马周率众随驾上山。到了寨中下马，太子入寨坐下，马周率众山呼朝见毕，君臣细谈往事，众将尽皆嗟叹。马周吩咐大排筵席，君臣共饮，尽欢而止。马周道："臣有一事启奏，未知千岁肯许否？"太子道："卿有何事，奏明孤无不依。"马周道："臣有一妹，嫁与申家，只生了一女，名唤婉兰，人才出众，武艺超群，有万夫不当之勇，不幸父母俱亡，来依于臣。臣想千岁目今正用人之际，愿将甥女随侍千岁左右，可以保驾中兴，未知千岁以为如何？"太子道："卿有甥女，如此猛勇，孤当纳为正宫。但孤避难通州之时，受胡家大姆许多恩惠，又将女儿许孤为妻，孤焉忍别纳，以负胡家！"马周道："臣岂敢望纳正宫，只求纳为嫔妃之列足矣。"太子道："既如此，孤何不依！"马周大喜，就唤婉兰出来见驾。朝拜毕，太子见他一看，果然容貌秀美，遂纳之左右，称为申妃。

自此太子日日与马周众将谈论军机，议图大事，操演士卒。过了一月，马周见太子道："臣启千岁，我想此翠云山虽然险固，终非久守之地，必须趁此兵粮齐备，攻取一城，以为安身之地，不知千岁意下如何？"太子道："孤正有此想，但不知哪一郡好？"马周道："臣观汉阳最大，钱粮又广，若得此城，何惧武氏兵临！千岁且安居此山，待臣统兵取了汉阳，再来恭请圣驾进城便了。"太子大喜。马周即日兴师，杀奔汉阳城来，到了汉阳，离城三里，安下营寨。未知后事如何，且看下回分解。

第四十一回

献汉阳国泰接驾　　备吐番承业回朝

再说汉阳守将姓殷，名国泰，乃是殷开山之后，善用双戟，力敌万人。手下有两员偏将，乃是贾清、柳德，十分雄勇。他三人名虽主将下僚，实胜同胞，皆心存忠义，痛恨武氏，久欲叛周复唐，恨未有主。今一闻马周保太子李旦兵临城下，心中大喜，即同贾清、柳德商议道："二位贤弟，今马周兵临城下，闻他保正宫王后之子李旦，复兴唐基，你意如何？"二人齐道："我想当初太宗亲冒矢石，得有天下，不料今日被淫贼武氏倾覆，实为可恨。况我等皆世受唐家爵禄，岂可背主忘恩！依弟愚见，大哥明日倾兵出城，会一会马周，如果真是保的小主李旦，即便迎请入城，共扶小主，以诛淫贼！"国泰闻言大喜。

次日，国泰同贾清、柳德领兵三千出城，直抵唐营。马周闻报，即领王钦、曹彪上马出营，来至阵前。国泰大呼道："来者莫非马元帅么？"马周道："然也。我闻将军乃开山公之孙，世代簪缨，忠良旧臣，足下又英雄素著，勇冠三军，为何屈膝妇人，顿忘旧主？今本帅奉正宫王后之子李旦，恢复江山，将军若肯归保皇唐小主，自当加职，就是令先祖，亦必含笑于九泉。"国泰听了此言，道："末将岂肯归服武氏，每欲起兵，恨未有主。今既有小主降临，末将焉敢不遵。"马周大喜道："既如此，请速回城，整备鸾舆，恭迎小主便了。"国泰应诺，领兵进城去了。

马周回营，速差王钦回山接驾。太子闻知大喜，即同王钦下山，来至营中。马周奏知其事，说："殷国泰忠心报主，千岁可重封官职，以安其心。今日初次出兵，不费张弓一矢，得此汉阳城池，足见中兴吉兆矣。"太子大喜。忽见军士来报，说："殷将军统领多人，备舆迎接圣驾入城。"太子遂同马周众将一齐出营。只见殷国泰同贾清、柳德俯伏在地，太子上前扶起，安抚一番，遂入城。进了帅府，升了公座，殷国泰率领贾清、柳德并众将，上前朝见，又献上汉阳舆图版籍并军粮马册，太子大喜，就封殷国泰为归命侯，贾清、柳德为骠骑将军。三人谢恩，大排筵席，相议要攻取临江。

那临江城总兵李信闻报，心中大惊，连忙草下本章，差官连夜上长安，启奏武后。武后看了本章大怒，即下旨封李承业为兴周灭李大元帅，领兵十万，刻日兴兵，下汉阳捉拿妖人李旦，剿灭逆贼马周。李承业领旨，即点精兵十万，带了八个儿子，出了长安，直奔汉阳而来。不日到了临江，李信迎接入城，备酒与承业接风。次日，李承业同八子并李信大小众将，领兵杀奔汉阳而来。

探马报知马周，马周即点起兵马，出城列阵，以待周兵。不多时，李承业兵马亦到，即排开阵势。两军主帅齐出阵前，承业大喝道："逆贼马周，今日天兵到此，还不纳降，更待何时！"马周大骂道："叛国奸臣，你世受恩爵，不想忠于王室，反助淫贼武氏篡位杀良，你今纵死，亦有何面目见先帝于九泉之下乎？当日英王若听吾言，岂中你之奸计！今日又敢大胆前来，拿住之时，碎尸万段，方消吾恨！"承业大怒，问："何人出马，以擒此贼？"李克麟拍马抡刀而出，曹彪飞马挺枪，接住相杀，战了十余合，被曹彪刺落马下。承业见他五子身亡，勃然大怒，拍马举刀，竟奔曹彪。王钦便来助战，李信一马迎住，李克龙、李克虎、李克彪、李克豹、李克凤五马齐出，马周、殷国泰、李奇三马飞出。两下金鼓齐鸣，喊声大振，马周大逞威风，一枪刺翻李克虎，王钦一刀斩了李克凤，汉兵一涌杀上，李承业与李信大败，退走二十里方住。马周鸣金，收军入城。

李承业折了三子，纳闷在营，与李信计议，要调各处人马，以打汉阳。忽有则天皇帝旨到，说吐番国王造反，召李承业火速回朝计议。李承业道："吐番入寇，为患不小。即须回京，奏上天子，与吐番连和，然后再举兵下汉阳。"遂将兵将交与李信，退兵临江城，休与交战，遂起身回京而去。欲知后事如何，且看下回分解。

第四十二回

马迪借宿想佳人　于婆做媒遭毒骂

再说通州胡家文氏，自从进兴去后，三月有余，全无音信，心中忧闷。一日，胡发夫妻二人往南庄游春，文氏与凤娇道："今日你叔婶俱不在家，我且同你去后门首看看街上光景，亦可解解闷。"母女二人遂来至后门首，开门张望。不料马迪从胡家门首经过，望见文氏、凤娇在外，母女躲不及，火速回身，往内便走。马迪跟将进来，双目射定凤娇。凤娇三脚两步，飞走进去，闭上中门。马迪见了文氏，施礼问道："伯婆，方才进去的，可是令爱么？"文氏道："正是小女。"马迪道："伯婆，你衣衫破损，甚为苦切。可恨你侄女从未提起，以此侄婿未申孝敬。"忙叫安童取一两银子，送与文氏。文氏按银道："老身怎好收受？"马迪道："说哪里话，叨在至亲，轻意休怪，不然要亲眷何用！"文氏十分感激，只得收了。马迪道："岳父母都不在家么？"文氏道："都往南庄去了，明日才回了。"马迪道："今日我游春身倦，就在此间住下，候岳父母回来，并有话说。"文氏道："只是在此怠慢，如何是好？"马迪道："伯婆说哪里话。"文氏忙进内，将马迪所送之银取出二钱，置办酒饭，与马迪吃。

马迪见天色已晚，因对他家人说："今日看见凤娇小姐十分美貌，我心中十分羡慕。你们若有计策，能使我进去与小姐一会，重重有赏。"家人道："大爷休要痴想，中门至厨下共有五重门，如何得进去？当初进兴在此，大安人认他为子，他能穿房入户，并无禁止。又闻小姐许了进兴为妻。进兴在此，还可开门进去，如今进兴走了，有谁人开得这五重门？"马迪道："老花婆没正经，把这小姐许与进兴，岂不是一块好肥肉，倒送与狗吃了！"叹息一回，在书房安歇，一夜思想，不能合眼。

次日，胡发夫妻南庄已回，马迪见礼道："小婿东郊游春，回来困倦，在此歇了。"胡发道："我们不在家，却不怠慢了贤婿！"马迪道："至亲之间，怎说这话。"胡发夫妇即时备酒在厅，款待女婿。饮酒之间，马迪看见文氏立在屏风后,偶生一计,叫声:"岳父,那进兴被五个人拐去,做了强盗,如今拿来,打死在牢内了,岳父你知道否?"胡发道:"幸喜不在我家,真真造化。"

文氏闻言大惊,奔回厨下,叫:"女儿,不好了!你丈夫被那五人拐去,做了强盗,打死在牢中了!"凤娇失惊道:"此话哪里来的?"文氏道:"马公子在厅对你叔叔说的。"凤娇道:"母亲休要信他!我看那人,鼠头狼面,乃是一个不良之人,定然捏造此言,决非真事。"文氏道:"我儿,你休错说了好人,昨日他怜我孤苦,送我银子一两,如何你说他是不良之人?"凤娇道:"他与你银子,你道是好心么?乃是他的奸计,其中必有缘故。我今后只宜远他。"

再说外厅马迪,暗想:"若要小姐到手,须在此慢慢缓图,自然必得。"便叫:"岳父,小婿在家,人多吵闹,不能静养攻书。此间清雅,小婿欲在此攻书,不知可否?"胡发道:"妙。"遂即吩咐打扫书房,好好服侍,不可怠慢。马迪大喜。遂在此住了半月有余,朝思暮想,连面也不能见,茶饭不吃,害起相思病来了。马迪之父闻知,差管婆于妈来看。于婆一至胡家书房,见马迪面皮黄瘦,不住叹气,于婆道:"大爷,你为何病得这般光景?"马迪道:"我的心病难治。"就把想凤娇小姐,害起相思之病,说了一遍。于婆道:"这有何难,待我去做媒,必然事成。"马迪道:"你若说得成时,真真是我的大恩人。先与你白银五两,事成还要重谢你哩!"

于婆接了银子,满心欢喜,来至厨下,见了文氏,连叫:"安人[1],恭喜了!"文氏道:"我喜从何来?"于婆道:"我特来与小姐说媒。我家公子,十分爱慕小姐,使老身前来说合,安人一允,择吉成亲,送小姐到西庄居住,与英娘无分大小,安人也不在此受苦了,岂不是大喜!"文氏闻言惊呆,半晌方说道:"我女儿已许人了。"于婆问是哪家,文氏就把神人托梦,比合朱砂记,已许了进兴之事,说了一遍。于婆道:"安人好没主意,怎么把一个标致小姐,倒许了进兴?那进兴乃胡宅奴才,如今逃走;我家大爷乃宦门人家,其富巨万。安人不可错了主意,许了我家大爷,胜于进兴万倍不止。"文氏未及回答,凤娇发怒,喝道:"老贱人!你不

---

[1] 安人:封建社会对有地位妇女的封号,一般借对老妇人的敬称。

过是马家家人媳妇，敢如此无礼！他家富贵由他，我的贫穷甘受。老贱人言三语四，你看我是何等之人？还不快走，如是不走，难免我一顿巴掌！"遂伸手要打。于婆满面通红，忙忙走出。未知如何，且听下回分解。

第四十三回

躲鸡笼娇婿受打　贪财利奸尼设计

　　当下于婆回至书房，气得半晌方说道："我做了千万的媒，从来没见过这样的恶丫头！安人倒有允意，他一顿肥骂，还要打巴掌哩。"马迪道："你不要生气，只当我得罪你，你怎设一妙计，使我到手，出你的气才好。"于婆道："我今有一计在此，待至晚上，大爷先藏在厨房左右僻处，等到人静之时，悄悄走到他房中，看机会，或者弄得到手。不然，与他干肉麻，也好叫他落个臭名，也出了我的气。"马迪道："妙极！"到了晚间，悄地入内，闪在厨下，见旁边有一大空鸡笼，将身钻入笼中，如乌龟一般。
　　少时文氏与凤娇来厨下收拾家伙，凤娇一眼看见鸡笼内有人，也不做声，暗暗与文氏打个照会，先将灶内锅煤扒些出来，洒进鸡笼，又将油水往上淋漓下去，淋得马迪满面都是锅煤油水，忍着不敢作声。凤娇又暗与绣娘说知，叫他如此这般。收拾完，文氏与凤娇入房去了。绣娘故意对胡发说："厨下什么响动，想必有贼。"胡发闻言，走至厨下，只见鸡笼里面有人，大叫一声："果然有贼！"家中大小人等一齐动手，不管三七二十一，照头乱打。马迪受打不过，大叫道："岳父，不要打，我是马迪。"众人方才住手，上前一看，果是马迪。胡发问道："为何在此？"马迪满面羞惭，假装疯癫的模样。胡发不好意思，只说是："好好的人，为何就疯癫了？"扶到书房，各人安歇。胡发叫于婆好生看守马迪，自去睡了。到了次日，将马迪疯癫报知马府，英娇坐轿回家来看。马迪见了妻子，就同眼中钉，看了半日，只是叹气。英娇道："果真疯癫了，叫乘暖轿来，先送他回马府去罢。"
　　马迪到家，心中气忿，叫过几个家丁，每人赏银五钱，要大街小巷，遍处谣言，说胡家逃奴进兴做了强盗，拿来打死牢中。众家丁奉命而去。果然一人传两，两人传四，不消三日，满城遍知。绣娘闻知大惊，急忙来见文氏、凤娇，道："不好了！街上人人都说进兴做了强盗，活活打死牢中了！"文氏闻言，泪如雨下。凤娇道："母亲不要惊慌，我看他决不做此不良之事。绣母可到陈姐夫家，央他各衙门打听消息，便见明白。"

绣娘听了，即时出了后门，来到陈进家，见了鸾娇，把谣言进兴之事，说了一遍，"他娘儿两个十分惊慌，特叫我来求解元，往各衙门打听一个实信。"鸾娇大惊，忙催丈夫往各衙门去打听。陈进果到各衙门细细打听，并无此事，回至家中，告知绣娘。鸾娇道："我大舅母与凤妹若不放心，那观音庵大士的签十分灵验，叫他二人去求问一签，便知吉凶。我有钱五百文，绣母拿去，与他做轿钱香金。"又取了两件半旧衣衫裙子，与他穿了好去。绣娘接了，回至胡府，来到厨下，叫声："安人、凤姐，不要惊慌。"就将陈进打听的话并鸾姐叫他求签的话，一一说出，把两件衣服并五百文钱，交与文氏。母女二人十分感激，拟定次日到观音庵问签。

不料于婆尚在胡宅未回，一闻此信，心中大喜，对英娇说："我去看看公子。"即回马府，见了马迪，说道："谣言进兴之事，他母女央陈进衙门打听，并无此事，他母女二人放心不下，明日观音庵问签。老身闻知，特来报与大爷。快去庵中，叫张、李二尼来，等他母女二人到庵问签，须要设局款留到晚，与大爷成其好事。"

马迪大喜，即叫家人去庵中，叫张、李二尼来，说道："我有一件事，托于你二人。因为胡家凤娇生得俊俏，我千思万想，不能到手。闻知他母女明日到你庵中问签，怎生设法留他到晚，使我成其好事。先送你二人白银一百两，事成之后，再找一百两。"

二尼见了银子，满心欢喜，眉头一皱，计上心来，叫声："大爷，这有何难！他母女明日到庵，只须如此如此，其事必成，倘若不允，再动起蛮来，不怕他不从。况且小庵前后又无人家，都是河路，就喊叫也无人救应。一到了手，不怕他不嫁大爷。此计如何？"马迪道："此计甚妙。请先收下这一百两银子，事成再找那一百两。"

二尼拿了银子，辞别回庵而去。到了次早，马迪带了家丁，与于婆先躲在庵中，单等他母女前来中计。未知如何，且听下回分解。

第四十四回

马迪倚势强求亲　胡完挺身救主母

　　话说文氏与女儿，到了次日，雇了两乘轿，母女坐下，轿夫抬到观音庵门首，下轿入庵。二尼忙忙出迎。母女二人到了大殿，点起香烛，深深礼拜。凤娇默祝道："大悲观音菩萨，弟子胡氏凤娇，幼年丧父，与寡母文氏托身胞叔胡发家中，受尽千般苦楚。因神人吩咐，比合朱砂记，母亲将弟子许与马隐为妻，即名进兴。自从有五人前来接他往边庭叔父处去，几月杳无音信，纷纷谣言为盗死在牢中，托亲陈进查访，已知其诈，但不知丈夫在边庭平安否，日后还有相逢之日否，求大士赐一灵签，以辨吉凶。"祝毕起身，抽出一签，将签经一看，上写道：

　　　　因龙伏爪在深潭，时未来时名未扬。
　　　　直待春雷一声响，腾空飞上九重天。

　　文氏便问："李师傅，这签问行人在外，可平安否？"李尼道："小尼不会详解签语。当家张师兄详得最准，说一句应一句，人都称他张半仙。只是今早施主人家请去吃斋，尚未回来，少坐片时，他就回来。"凤娇道："签语我自会解，不用等他。"文氏道："若不详解明白，岂不枉来一次！"李尼道："安人说得是。不必性急，少不得还要待茶吃斋。"母女来至后殿，等至日午，李尼摆出素斋款待。文氏道："怎好又在此吃斋？"李尼道："无可孝敬，只是有慢。"文氏道："说哪里话。"三人遂坐下同吃了斋。李尼引娘儿两个观看佛堂，又等多时，仍不见张尼回来，凤娇道："母亲，回去罢。"李尼道："小姐休忙，他也就来了。"文氏道："我儿，且再等一等。"

　　却说马迪悄悄出庵，取几钱银子，打发两乘轿子回去。日夕，张尼方回，李尼道："胡大安人与小姐，在此等你详解签语哩！"张尼稽首道："小尼躲避了。不知签语是哪四句？"文氏道："是'困龙伏爪在深潭'这四句，问行人在外平安否。"张尼双眉一皱道："不好，不好！头一个是'困'字，分明这人坐在牢内了。'伏爪在深潭'，这人手足带了刑具，囚在牢中。

第四十四回　马迪倚势强求亲　胡完挺身救主母

后面这两句，一发不好，'飞上九重天'，分明已死上天，有何好处！这是不祥之签。"文氏听了此言，不觉泪下。凤娇道："母亲不必悲伤，据女儿看来，倒是吉签。头一句是《易经》"困龙在田'，君王之象，未得行其大志，时未来还不曾扬名天下，'直待春雷一声响'，要至明春，便得志飞腾，乃大吉之签。天色将晚，回去罢。"

文氏起身作别，二尼相送出庵，却不见了轿子，母女惊讶道："轿夫那里去了？"二尼道："想是等不得，回去了。请到里边少坐，待小尼着徒弟叫两乘轿子来，送安人小姐去。"母女无奈，只得又进庵来。张尼把母女引到落末一间净房坐下，摆斋相待，母女哪有心吃斋。看看日已沉西，并无轿子来，张尼道："奇怪，我徒弟怎么也不回来？安人、小姐请坐，待我再去看看他来不曾。"

张尼走至外面，把前后庵门关好。马迪、于婆闯入房来，文氏、凤娇一见大惊。马迪道："伯婆，我善求你立意不允，今日我看你飞上天去！快顺从我，自有好处；若强一强，我就动粗了，也不怕你叫喊起来。"母女二人唬得魂不附体，泪如雨下。于婆道："凤姐，你看公子何等风流，何等富贵，强如进兴万万倍，允从了好。若不允从，大爷一怒，只怕你的性命也在顷刻之间！"

凤娇知身已落局，叫天不应，心生一计，强收珠泪，叫声："于妈，你的言语极是，但要依我三件，方与成亲。"马迪道："你若允从，休说三件，就万件也依你。"凤娇说："第一件，要在大殿上设立花烛，待奴沐浴更衣，交拜天地。"马迪道："这是自然。"凤娇道："第二，我不愿为妾，需另寻房屋居住。"马迪道："原说送你西庄另住。"凤娇道："我母年老，要你养老送终。"马迪道："你嫁了我，那养老送终之事，何须说得。"

此时马迪喜不可言，叫于婆在房服侍新人沐浴更衣，自出大殿，吩咐供花烛，铺红毡，好拜堂成亲。于婆取浴盆并汤至房，请新人沐浴，凤娇道："妈妈你在此，叫我羞答答，怎好沐浴？你且外边去，有我母亲作伴。"于婆听了，也出外边去了。凤娇哄于婆出去，同文氏把房门闭上，母女二人呜呜咽咽低声哭了一场，遂解下带子，双双要寻自尽。

忽来了一个救星，你道是谁，乃是胡登的家人，名叫胡完，自胡登死后，文氏打发出去，他在乡间度日，时常送些瓜菜到胡发家中，与主母文氏。这日胡完又来送菜，趁了小船，来至胡家门首，湾船上岸，担菜入内，来至厨下，不见文氏、凤娇，问时方知早间往观音庵问签未回，胡完便在厨下洗菜等候。忽听得家人们交头接耳，笑道："此时不回，必是中了姑爷之计。顺从还好，若不从，只怕活不成了。"胡完吃了一惊，想道："是呀，此去观音庵又不甚远，问签无甚延迟，为何这时候还不见回？定中奸人之计，如何是好？"急忙出离胡宅，下了船，用力摇至观音庵后。停了船上岸，见庵中前后门俱已关闭，不得进去，心中一发着急。忽见靠墙有株大树，将身扒上树去，跨身坐在墙头，对面便是房屋，低头一听，隐隐听见房中安人、小姐哭声。胡完低声叫道："安人、小姐，快出来，老奴胡完在此！"

　　母女二人正要上吊，一闻胡完声音，忙开门出来，果见胡完坐在墙上。母女走至墙边道："胡完，你如何救得我二人出来？"胡完道："安人、小姐，你伸手来，待我扯你上墙便了。"看官要知，一朝皇后，福分非轻，暗中百神保护，不知不觉竟把凤娇提上墙头，放下去，又将安人提上墙，也放下去。胡完仍从树上扒下来，扶安人、小姐上了船，急急开船而去。

　　文氏道："胡完，你来救我两人性命，此恩此德，何日可报！且是二员外家待我母女如同奴婢，今日又有马迪作对，难回他家去的了，今往何处去好？"要知后来事，且看下回分解。

第四十五回

文氏穷途逢襟侄　崔母感悟接娘儿

当下文氏与胡完在船中思想往何处去好，文氏忽然想起说："好了，我有一亲姐，嫁在陵州崔宅，家中甚富，只因你家主亡后，才断了往来。你今送我母女到陵州去，相投我姐，必然收留。"胡完道："老奴就送安人、小姐前去便了。"遂摇船往陵州而去不表。

却说马迪在大殿上点烛铺毡，踱来踱去，专等新人出来拜堂成亲。到了三更时分，并不见出来，叫于婆进去催一声。于婆进去，到房中一看，母女二人都不见了，急出来说知。马迪领家人忙进来一看，果然不见了母女，马迪大惊失色。庵内四下寻找，并无踪影，拿灯一照，看见墙上的草压倒了，于婆道："不料新人竟会飞檐走壁，扒墙走了。"马迪顿足道："都是你这蠢才于婆，不去看守，被他走了！"遂令众家人出庵四下追寻，并无踪迹。天明着人去问胡家，也不曾回去。胡发忙着人各亲戚家寻访，并无踪影。鸾娇闻知，深恨马迪狼心狗肺，遂催丈夫陈进，率领家人到观音庵，拿住张、李二尼，盘问他母女下落。二尼道："这是马公子强逼小姐成亲，哪知道小姐竟会越墙而逃，其实不关小尼之事。"陈进喝道："倘若他母女有投河奔井之事，我定然将你二人送官究治，决不饶你！"又痛骂一回。回到家中，差人四下打听他母女二人消息。

再说胡完摇船载着文氏、凤娇，行了百余里，到了陵州，叫声："安人、小姐，且在船中坐一坐，老奴先去崔宅通报，自然来请。"言讫，跳身上岸，来至崔宅。但见门墙高大，密竖旗竿，胡完上前对管门的说道："今有通州胡院君，与你家院君是嫡亲姊妹，今日特来相投，现在河口船中，相烦通报。"门公将此言入禀崔母。崔母听了，踌躇半晌，方起身出外厅，叫胡完进来。胡完见了崔母，叩头道："安人，我家主母、小姐在通州困苦异常，又被奸人所害，因此特来相投。现在河口船中，先叫小人来说一声。"

崔母道："呵呵，我家大官人新中举人，二官人初登进士，三官人又新入黉门[1]，往来亲眷，非富即贵，哪有穷亲上门！况我两房媳妇，皆是富贵人家，我亦要存些体面。今你主母若到我家，众人看见穷状，定是嘲笑。我今拨白米五斗、银五钱，你拿去与你主母，叫他不必上来，请回去罢。"吩咐家人取出米五斗、银五钱，即时进去。胡完心中火发，敢怒而不敢言，银米也不拿，奔出大门，来至河口上船。

文氏一见胡完，就问若何，胡完气道："今非昔比，那崔院君也变了！"便将其言一一说知。文氏、凤娇闻言，止不住伤心泪下。再欲商议安身去处，忽然阴云四合，落下大雨来了，小船上又无好篷盖，母女二人与胡完淋得浑身是水，胡完忙忙拢船到一株大树底下避雨。临河岸上有一座大悲院，有一个女尼在门首看见他母女二人淋得浑身是水，便叫道："二位女菩萨，快上岸来，到小庵坐坐，住了雨去。"胡完忙扶安人、小姐上岸，拖泥带水，进了大悲院。

女尼请他母女坐下，煽起火来，与他母女烘衣。女尼道："请问二位，还是母女么？要往哪里去？"文氏见问，不觉泪下，道："师父，你不问时，还好忍耐；如今问我，好不苦切！老身胡文氏，住居通州，这是小女。我丈夫亡故多年，一贫如洗。有个亲姐嫁在此间崔府，老身特来相投，可笑我姐姐嫌我贫穷，不容上门。正要回去，忽逢大雨，多蒙师父相招，感激非浅。"女尼道："谁家没有穷亲眷，如何一个亲妹，反如此相待！他家只有三官人崔文德十分厚道，小时拜寄小庵大士神前，时常来玩耍。他若见安人、小姐如此苦切，决然相留回去。但今日下雨，未知来否。"正说间，只见文德从外进来避雨，女尼道："三官人，来得正好，你认得这位安人否？"

文德把安人细看道："面貌倒与家母相似。"女尼道："差也不多。"便将母女前来相投，院君不容上门之事，细细说知。文德失惊道："原来是姨母、表妹！"忙上前行礼道："姨母，不料我母重富轻贫，得罪姨母，休要见怪，我回去即唤轿来请。"文氏道："襟侄，你母不肯相容，你回去说了，反为不美。"文德道："不妨，我母最听我的话，我去说，自然

---

[1] 黉（hóng）门：古时学校。

依我。"女尼道:"何如?亏了这阵雨,天遣相逢。"

文德见雨已止,别了安人、小姐,奔回家中,见了崔母,叫声:"母亲,我胡姨母穷苦来投,理应留他,为何打发他去?"崔母道:"我本意要留他,但恐你两个嫂嫂相笑,一时打发他去,心中正在此不忍。"文德道:"母亲,谁家没有穷亲戚,两个嫂嫂焉敢笑人!母亲,快取些衣服首饰,叫两乘轿子去接姨母、表妹,才是正理。"崔母见文德说得有理,即取出衣服首饰,着四个丫头,两乘轿子来大悲院相接。

母女二人打扮齐整,谢了女尼,上轿来至崔府。崔氏、文德相迎。文氏、凤娇走出轿来,文德把表妹细看,"好一位绝色佳人!"暗暗喝彩。崔氏与文氏、凤娇见礼,文德从新拜见姨母,又与表妹见礼,长男、次男并两个儿媳,亦出来见礼。备酒款待,又叫胡完厨下吃饭。崔氏请母女二人入席共饮,就问:"妹丈亡后,未知贤妹如何到此景况。幸喜侄女长成,一貌不凡,可曾许人家否?"文氏道:"姐姐,说也可怜!"就把丈夫亡后,直至胡完相救,到此相投,细细说出,说罢,泪下如雨。崔氏也不住流泪。

酒毕,崔氏送他母女入内房安歇。文德思想凤娇为妻,暗道:"若是姻缘,真好造化!方才姨母说什么比合朱砂记,许了进兴,又说做强盗,死在牢中,若姨母肯许了我,便十分之幸了。我想若要表妹为妻,必须孝顺姨母,慢慢说合成就。"

次日,胡完要回家去,文氏道:"胡完,多谢你救我母女在此。你可到陈进家,说知我母女在此,叫他夫妻不必记念。"胡完允诺而去。要知端底,再看下回分解。

第四十六回

李承业奉旨和番　紫阳仙有意送宝

　　再说三齐王李承业，因则天皇帝有旨召回，即将兵符交与李信，着他退守临江，不可出战，自回长安，朝见则天皇帝，计议吐番入寇之事。承业奏道："吐番兵强将勇，若与相拒，恐为不美。况李旦窃据汉阳，实为心腹之患，若不早为战灭，后日必为大害。乞陛下降旨，待臣前往幽州，割地连和。陛下先无北顾之忧，再下汉阳，战灭李旦。"则天允奏，草诏一道，割幽燕十州之地，以和吐番。承业领旨，往幽州而来。到了幽州，见吐番天庆王，述大周则天皇帝连和之意，吐番王允和。是以幽燕十州尽属吐番，天庆王建都幽州，北方诸国尽供奉于吐番，不进贡于中国矣。

　　承业和了吐番，回京复命，路过九龙山，闻得山上有一紫阳道人，能呼风唤雨，知过去未来之事。承业即亲自上山，来至茅庵，见紫阳道人白发童颜，身披鹤氅[1]，手执拂尘，打坐蒲团之上，不敢怠慢，恭身下拜，口称："仙师，弟子李承业，奉旨和番，今回长安，即下汉阳剿除李旦。但恨马周智勇双全，力不能破，求仙师指示，如何拿得叛臣马周、妖人李旦？"

　　道人闻言，心中暗笑承业奸臣背主，反助武氏篡位，久后是唐终于兴复，他今反要去拿真主，真乃可笑。又想："我今不以宝贝与他，如何使真主夫妻相会？"便叫童子，把那一面万箭火轮牌取来。童子应声入内，将牌取出，却是半尺长一面铜牌。道人付与承业道："此牌出在西番国，将牌打上三下，要风风至，要火火来，要兵兵有，要箭箭到，随心所欲，定获全胜。"承业接牌大喜，拜别下山，回长安来。

　　到了长安，入朝复旨，武则天道："吐番既和，汉阳李旦，卿当用心剿灭。"承业道："臣今再提兵十万，以下汉阳，包取马周、李旦首级，

---

[1] 鹤氅：鸟羽制裘，用作外套，美称鹤氅。

献与陛下。"则天大喜。承业别驾起行，领兵十万来征汉阳。路过通州，纵容士卒杀人放火，占人妻女，劫掠百姓，怨声载道。

消息传入汉阳，唐王李旦闻知，不觉惊惶，纷纷泪下。马周奏道："常言说，兵来将挡，水来土掩。李承业来犯汉阳，自有臣等御敌，何惧之有，主公何必惊惶泪下？"唐王道："孤非惧李承业兵来，只因通州近日遭了兵火，但不知胡氏母女如何，以此泪下。"马周道："主公不必忧愁，臣即差人到通州，迎接国母娘娘到来。"唐王遂修书一封，马周叫过曹彪，吩咐道："你当日寻访主公，那胡家是你认得的，今你持书，火速到通州迎接国太、国母前来，与主公完聚。"唐王道："需要小心，悄地接他母女前来，切不可使人知觉，又生他变。"

曹彪应声"得令"，遂扮做差官，星夜赶到通州。城内果然家家逃难，人人奔走。来至胡家门首，见大门半开，绝无人影，合家俱已逃避，左右邻舍，亦俱逃散，并没处寻人问信。等了半日，忽见一个双目不明年老之人，手执竹枝而来。正要进门，曹彪一声喝道："你是什么人？"那老人道："这是我主人的宅房，难道我住不得，你问我做么？"曹彪道："我们远方来的，所以不知道。请问你家员外哪里去了？"老人道："只因三齐王兵下汉阳，在此经过，纵兵抢掠，城中人都往四乡躲难，我家员外一家亦往乡间避难去了。我为双目不明，行走不得，无奈住在此间，可怜我三日并没有吃饭哩！"曹彪道："原来如此。想你家大院君、小姐亦同员外避难去了？"老人道："说起那大院君与小姐好不苦哩！都是进兴天杀的，害得他母女不浅！进兴逃走了，丢下他娘儿在此，又被马姑爷强逼成亲，早已逃往陵州去了。"曹彪暗想："如今不见娘娘，怎好回去复旨？这老人说话有些来历，不如带了他去回复千岁。"主意已定。未知老人肯去否，再看下回分解。

第四十七回

访国母闻信哭泣　马将军直言苦谏

　　话说曹彪要带这老人去复旨，就叫："老人家，你在此又没得吃，又没得穿，你不如同我们去。"老人道："你们那边平静么？"曹彪道："包管饿不着你，你同我去就是了。"老人道："但不知贵处离此有多少路？"曹彪道："你休问我，到了那边，自然明白。"遂带了这老人，星夜赶到汉阳。把老人带在端门，曹彪先入内奏知：通州大乱，满城百姓俱各逃散，不知国太、国母下落，只带得一个胡家家人，在外听候我主询问，便知端底。唐王吩咐唤进来。

　　军士扶进老人，唐王看时，认得是胡发的老家人王老，为甚双目不明，便叫："王公公，你可认得我么？"王老侧耳细听，说道："听你的声音，好似进兴的口气。"唐王道："正是。我问你，大安人、小姐哪里去了？"王老把牙一咬，将足一顿道："原来果是进兴。你这没良心丧天理的人，害得他娘儿两个好苦！进兴，我且问你，你可记得当初在胡家为奴之时，全亏大安人把衣服与你穿，待你好似亲生儿子，又将小姐私下许你，因你东郊比箭，得罪马姑爷，员外打你三十板，睡在柴房，若不是他娘儿调养你好，你早已死去多时了！哪知调养你好，你却忘了他母女之恩，一溜烟逃走？说起你这负心人，令人怒发冲冠！可惜我双目不明，不然，赶上你咬你两口肉，也替他娘儿两个消气。"

　　两边众将听见王老出言无状，俱备提刀在手，喝道："好大胆！"要杀王老，唐王摇手道："不可。"王老道："朋友，你们不知道，不必生气，这话进兴肚内是明白的。"唐王道："你休管他们，我且问你，如今大安人、小姐却在何处？"王老道："自你逃走之后，员外、院君只说是他母女两个通同放走了你，足足骂了千千万万。后来马迪看见凤姐，一心要想凤姐成亲，叫于婆说合，那小姐一心要守着你这负心人，立志不从，大骂于婆。又因人人传说你做了强盗，被官府打死牢中，母女二人，一闻此言，

第四十七回　访国母闻信哭泣　马将军直言苦谏 ‖ 113

几乎哭死。陈解元四下打听，并无此事，母女放心不下，到观音庵问签，却中了马迪之计，与张、李二尼设局款留母女，到了天晚，强逼成亲。母子二人只说沐浴更衣，方出来拜堂成亲，悄悄逃走去了。虽然全了名节，只是性命无着落，也不知跳了深井，也不知投了大河。"

唐王闻言，大放悲声，哭晕数次。王老听了，点点头，想他还有良心，便叫："进兴，不要哭，我对你说，他娘儿不曾真死，多亏了家人胡完相救，出庵往陵州姨母崔宅去了，所以还不曾真死。"唐王咬牙切齿，大骂马迪，"将来必要碎尸万段，方出我气！"叫王老且在此居住，差人送他馆驿去，好生服养。内侍领旨，扶王老而出。王老道："朋友，我问你，这进兴做了什么官，如此呼喝？"内侍道："该死的狗头！这是大唐高宗皇帝的太子，小主唐王，你数胡言乱语，少不得要割你这驴头下来。"王老闻言，唬得魂飞魄散，叫声："不，不好了！我眼瞎了，看不见，竟是这等大胆，该，该死了！"内侍道："不必害怕，幸喜千岁宽洪大度，不计较你。以后须要小心，不可如此胡说。"送王老到馆驿，拨人服侍，王老好不快活。

唐王含泪退朝入宫，申妃接驾，问："千岁，何故面有泪痕？"唐王告知其事，申妃道："千岁，娘娘既避难陵州，少不得自有相逢之日。我主须念天下为重，善保龙体，以安众心，克服江山，乃是大事。岂可因想念娘娘，以失众望！"唐王哪里能忍，直哭了一夜。哭到天明，含泪临朝。马周奏道："目下李承业兵马将到，主公正该计议迎敌，以天下大事为重。岂可终日哭泣？驾下众将，抛妻弃子，在此保护主公，谁不记念妻子！请主公善保龙体，以天下大事为重才是。"

唐王闻言，收泪谢曰："孤闻将军金石之言，今知过矣。卿当整顿人马，以便迎敌。"马周见唐王英明纳谏，心中大喜，鼓励士卒，预备迎敌。欲知后事，且看下回分解。

第四十八回

胡凤娇怨命轻生　崔文德送还庚贴

再说陵州崔文德，一心要想表妹为妻，百般孝敬文氏，欲央媒说合，又恐文氏回绝自己，想道："目今海棠盛开，不若借赏花为名，亲自相求，姨母或者不好却我，也未可知。"遂叫安童把文氏请至书房。文氏道："贤侄，请我来此，却有何事？"文德指道："院中海棠盛开，愚侄特备茶果在此，请姨母出来赏花。"说罢，请文氏上坐，自己旁坐，相陪吃茶看花。

闲话一回，令安童出去，来至文氏面前，跪下道："愚侄有一句话，不知姨母肯允否？"文氏失惊，扶起道："你何必如此？我母女在此，多承你照应，有话只管说来，我无不依从。"文德道："表妹今年十六岁，愚侄今年十七岁，年纪相当，欲求表妹结姻，订百年之好，不知姨母尊意若何？"文氏闻言惊呆，半晌方说道："这事不是我不肯，只因当初许过进兴了，如今难以再许你。"文德道："姨母不妨，虽然曾许进兴，又非明煤说合，且是来历不明，逃去无踪，又闻他做了强盗，打死牢中，岂可误了表妹终身大事！今日姨母许允，我即下聘。"

文氏左思右想，并无法回他，忽然想起通州近日遭了兵火，胡发定然避兵，不在家中，只将胡发推辞便了，叫声："贤侄，我想婚姻大事，非女流所做主，必要我家二叔胡发做主，要他应诺才好。"文德道："这不难，待我往通州，亲见胡二叔求亲便了。"文氏暗暗点头。文德忙将这话入告母亲，崔母道："为娘久有此心，只因你姨母说已许人了，故尔终止。今姨母既有此话，尔须速去求亲，只要你胡二叔出一庚贴，便下了聘来。"文德忙收拾财礼，带八个家丁，叫了船，竟往通州而来。

此时周兵已过去了，那胡发也回在家中，闻知嫂嫂、侄女得胡完送在陵州崔宅居住，他乐得省饭，也不以为念。那崔文德来到通州，下船入城，就写一个柬贴，来拜胡发。胡发知他十分富贵，忙迎接入厅，礼毕坐下。胡发假意谢他收留嫂嫂、侄女之情，文德连称失礼，就把求婚已蒙文氏应允,要他主婚,出庚贴,即当以千金相聘的话,说了一遍。

那胡发闻听有千金聘礼,连忙应允,并说:"不消择日,明早下聘就好。"文德见允,喜不可言,作别起身。次早料理十二架食盒,三起吹手,八个家人,文德坐轿,亲自下聘至胡家,礼物排了一厅。胡发如掘了一桩横财,其乐无比,收下聘礼,送了庚贴。文德如同接了至宝。胡发摆筵款待。酒罢,文德告辞,胡发相送出门而别。

文德即时下船,回到陵州,上岸归家。却好文氏正在崔母房中,文德深深一揖道:"姨母,多承二叔美意,一说即允,收了千金聘礼,表妹庚贴已有了,只等择日完婚。"崔母大喜。文氏唬得目瞪口呆,心中暗道:"我只道胡发避兵不在家,哪料想庚贴都出了,此事如何是好?"又不敢对女儿说出,恐怕他觅死觅活,只是暗暗纳闷。

过了数日,崔母来文氏房中,看凤娇绣花。忽然文德走来,把表妹绣的花一看,叫声:"表妹,绣得好鸳鸯,做得枕头,不久吉期,一定好与贤妹合卺。"凤娇满面通红,叫:"三哥休无礼,说此戏言也!"崔母笑道:"我儿,你还不知,你三哥亲到通州,见你二叔求亲,你二叔允了,收下聘礼,出了庚贴,你今是我家媳妇了。"

凤娇闻言,急得肝肠寸断,泪下如雨,叫声:"三哥,我丈夫虽无下落,但小妹之身既许与他,永无更改。三哥决还我庚贴,速去通州,追回聘礼,莫做轻财速命之人!"文德道:"贤妹,我大礼已行,永无更改。你既不肯他嫁,我誓不肯他娶,大家就守节便了。"凤娇心如刀刺,忙身上脱下穿的崔家的衣服来,依旧穿了自己的旧衣服,倒在床上,痛哭不已。文德慌了手脚,求姨母、母亲解劝,且自去了。

崔母、文氏苦劝半日,凤娇哪里肯听。一连五日,茶饭皆绝,滴水不下,急得崔母、文氏都没法了。文德入房一看,纷纷泪下道:"贤妹,愚兄虽不才,也不为辱没了你,你为何轻生,饿到如此光景?也罢,总是我与你无缘,我取庚贴来,送还你便了。"遂到书房取了庚贴,来至床边,叫声:"贤妹,庚贴在此,送还了你,不要自己苦了,请吃些汤水罢。"文氏道:"我儿,你三哥送还了庚贴,不要心焦,你可吃些饭罢。"凤娇只是闭口不吃,怨恨自己命苦,立志要死,文氏止不住流泪。文德道:"姨母,且收了表妹庚贴,慢慢劝他吃些东西,我且出去。"文氏再三苦劝,哪知他口也不开。

一连七日，水米不沾，看看目定唇青，文氏只是痛哭，也没法相救。

　　凤娇将死，怨气直冲斗牛，玉帝闻知，即差太白金星带一粒仙丹下来，是夜投入凤娇腹中，立时神清气爽，吃饭如前。文氏大喜。文德喜到万分，只要他大命不妨，慢慢守候他回心转意成亲。文德自此再不提起亲事，在族中亲眷面前，只说已定下了表妹胡氏，亲亲眷眷，无一个不知。毕竟后来如何，再看下回分解。

第四十九回

俏书生思谐佳偶　贞烈女投江全节

话说崔文德自送还庚贴之后，一心专望凤娇回心转意成亲，哪知凤娇立志不改。过了一月，将近崔母六旬寿诞，凤娇买了一幅白绫，绣起一幅王母蟠桃图，央人拿去裱了，预前三日送上崔母，以庆大寿。文德见了寿图，如同活宝，拿来挂在正厅。到了寿日，亲戚朋友都来拜寿，众人看见寿图，人人喝彩，绣得竟似活的一般。文德道："不瞒列位，这幅寿图，是我妻房胡氏绣的。"众人皆称赞："好妙手，真是世间少有。"文德扬扬得意。

及亲朋拜过了寿，出门回去，其余至亲人等，就请出崔母来到正厅上，大家拜寿。文氏、凤娇也出来，到正厅上与崔母拜祝。闪出族长崔洪庆，说道："今日是侄妇六十大寿，凡事俱要成双作对才好。大侄孙夫妻一对同拜，二侄孙夫妻一对同拜，三侄孙与胡姑娘一对同拜。"凤娇满面通红，暗骂族长："老乌龟，我怎好与三哥出拜。"低头立着不动。文德暗喜叔祖知趣，便笑嘻嘻地先立在红毡上等着，崔母笑道："襟侄女，老身行礼了。"文氏道："啊呀，姨母先行礼了，快与三哥同拜不妨。"凤娇恨着母亲，没奈何，只得与文德一同拜祝。众亲齐道："真真一对好夫妻，郎才女貌，绝世无双。"文德喜不可言。

凤娇气得了不得，拜罢竟回房去，止不住泪下，暗叫："天呵，今日众人面前，出此大丑，怎好还在崔家吃他的饭，莫如寻个自尽，完了一生名节。我想若死在崔家，三哥定然做主，戴孝开丧，魂牌上边定写着亡妻胡氏，我死在九泉之下，亦不瞑目。必须设一计策，离了崔家寻死方好，就是母亲，也要瞒他，方能成事。"想定主意，不觉伤心泪下。只见外面丫环几次来请入席，凤娇假说肚痛，不肯出去。

自此崔家请了几日酒，方才得闲。一日，文德进房来望姨母，适文氏不在房中，凤娇笑容满面，起身相迎，连叫三哥。文德想道："奇怪，往日见我，即时躲避，今日为何如此光景？有些好意思了。"便叫："贤妹，莫非有见怜愚兄之意了？"凤娇笑道："三哥呀，难得你一片好心，仔细思想，过意不去。非小妹不欲与兄共成连理，只因进兴临别之时，山誓海盟，许下大咒。自他去后，杳无音信，想已不在人世了，小妹意欲祭奠一番，然后与你成亲。"文德大喜道："贤妹何不早说！既要祭奠，有何难事，待我请了僧人，明日就家中超度，以尽妹子之心。"凤娇道："人家屋内，有门神户尉，异姓鬼魂，不敢进门，超度无益。须在城外僻静处，只消小妹奠祭一番，他便实受，也不须请僧人，浪费银钱。"文德道："说得有理。此去城外二十里，便是大江江口，有座寿星桥，十分高耸。待我差人叫大船，备下祭礼，明日与姨母、贤妹前去还心愿，回来即议成亲，休要哄我。"凤娇道："决不食言。但我母亲面前，且休提起。"文德许允，欢喜而去，吩咐家人去叫大船，买办祭礼。

到了黄昏时候，文氏先去睡了，凤娇暗暗伤心流泪，想明日去江口祭奠丈夫，即便投入江中，以全名节，须留下一札，致谢姨母、三哥之恩，并将母亲拜托于他，即取花笺，提笔写道：

  胡氏凤娇拜上姨母、三哥尊前：念凤娇命途多舛，严君[1]早逝，母女孤苦，相依叔父。孰知叔父与婶母重富欺穷，凌虐孤苦，全无骨肉之情，相待如同奴婢。只因神人吩咐，比合朱砂手记，绣娘为媒，母亲做主，许与进兴，一言永定，万载无更。可恨马迪，假造诳言，以致母女同到观音庵问签，中了奸计。幸得胡完相救，得脱大难，又蒙三哥大悲庵相逢，留我母女到家，看待如同骨肉，感恩非浅。可恨叔父贪财，将奴又许配三哥，又蒙三哥恩德，送还庚帖，并不强逼。只因庆祝姨母大寿，众亲胡说非礼，羞惭难忍。非是小妹无情，不肯结姻，实因已许进兴，名节为重，身投江中，尸埋鱼腹，以全名节。小妹亡后，老母无依，全望姨母、三哥念及至亲，养活终身，不惟生者感恩，而死者亦戴德矣。

凤娇写完封好，放在箱内，灭灯就寝。天明起来，叫声："母亲，夜来女儿梦见进兴与我讨祭。"文氏道："哪得银钱去祭他？"忽见文德进

---

[1] 严君：指父亲。

来道:"姨母,说什么'哪得银钱去祭他'?"文氏道:"是因你表妹夜来梦见进兴与他讨祭,所以说无有钱去祭他。"文德道:"待我去备祭礼,与姨母、表妹同到寿星桥上去,望空遥祭便了。"说罢,遂出外叫家人治备祭礼,雇下船只,叫两乘轿子,抬了姨母、表妹上船,文德也上了船。

开船摇出大港,便是长江,到了寿星桥岸泊船,家僮排下酒肴,开了船窗,文德请姨母、表妹共赏江景。文德乐极,开怀畅饮,不觉吃得大醉。文德道:"大家早些睡,到五更好起来祭奠。"说罢,文德就往前舱去睡了。文氏、凤娇睡在中舱,家僮都睡在后梢。凤娇和衣假睡,等到二更,悄悄起来,开了舱门,轻轻摸出来,见文德沉睡如雷,悠悠摸过,把前舱门开了,将身摸至船头。举目一看,只见汪汪一片江水,不觉泪如雨下,忽听船中有声,遂踊身一跃,跳在江心。要知凤娇性命如何,且看下回分解。

第五十回

崔文德痛哭凤娇　李承业战胜马周

　　话说凤娇跳在江中，早有巡江水神托住，顷刻间不知去了多少路途，遇了一只荣归的官船，水神把船托住，那船一步也不能行。水手把火往江中一照，呐喊："江中一个女子！"早惊动了船内夫人，披衣起来，吩咐："快快打捞，救得上船，赏银五两！"众水手忙救起上船。

　　此时船中男女尽皆起来，夫人叫丫环与他换了湿衣服，夫人一看，好一个绝色女子，问道："何方人氏，姓甚名谁，为何寻此短见？"凤娇流泪道："贱妾姓胡，名凤娇，通州人氏，父亲早亡，同母文氏过活。自幼许进兴，不料他去边庭寻亲，杳无音信。叔父胡发贪图财帛，又受他人之聘，逼奴改嫁。奴守节不从，因此投江自尽，却蒙夫人捞救，恩德如山！"夫人道："原来是一个节女，可敬，可敬！我欲差人送你回去，又恐你叔叔逼你。我对你说，我家相公陶仁，湘州人氏，现为浔阳知府。我生一男一女，男名陶泰，现为山海关总兵。我家相公告老回乡，先打发家眷回家，在此救你。我女儿正少一人服侍，你不若在此伴我女儿，同往湘州，再打听你丈夫的消息，不知你意下如何？"凤娇闻言下拜道："妾愿从命。"陶夫人道："既如此，你就改名凤奴罢。"遂指一人道："这就是小姐。"凤奴便拜了小姐。又指一人道："这是小姐的乳母徐妈妈；你可拜他为母，到家去也好照管你。"凤奴又拜徐妈妈为母，随夫人往湘州去了不表。

　　且说文氏睡醒，不见了女儿，吃了一惊，忙披衣起来，见舱门已经开了，遂大声哭道："不好了，我女儿不见了！"文德惊醒，忙起来叫家人取火，满船照看，哪有影儿，只见船头有绣鞋一只，分明是投江死了。文氏哭倒在船。文德放声大哭，急叫数十只船打捞尸首，江水滔滔，哪里去捞！文德遂吩咐家人，把带来的祭礼排在船头，文德哭拜船头道："贤妹，你身死江中，灵魂随愚兄回去，姨母在我身上养老送终。"文氏望江哭叫："儿

第五十回　崔文德痛哭凤娇　李承业战胜马周

呀，为娘的被你哄了，叫我苦命的娘亲依靠何人？"哭了一回，烧化纸钱，祭毕，开船回家。

崔母闻知，也大哭一场。文德遂劝姨母入内房。文氏哭叫："女儿，你去时还把箱子锁好，就拿定主意不回来了！"一头哭，一头开锁，忽见书一封，文德拆开一看，哭得发晕："贤妹，原来你未出门就存了死心，难道我强逼你不成！"哭哭啼啼，遂出去，走到书房，倒在床上，日夜啼哭。崔母来至书房，劝道："你凤妹已经死去，不能复生，何必如此啼哭！自我看来，只要你孝敬你姨母就是了。你出外去寻些朋友，散散心闷，待我吩咐媒婆，给你另寻一个如花似玉的妻子。"文德道："我今娶亲，不论容貌，只要个无父母的女子，为人贤惠，将来拜姨母为母，奉养送终，以代表妹，以表我心。"崔母道："我就依你，快起来，出去走走。"文德起身出外，延请僧人，立招魂幡做道场，超度凤娇不提。

且说陶夫人并家眷船至湘州，俱下船坐轿进城，来到府中。有徐妈妈之子徐英，见凤娇美貌，忙问："母亲，这人是谁？"徐妈妈道："是夫人江中捞救来的，拜我为母，就是你的妹子，你二人见了礼。"二人各个施礼。后来徐英悄地对他母亲说道："干妹子生得标致，孩儿又无有妻子，母亲何不做主，配了孩儿？"徐妈妈道："胡说！他因为守节投江，岂肯配你，休得胡想！"徐英诺诺而退，然此心终不放下。自此凤娇在陶府中，夫人小姐见他精巧伶俐，亦甚爱他，徐妈妈又十分照管他，颇不吃苦，按下不表。

且说三齐王李承业到临江府与李信合兵，共集大兵十八万，杀奔汉阳。一到汉阳城外，安下营寨，次日，承业率兵抵城讨战。城内马周闻报，率兵出城迎敌，唐王与参军袁城、李贵上城观阵。马周出马，大呼："李承业，你是本帅手中败将，焉敢又来讨死！"承业大怒，出马抡刀，直奔马周。马周挺枪相迎，战了十余合，承业招架不住，回马便走，马周挥兵追杀。李承业怀中取出火轮牌，回身对着唐兵连打三下，火光透出，烈焰腾空，烧得唐兵焦头烂耳，大败而退。火尚未熄，箭如雨发，承业催兵追杀，马周大败，入城闭门死守，承业得胜回营。欲知如何破敌，再听下回分解。

第五十一回

李贵设计谋宝镜　唐王守义却新婚

当时唐王在城上看了，大惊失色，下城入朝，查点军士，幸喜不折一人。唐王道："李承业什么妖牌，如此厉害？"李贵奏道："臣知此牌出在西番国，名如意火轮牌，临阵用此，要风风至，要火火来，要兵兵有，要箭箭发，最是厉害。今日虽败，不折一人，此乃吾主洪福所庇耳。"唐王道："此牌用何破之？"李贵道："欲破此牌，须得女娲镜照之，其牌立碎。"唐王道："又是难事，如今哪里有女娲镜？"李贵道："一个所在，却有此宝，乃臣同窗好友，姓陶名仁，湘州人氏，祖代相传，家中有此宝镜。"唐王说："陶仁之子现保武氏，为山海关总兵，他家虽有此宝，焉能取来？"李贵道："臣有一计，可取此镜，只是冒犯主公，不敢启奏。"唐王道："如今危难之际，还说什么冒犯，有计快说，孤不罪你。"李贵道："臣亡兄李富，遗下一子，名国祚，自小微臣为媒，聘定陶仁之女为妻，只因国家多事，多年不曾往来。后在长安，臣侄已死，陶仁尚未知；臣今在此保公主，陶仁也不知。依臣愚见，不若主公充作臣侄，同臣前往湘州就亲，陶仁又未曾见过臣侄，陶仁决不疑心，定将其女与主公完婚。成亲之后，主公乘机取了宝镜，来破周兵，何难之有！"马周连称妙计，即令王饮、曹彪扮作家丁，唐王依计扮作秀士，君臣四人守至黄昏，悄悄出城，绕过周营，奔湘州而来。

一日到了湘州陶府门前，王钦投进名帖，门公接帖，入内呈上，陶仁见帖上写着"姻眷弟李贵率侄子婿国祚顿首拜"，遂忙忙出迎。迎入大厅，李贵、唐王与陶仁行过礼坐下，陶仁见女婿相貌不凡，心中大喜，遂道："自与仁兄别后，十有余年，两下音信隔绝，无从问候，正思小女年已及笄[1]，万难迟缓，今幸驾临，亲事可完。"李贵道："此事小弟时刻

---

[1] 及笄（jī）：古时指女子到了快出嫁的年龄。

在心，亲为名利所牵，所以延迟。今送舍侄前来就亲，外具白银二百两，少助喜筵之费，乞兄笑纳。"陶仁道："又劳费心，既蒙厚赐，权且收下，择日完婚，也完一件心事。"遂备席款待。席罢，陶仁送李贵叔侄到书房中安歇，自进去与夫人商议，择日完婚。

定了吉日，张灯结彩，鼓乐喧天，唐王与小姐二位新人，出厅拜了天地，又拜了陶仁夫妇，然后夫妇交拜，送入洞房。此时李贵因君臣之分，不便行礼，假推腹痛，睡在书房。唐王、小姐洞房中饮过花筵，徐妈妈道："夜深了，姑爷、小姐请安置罢。"唐王道："妈妈请便。"徐妈妈服侍小姐解衣就寝，又请唐王就寝，唐王道："妈妈自便，不消在此。"徐妈妈并众丫环关门出房去了。唐王脱了衣巾，上下小衣穿着，另自一头睡了。陶小姐一日新婚，情趣未领，又不好去拉他。

到了次日，唐王起身，来至外厅，李贵先要回汉阳，暗暗嘱咐唐王："在此休恋新婚，当留心得便取了宝镜，速回汉阳，以免众心忧虑。"唐王允诺。李贵出来作别要行，陶仁道："三朝未过，为何便要起身？"李贵道："小弟与一友约定在泗州相会，所以急于要行。"陶仁苦留不住，只得备酒饯行。酒罢，李贵又暗嘱咐王钦、曹彪："小心保着主公，得了宝镜，即便同主公速回。"二人应允，李贵自回汉阳去了。

唐王自与小姐成亲后，夜夜和衣而睡，并不近身，全无半分欢情。一日，小姐对镜梳妆，暗想："丈夫容貌，真真可爱，只恨他夜夜衣不解带，全无一点夫妻之情。"想到没兴之处，不觉泪下。徐妈妈在旁看见，就叫："小姐，嫁了这样好姑爷，正该欢喜，为何反生不悦？"小姐道："他夜夜和衣而睡，如同死尸，有甚欢喜！"

徐妈妈闻言，全然不信，守至晚间，姑爷、小姐都上床睡了，遂悄悄地入房，来至床边，揭开帐子，伸手向被中一摸，不觉惊讶，叫声："姑爷，你好痴呀！少年夫妇，正是如鱼得水，为何穿着衣裤而睡？"唐王道："你有所不知，我当初同叔父在边庭，忽得一病，几乎身死，曾许下太行山香愿未还。叔父临行之时，吩咐我等他泗州回来，即同我去还愿。还了香愿，方可脱衣，所以和衣而睡。"徐妈妈道："原来为此。姑爷如此老成，这也难得。"叹息而去。欲知后事，再看下回。

第五十二回

入绣房夫妻重会　得宝镜曹彪回营

却说徐英一心想着凤奴，不能遂意，朝思暮想，害了弱病，想道："不若去求姑爷。"送走至书房，向唐王跪下道："小人有一事，求姑爷救小人一救。"唐王道："你有何事？起来说。"徐英道："小人有一过继的妹子，名叫凤奴，是夫人从江中捞救来的。小人要想他做妻子，求姑爷对老爷、夫人说声，把凤奴配了小人，足感姑爷的大恩。"唐王道："此事何难，管保配你。"徐英大喜，叩头而去。

唐王暗想："凤奴是怎样，使他如此思想？"遂步入内宅来，众丫环齐齐站着，唐王道："哪一个是凤奴？"众丫环指道："那绣战袍的，手上有朱砂记，就是凤奴。"唐王抬头一看，不觉五内崩裂，却正是恩妻凤娇，假将战袍拿来观看，露出朱砂记。凤娇见了，认得是进兴，假作失针，曲身寻取，偷弹珠泪。唐王惟恐泪下，急急走出，心如刀割，至晚倒身床上，暗暗流泪。

到了黎明，假作肚痛，出外出恭，与凤娇相遇，抱头相哭。凤娇道："负心的郎！临别时，只说一到边庭，即来接我，一去杳无音信。只为传说你做了强盗，打死牢中，我与母亲放心不下，到观音庵求签，妖尼设局，马迪强逼成亲，幸得胡完相救，投在陵州崔姨母处。不料表兄又要娶我，哄他同来祭你，投入江中，被陶夫人捞救在此。我为你受尽千辛万苦，死里逃生，哪知你在这负心人，忘了奴身，又入赘于此！"

唐王流泪道："恩妻，我若负你，天地不容！我到翠云山，与马周取了汉阳，因两下交兵，未曾差人接你。后来差人至通州接你时，杳无音信，寻着王老，方知你与岳母逃奔陵州。即欲差人接取，又因李承业统兵犯界，我今假冒李公子，入赘他家，因他家有女娲镜，可破贼兵，欲来取此镜，不是成亲，至今和衣而睡，并无近身。在翠云山纳一申妃，并不同床。如此立心，我岂是忘恩负义之人！"凤娇闻言，失惊道："如此说，你是何等人？"唐王低声道："我非马隐，乃唐高宗皇帝元配王后的太子，目今接唐王位于汉阳城的李旦便是，早晚乘便盗取女娲镜，即回汉阳。恩妻切不可漏了消息，害我性命。"凤娇悲喜相半，扯住唐王道："你若动身，须要带我同去，休要又抛了奴身，自己去了！"唐王道："恩妻放心，此番死活与你同行。"二人说话之间，天已大明，各自散去。

过了数日，陶仁因花园中牡丹盛开，吩咐备酒花厅，与女婿女儿赏花。王钦、曹彪随唐王入内，叩见陶仁，陶仁道："贤婿，不曾问他二人姓名，可晓得什么技艺否？"唐王道："此人姓王名汉，那个姓曹名阳，他二人武艺高强，使他上阵，必能取胜。"陶仁笑道："你二人既精兵法，必知局势。目今三齐王李承业又下汉阳，与马周交兵，可晓得将来谁胜谁败？"二人道："启爷爷，三齐王虽然将勇兵多，但名不正，终不能成事。马周保太子中兴，名正言顺，不久定败李承业。"陶仁笑道："马周与李承业相争，是犹犬与虎斗，目下李承业得一异宝，名如意火轮牌，最是厉害，不久汉阳就破。"唐王道："岳父，那火轮牌可有破法么？"陶仁道："破牌之宝，却在我家祖上传下一镜，名女娲镜，只须此镜一照，其牌立碎。"唐王道："岳父有此异宝，乞借小婿一观。"陶仁取出钥匙，付与小姐道："你同丈夫取出来看。"

小姐、唐王起身，来至库房门首，小姐开入库房，进了五重门，至内取出一个拜匣，掇在外边。陶仁又取钥匙开了拜匣上的锁，揭开拜匣，内用黄绫包裹，打开来便放出万道霞光，但见此女娲镜如碗口大，色分五彩。唐王看了，赞道："果是人间异宝！"陶仁道："此镜乃上古女娲氏炼五色石以补天，炉中结成此镜，故名女娲镜。此镜专能破火轮如意牌，所以留传世守。"当下观看了片时，仍旧用黄绫包好，放拜匣内锁好，依旧叫他夫妻二人送入库内收藏。小姐春情荡漾，不耐烦行走，坐在外边亭子上，手托香腮，长吁短叹，却叫唐王自去收藏。唐王留心把内中四重门都不锁，只锁了外边的门，依旧出来，花厅上饮酒。酒毕，走至外边书房，暗对王钦、曹彪说道："库内四重门都未锁，单锁外边一重门。只是四面墙高，如何进去取此宝镜？"曹彪道："不难，只要主公今夜开门出来，放臣入内，在臣身上，包取此镜。"唐王大喜，到晚入房安寝。

等到三更，唐王假作肚疼，出外解手，轻轻从内门一重重开到大厅，唐王引王钦、曹彪入内，悄悄来至库房边。曹彪将身一耸，扒上墙头，飞身下去，不多时，又纵身上来，往下一跳，轻轻落地，叫："主公，宝镜已取到手，请主公速速同行。"唐王下泪道："恩妻胡氏为我死里逃生至此，怎忍抛他先去，死活须带他去方好。此刻不便，卿可先回汉阳，孤与胡氏乘便同去。"曹彪便叫："王兄，主公既要与娘娘同行，待我先送此镜去，兄在此保驾，倘有缓急，必火速来报！"王钦允诺。曹彪即时开门上马，挨城而出，赶回汉阳去了。王钦关上大门，唐王把门重重关好，入内而睡。次日，陶仁不见曹彪，问曹家人哪里去了，唐王道："小婿差他往泗州去了。"陶仁信以为真。不知唐王后来若何，再看下回分解。

第五十三回

凤娇失落玉裹肚　陶仁监内困真龙

话说这日是陶仁的寿诞,前厅大排筵席,请拜寿的亲友,上边垂帘,却是女眷在内吃酒看戏。此时凤奴也立在帘内丫环队里看戏,徐英走来,见了凤奴,挨身在后,伸手乱捏。凤奴不好声张,急回身至房中,关上房门闷坐。当时唐王在厅,暗想:"此时夫人小姐众人都在外边看戏,此刻不去会会恩妻,更待何时。"假作更衣,起身入内,只见房门紧闭,急忙叩门。凤奴暗想:"徐英狗头,心尚未死,又来叩门,且待我打他几下出气!"开门迎面一掌,正中唐王脸上。唐王叫声:"恩妻为何打我?"凤奴见是丈夫,忙把徐英之事说了一遍,"以此错打,你今快快出去,恐怕小姐进来。"唐王道:"他正在看戏,决不进来。"就把门关上,抱住凤奴亲嘴。

两人说说笑笑,正要相亲之时,忽听小姐在外叩门,二人大惊,急忙放手,唐王钻入床下,凤奴走来开门。小姐骂道:"好大胆的贱人!你与那不羞脸的在此做什么?"凤奴道:"姑爷并不在此。"小姐道:"我在外边听了多时,分明是你二人在房内说笑,你把他藏过了,来抵赖么?"叫:"丫环,取鞭子来,我活活打死这贱人!"凤奴跪下哀求饶命,小姐把他按翻在地,用鞭痛打。

唐王五内崩裂,忍不住从床下扒出来,扯住小姐道:"贤妻,饶他罢。"小姐更怒,道:"我打丫头,与你何干?"只管又打。唐王无奈,只得覆在凤奴身上替打,小姐气得手足冰凉。

外边夫人闻女儿与女婿争闹,急忙入内劝解,只见女婿覆在丫头身上代打,又气又好笑,只得喝住女儿,唐王往外边去了。夫人叫起凤奴,不料身边吊下来一个玉裹肚,夫人拾起一看,见上有五爪暗龙,不觉大惊,便问:"这东西,可是姑爷与你的么?"凤奴道:"是我母亲与我的。"夫人道:"胡说!"遂拿玉裹肚来到自房,叫人请老爷进来。陶仁入内,夫人道："我有一件东西与你看。"

陶仁接来一看，道："此乃皇家之宝，夫人哪里得来？"夫人道："是女婿与凤奴作表记的。我看女婿相貌不凡，决非李国祚，必是唐王李旦假冒，前来成亲，定有别故，你去试他一试。"陶仁点头，拿玉裹肚出厅待客，散后，叫声："贤婿，那凤奴我不难与你为妾，但他是唐王李旦以玉裹肚聘下的，我不久就差人送他到汉阳去，贤婿不必想此女。"唐王闻言，只认他是实话，欠身答道："实不相瞒，我便是李旦。"王钦见唐王吐出真情，吃了一惊，急忙出去，飞身上马，奔回汉阳去了。当下陶仁试出真情，假作失惊，连连告罪，唐王称谢。

陶仁回至厅后，暗暗吩咐把前后门重重关好，急忙入内，叫声："夫人，此人果是李旦，我欲将他拿下，解上长安，女儿终身怎处？欲不拿他，万一长安闻知，合家性命难保，事在两难，如何是好？"徐英在旁道："老爷，可知武则天以阴人窃位，终非真主，唐王乃高宗太子，又与小姐成亲三月，若拿了唐王，叫小姐终身怎处？"小姐道："有甚怎处，月亮里吊灯，空挂其名。"徐妈妈道："小姐，可知一夜夫妻百夜恩，若送唐王回去，日后中兴天下，小姐难道不是皇后娘娘么？"小姐道："见什么鬼，如今尚未中兴，就无心与我；若中兴了天下，做了朝廷，有三宫六院，一发无心与我了。"众家人跪下道："老爷。休听徐英母子之言，目今公子现做着周家的山海关总兵之职，如何反放李旦？"陶仁就问女儿："你心下若何？"小姐道："这不关我事，爹爹若要抄家灭门，放他去就是了！"陶仁定了主意，吩咐拿下，众家人凶如虎狼，奔到前厅，把唐王拿下，上了刑具。

凤奴看见，大放悲声。陶仁道："凤奴也放不得。"吩咐亦上了刑具，与唐王一同送去湘州监中，即时修下本章，差人送上长安。湘州城门紧闭，只候旨下施行。要知后事，再听下回。

第五十四回

王将军汉阳报信　马元帅湘州救驾

却说王钦当日出了陶府,三日三夜赶到汉阳。其时马周自从曹彪回来,得了女娲镜,破了火轮牌,大败周兵,李承业退守临江,以图再举。这日马周正与众将计议一个暗渡陈仓之计,去湘州接取唐王夫妇,忽见王钦飞马回来,面目改色,齐吃了一惊。王钦下马,把唐王说出真情,"我恐有祸,故星夜赶来报知。"马周闻言大惊道:"这一露真情,定被陶仁拿住,解往长安。"遂即亲带王钦、曹彪并三百勇壮兵丁,火速飞奔湘州。

一日行到一个要路口,料解往长安,必由此路,即令人马扎营等候。不多时,却好陶府两个家人飞马而来,王钦、曹彪认得是陶家家人,知会马周,马周上前阻住,喝道:"你两个是什么人?"二人道:"我们是湘州陶府家将,送本往长安去的。"马周喝叫:"左右,拿下!"王钦、曹彪一起上前,把两个捉下马来,搜出本章。马周看了,扯得粉碎,手指二人喝道:"你两个还是要死,要活?"二人磕头,只求饶命。马周道:"我如今不杀你,只跟我前去湖州,诈称奉旨差禁兵来拿唐王,诱开城门,饶你狗命!"二人应允。

马周领兵赶到湘州,陶仁家将在前叫开城门,马周催兵入城,炮响连天。这湘州城中能有多少兵,先走了一个干净,谁来抵挡!打开监门,救出唐王、胡后,把陶府团团围住。唐王率众入内,吩咐:"不分男女,尽行拿下,单放徐英并徐妈妈。"军士得令,把陶仁夫妇及小姐并众家人俱拿下,押至王前跪下。唐王大怒,吩咐:"先将贱人推出斩首!"左右答应一声,把小姐斩了,呈上首级。唐王又吩咐:"把陶仁夫妇推出砍了!"闪过徐妈妈跪下道:"千岁,这件事,老爷、夫人却无有害主之心,皆是小姐不允,以致千岁受此苦楚。如今小姐已死,只求千岁念夫人当日在江中救过娘娘,免他夫妇一死罢。"唐王允奏,赦放陶仁夫妇,其余家丁尽行斩讫。吩咐整备銮车,请胡后上车,马周率众保驾起行。

到了半途，忽见前面一支人马飞奔而来，及至一望，却是申妃领兵前来接驾。一见唐王，滚鞍下马，拜伏尘埃，迎接唐王、娘娘，等候胡后车驾过去，起身上马，随驾而行。将近汉阳，又来了马周夫人李湘君接驾。

　　人马入城，申妃同胡后入宫，唐王坐殿，众臣朝贺。唐王命袁成择日成亲，袁成择定本月十六日合卺。及至十六日，殿上结彩张灯，唐王头戴盘龙冠，身穿杏黄金龙袍，腰束羊脂白玉带，端坐大殿。胡后头戴朝阳冠，身穿日月八卦袄，腰束盘龙白玉带，下系山河地理裙，申妃也打扮端整，四十二个宫娥扶拥，出宫至大殿。先行君臣礼，拜了唐王，然后唐王下座，成夫妇礼，交拜天地成亲，胡后与唐王并坐殿上，申妃朝拜。礼毕，一派笙箫，送入内宫，大排御宴，赐宴群臣。唐王先在正宫与胡后合卺，次晚方宿于申妃宫内，按下不表。欲知后事，请再看下回分解。

第五十五回

三齐王长安请救　四总兵会剿汉阳

再说三齐王李承业，当日败至临江，写本上长安，请调玉门关总兵万飞龙、大同府总兵黄景亮、安海关总兵邓十豹、九江关总兵金天海，提师下临江，兵剿汉阳。武则天看了本章，即下旨调四镇人马下临江。这四路总兵接旨，即领人马奔临江而来，与李承业合兵，共有三十余万，杀奔汉阳而来。及至汉阳，离城三里安营。

次日，万飞龙请先出阵，承业许之。这万飞龙生得红脸红须，浑名叫做赛灵官，提兵来至汉阳城下讨战。守城军士报入王殿，唐王才要点将迎敌，只见老将王挥奏道："此贼待末将擒来，以献主公。"唐王允奏。王挥遂上马领兵，冲至阵前，高叫："红脸贼，留下名来！"飞龙道："吾乃玉门关总兵万飞龙是也。你敢是反贼马周么？"王挥道："吾乃大将军王挥是也。"飞龙道："你这老贼，非我敌手，饶你去罢，快叫马周来受死！"王挥大怒，抡刀便砍，飞龙举刀迎敌。战了六七合，万飞龙虚闪一刀，回马便走，王挥拍马赶来，飞龙按下手中刀，怀中取出一件宝贝，名曰黑煞石，往上一抛，现有磨盘大，照王挥头上打来。王挥一见，说："不好！"招架不住，照背后一下打下马来。飞龙上前一刀，斩为两段，打得胜鼓，收兵回营。

再说败兵报及唐王，说："贼将回马，发出一件宝贝，起在空中，有磨盘大，把王挥打下马来，一刀斩为两段。"唐王闻言大惊。曹彪闪过奏道："待臣出马杀贼，以与王挥报仇。"唐王允奏。曹彪提枪上马，领兵出城，直抵周营讨战。周兵飞报入营，李承业道："哪位将军出马？"邓十豹道："末将愿往。"遂提镏金铲上马出营。曹彪大叫："来的可是万飞龙么？"十豹道："非也，吾乃安海关总兵邓十豹是也。"曹彪道："你且回去，叫那万飞龙来，爷爷要拿他报仇！"

邓十豹大怒，抡铲便打，曹彪提枪相迎。不三合，十豹按下金铲，解下豹皮口袋，开了袋口，往地下一抖，抖出一件东西，其形似松鼠，就地连打三个滚，立时变成水牛大，名曰神嗷，张开血盆大口，来咬曹彪。曹彪一见，说："不好！"招架不及，被他照左肩上咬了一大口，大叫了一声，几乎坠马，回马便走。邓十豹把手一招，神嗷就地一滚，仍如松鼠，钻入豹皮袋内，打得胜鼓，收兵回营。

曹彪败入城中，倒翻在地，人事不省。唐王与马周众将大惊，叫从军问时，回道："邓十豹放出一件东西，形如松鼠，就地几滚，变成水牛大，曹将军肩上被他咬了一日，所以如此。"唐王道："这又是旁门左道之人了，将何以救曹彪？"袁成道："此神嗷也。臣幼游于西域，闻此物咬人一口，只活十日，过十日必死。"

唐王闻言，正在踌躇，忽报贼将又来讨战，马周道："待臣出去杀他一阵。"王钦道："元帅且住，小将代元帅之劳。"王钦提刀上马，领兵出城，来到阵前，看见一员周将，高有二丈，腰大十围，金面金须，相貌堂堂，就问："来将何名？"金天海道："吾乃九江关金天海是也。你是何人？"王钦道："吾乃大唐飞虎将军王钦是也。"金天海道："你非我对手，速回去叫马周出来！"王钦大怒，拿刀便杀，金天海举槊相迎。战未三合，金天海回马便走，王钦拍马赶来，金天海按下金槊，把肩上一条混元神鞭发入空中，照王钦顶门打下来。王钦一见，叫声："不好！"急忙躲闪，早把后背打了一下，回马便走。金天海收回神鞭，拍马赶来。王钦已入城中，一到王殿，翻身跌倒，昏迷不醒。唐王大惊道："也是被神嗷咬了么？"军士道："是金天海用神鞭打的。"唐王、马周俱皆惊慌，又报金天海讨战，马周吩咐且挂出免战牌。

金天海一见，大笑收兵，回营见三齐王，说道："贼将王钦被我打了一鞭，败走入城，城上挂出免战牌，因此收兵。"李承业大喜道："三位将军连胜三阵，定丧李旦、马周之胆。本帅当尽驱大兵攻之，其城可立破矣。"黄景亮道："元帅不用攻城，待小将今夜小术略施，管教汉阳城中，上自李旦，下及兵民，不消三日，尽成瞎子。那时整兵进城，可垂手而平贼矣。"承业听了，便问："将军有何神术，能如此妙？"景亮道："小将自幼遇一方外人，赠两面宝旗，名曰阴阳日月丧门二旗，有三寸长，传我秘咒，只消今夜到汉阳城边作法，按方向插下此旗，城中人等尽行

第五十五回　三齐王长安请救　四总兵会剿汉阳

头痛，只须三日，二目便行突出。"承业大喜。

到了黄昏，景亮沐浴更衣，披发仗剑，步出营门，驾一道土遁到汉阳城，念动咒语，拘到本城土地，付与阴阳二旗，令其按方插立，不得有违。土地遵法安放端正。景亮回营，单等三日后整兵入城。是夜，到了三更，唐王与胡后申妃并满宫宫女内使，以及外边马周众将，并大小三军，合城百姓，尽患头痛。第一日还勉强可以行走，到了第二日，都疼得双目突出，尽行疼倒。满城烟火俱绝，城头上旗枪不整，但闻哭泣之声。欲知后来解救，且看下回分解。

第五十六回

玉鼎仙遣徒下山　徐孝德法收四将

且说玉泉山金霞洞主玉鼎真人打坐，忽然心血来潮，觉而有感，叫："童儿，去丹房中唤你师兄来。"童儿领命，来至丹房，叫："师兄，师傅唤你。"徐孝德来至方丈，稽首道："师傅，唤弟子有何吩咐？"真人道："贤徒，可知你父母是谁？"孝德道："弟子自五岁蒙师傅带上山来，隐隐还记得父亲姓李。"真人道："非也。你祖姓徐名勣，字茂公，保大唐太宗皇帝，为掌国军师，扫平天下有功，赐姓李，爵进英王。你伯父名敬业，你父名敬猷。自你上山学法，于今十二年了，我传你的法，可都学精熟否？"孝德道："弟子蒙师傅传授，算阴阳，察天地，并五雷天罡法，及移山倒海，件件都精熟了。"真人道："这也够你用的了。今唤你来，因为当初你伯父在扬州保高宗正宫太子李旦举义兵，与你父在金陵为人所害，军兵溃散。目今马周保太子起手汉阳，武则天差李承业征战汉阳，他又调四路总兵，俱是旁门左道，有大同镇黄景亮，用阴阳二旗按方安插，令唐王以及满城人等俱患头痛，烟火皆绝。今日发你下山，去救唐王以及百姓，保唐王中兴天下。待武则天二十一年一完，庐陵王即位，三年一满，则保唐王正位，复兴皇唐天下，也不枉我收你一番。"孝德道："谨依师命。"真人又将一口太乙剑付与孝德道："此剑经丹炉锻炼，配合阴阳五行，能诛妖斩怪，取人首级，千里顷刻。"孝德拜受起行，真人送出洞外，又嘱道："你到汉阳，见时而进，后会有期，火速去罢。"

孝德双足一蹬，跳在云头，竟往汉阳而来。走了半路，想道："肚内饥饿，且化一斋，吃了再行。"把云光一按，落在一座高山上。忽听得山下锣鼓大震，往山下一看，见有三千多喽啰演阵，为首四个人，一个面如赤金，一个头生三角，一个蓝面红须，一个面分五色，在那里监阵。却被小卒看见，叫声："大王，山顶上有一少年道人，在上面偷看走阵哩。"那四

第五十六回　玉鼎仙遣徒下山　徐孝德法收四将 ‖ 135

个为首的抬头一看，果见有人在上。那头生三角的叫声："大哥，这贼道在上偷看我们演阵，待我上去拿他来，挖心饮酒。"说罢，把马一提，跑上山来，大声喝道："好贼道，敢在此看爷们演阵！"徐孝德道："看看有何妨，你这般形状，意欲何为？"那人闻言大怒，举起狼牙棒，照顶门就打，徐孝德拔出太乙剑，急架忙迎。战了三五合，孝德暗道："一员好勇将，此去汉阳，也用得着。"遂虚闪一剑，回身便走，那人拍马赶来。孝德念念有词，把剑在山土上一画，画了大大一个圈儿，回身把剑一指，喝声："走！"那人一马进了这圈儿，滴溜而转，如牵磨一般不住。这人尽力收马，马只是走，要下马，身子如钉在马上的一般。那人大叫："你这道人，弄什么法，把我弄得尽转？"孝德笑道："因你火性太大，我叫你转几日，去去你的那火性。"

话说跟来的喽啰飞报下山，说："不好了，二大王在那里如牵磨一般地转哩！"那个蓝脸的大怒，提刀飞马上山，果见二大王还在那里转哩，遂大喝一声道："贼道！弄什么法令人如此？快快止住，若说半个'不'字，这刀就是你的对头！"孝德笑道："我就叫他转一年何妨。"那人大怒，举刀便砍，孝德仗剑相迎。战不三合，孝德用剑向大树一指，喝声："开！"那人赶来，一株大树忽然分为两半，那人一马从树中一进，树即合住，连人带马夹在树内，进不能进，退不能退，如同夹板夹住一般，喽啰又奔下山来，说道："三大王又被那道人作法用树夹住了。"金脸的吃了一大惊，那五色脸的心头火起，并不骑马，双脚是赤的，伸手把双腿之上两根飞毛只一纵，"呀"的一声，飞在空中。这人腿上有根一尺二寸长的毛，名曰飞毛腿，只消把毛一扯，能于空中飞行。当下这人飞在空中，使两条铁锏，从上往下打来。孝德仰面招架，颇觉吃力，笑道："你会飞，我且叫你飞不动。"见山岗立有一块石碑，用手一指，喝声："疾！"那碑忽然起在空中，压在那人背上，如断线风筝，直从空中压下来，压在地上，动弹不得，大叫："师傅饶命！"

山下那金脸的见把他三个俱各制住，不觉大惊，连忙飞马上山，到了跟前，滚鞍下马，拜伏于地，忙叫："大仙，恕我三个兄弟无礼，一时冒犯，求老爷格外施恩，饶他三命罢！"孝德道："他三人若似你，贫道如何制他！因他三人出言不逊，所以叫他们去去火性。"那人叩首道:"得罪大仙,只求饶命。"孝德用手一指,喝声:"住!"那头上三角的便住。把树一指,喝声:"放!"那蓝脸的一马走出。把石碑一指,喝声:"退!"那碑飞走,复于原处。三人上前,一齐拜倒,口称:"大仙,小人一时冒犯,望乞恕罪!"未知孝德如何答应,再看下回分解。

第五十七回

汉阳城灾病立除　仙丹药救活王曹

当下徐孝德见四人诚服，就问姓甚名谁，那金脸的道："小人姓张名籍，这三角头的名常建，这蓝脸的名高郢，这五花脸的名马畅。小人四人在此红花山落草，聚有三千人马。敢问仙师法号，因何至此？"孝德道："贫道姓徐，名孝德，乃皇唐英王茂公之孙，江淮侯敬猷之子，自幼在山学道，今往汉阳保唐王中兴，路过此间。我看你四人武艺超群，何不归保唐王，日后中兴，自有蟒袍玉带加身。"四人道："老师若肯收纳，小人愿从驱使。"孝德大喜。四人相请入寨，备斋款待。斋毕，孝德又吩咐道："目今唐王有难，我先去汉阳相救。你四人且在此，等到七月十七日，领众到临江九方山，如此如此，拿住李承业，解往汉阳，以见唐王，其功不小。"四人允诺，相送起行。

孝德出寨，驾起云光，来至汉阳，往下一看，只见城内路无行人，烟火断绝。孝德念动咒语，拘到本城土地，喝道："好大胆毛神！焉敢奉黄景亮之法，安插妖旗，快快与我拔去！"土地应诺，即将二旗拔去。

城中上自唐王，下及兵民，头痛俱各立止，唐王坐殿，文武齐集，唐王道："寡人心中以为天已灭孤，不料头痛上下俱止，真国家之大幸也。但只王钦、曹彪二人将危，加之奈何？"忽报道："有一少年道人，自称是徐孝德，要见千岁。"唐王吩咐："请进来。"孝德至金阶前，俯伏山呼，唐王亲自下来扶起道："王兄，江淮侯为孤身亡，至今怀恨，尚未报仇。今兄从何至此？"孝德道："臣自五岁时，蒙玉鼎真人摄臣上山学法，今已十二年。今闻主公起兵汉阳，被黄景亮妖旗所压，有头疼目突之灾，臣特来救驾。再者，神獒咬伤曹彪，神鞭打伤王钦，臣亦可救之。"唐王大悦，吩咐："快抬曹、王二将到殿！"但见二人命在将危，孝德取出丹药，用水灌入二人口中。二人登时大叫一声："疼杀我也！"翻身跳起，复旧如初，见了唐王，问明缘故，二人拜谢孝德，唐王即封徐孝德为护国军师，按下不表。

再说黄景亮正与李承业议事，忽报汉阳城上兵将往来，胜于往日，李承业惊讶道："将军之法如何不灵了？"景亮扳指一算，大叫一声："是了！"遂提刀上马，大怒出营，来至城下，大呼讨战。不知后事若何，且听下回分解。

第五十八回

徐孝德诛斩四将　李承业中计被擒

当日黄景亮来至城下，大喝道："叫那破我法的徐孝德出来受死！"军士飞报入殿，唐王道："贼将指名要与你交手，王兄可出去否？"孝德道："这厮大命该绝，臣当出去。"唐王道："着王钦、曹彪同去何如？"孝德道："更妙。"即时上马，二将相随，开城冲出。黄景亮看见唐兵正中马上一人，黄巾道服，左有王钦，右有曹彪，景亮遂喝道："来者就是破我法的徐孝德么？"孝德答道："然也。"黄景亮抡刀便砍，孝德举剑相迎，王钦、曹彪双马齐上。景亮把马退了数步。拔出宝剑，发入空中，来伤孝德，孝德用手一指，其剑落于地下。景亮大惊，弃了坐马，纵团光起在空中要走，孝德口念真言，举拳往上一放，空中一个霹雳，把黄景亮打下地来，王钦上前一刀，斩为两段。周兵败走回营，孝德率众直抵周营索战。李承业闻报大惊。

万飞龙大怒，提刀上马出营，看见孝德，大吼一声："贼道，吃刀！"把刀劈面砍来，孝德挥剑来迎。不三合，飞龙回马便走，孝德拍马赶来，飞龙见孝德来赶，取出黑煞石，发起照孝德顶门打来。孝德念起真言，用手一指，一个大雷，把黑煞石击得粉碎。飞龙喝道："焉敢坏我宝贝！"回马又战。孝德伸手往背上一指，那口太乙剑飞在空中，只一旋落将下来，把万飞龙斩于马下。王钦上前取了首级。孝德把手一招，太乙剑自入于鞘。周兵飞报入营，李承业吃惊不小。

金天海气得暴跳如雷，提槊上马，领兵出营，正遇徐孝德，并不答话，举槊便打，孝德把剑来迎。王钦见金天海，正是仇人，拍马扬刀便砍，金天海回马便走，孝德随后赶来。金天海取混元鞭往上一抛，一声响亮，打将下来。孝德伸手向背上一指，太乙剑出鞘，往上一迎，两下一撞，把混元鞭砍折两段，落于地下。金天海大惊便走，孝德用手一指，那宝剑把金天海劈为两半。周兵败走入营，李承业闻报，唬得魂不附体。

邓十豹咬牙切齿，上马出营，看见孝德，举镏金铲便打。曹彪一马冲上，挺枪来迎，十豹不战，回马就走，曹彪拍马便赶。十豹解下豹皮袋。回身一抖，神獒变得水牛大，乱跳而来，孝德念念有词，喝声："疾！"把拳只一放，霹雳交加，把神獒击成肉泥。十豹大怒，回马杀来，曹彪挺枪迎住，战不几合，曹彪一枪把邓十豹刺于马下。周兵大败回营，李承业见四将俱亡，坚闭不出。

孝德掌得胜鼓回营，唐王下阶亲迎，吩咐摆宴庆功。饮宴之间，唐王道："王兄，四将虽除，尚有李承业未退。王兄有何法将他拿住，与四百家亲王报仇，方为万幸。"孝德道："臣已安排下拿他之人，不劳主公费心。"唐王离席作谢，君臣畅饮，尽欢而散。次日，孝德吩咐众将，三日后齐集王府，听点开兵。

到了第三日，马周率众将三军齐集王府伺候。三声炮响，唐王升殿，孝德赐坐于侧，申妃也戎装立于唐王之后，马周率众将并夫人李湘君参见，站立两旁。徐孝德令王钦领兵一万。从东杀入周营，曹彪领兵一万，从西杀入，李奇领兵一万，从南杀入，李湘君领兵一万，从北杀入，马周领兵一万，杀入中营，申妃领兵一万，来往应接，孝德领兵一万，随后接应，袁成、李贵保驾守城。放炮开城，一涌而出，众将各从军令，踹往周营。

再说李承业，正在中军与李信及李克龙、李克豹、李克麒、李克彪、李克熊五子共议兵事，忽报唐兵分五路来攻营，李承业即与李信并五子连忙上马，令众将分头迎战。唐将奋勇杀入，两下顶头厮杀。马周踹入中营，正与李承业相遇，各举兵器交战，五子齐上，马周战住承业父子六人，喊声大震。申妃领兵杀至，一枪把李克龙刺死，马周神枪连挑李克麒、李克熊下马，李克彪、李克豹保承业穿营而走，马周随后追赶。孝德念动真言，借一阵飞沙走石，把周兵打得抛盔弃甲而逃。李克彪、李克豹俱死于乱军中，李承业冲出重围，落荒而走，马周追赶不放。众将四下追杀，得的粮草马匹不计其数，降兵十八万，单有李信逃回长安去。孝德鸣金收兵，共入城中，入殿作贺，众将俱缴令，单单不见马周。唐王道："马周不回，得无有失误么？"孝德道："元帅一回，便拿李承业到矣。"

第五十八回　徐孝德诛斩四将　李承业中计被擒

再说李承业，被马周紧紧追赶，望临江府逃奔下来，一日一夜，马不停蹄，回顾马周追来稍远，略放了心。住马看时，见深林内有一支人马，打着临江总兵旗号，承业大喜，上前问道："尔等可是临江总爷的人马么？"军士道："正是。闻三齐王兵败，在此迎接。"承业道："我就是三齐王。"军士听了，入营报知。张籍、高郢、马畅、常建喝彩道："徐老师真是神仙了。"一齐上马，率众出营，喝道："逆贼哪走！"承业大惊道："不好了，又中了他的计了！"四人上前擒住，上了囚车。欲知后来如何，且看下回分解。

第五十九回

唐王碎剐李承业　　陈进捐金赎进兴

话说张籍四人拿住李承业，上了囚车，后边马周赶至，见拿下李承业，忙问四人为谁，张籍道："我们是孝德徐老师在红花山收的人马，奉命今日在此捉拿李承业。将军是谁？"马周道："吾乃汉阳大元帅马周是也，徐老师现在汉阳为军师。"四人闻言下马参见，马周亦下马接礼，请四人同往汉阳。四人允诺，押着囚车，同马周而行。

到了汉阳，马周先入见唐王，即将张籍四人获拿李承业，孝德算定，预先埋伏，俱是军师之功，奏知唐王。唐王回顾孝德道："王兄，何以妙算如此不错！"孝德道："臣下山之时，在红花山收此四将，算定阴阳，知他败走九方山，故令他四人在彼埋伏，以拿李承业成功。"唐王大喜，下旨宣四人进见。四人来至殿下，俯伏山呼，唐王即封为四营都总管，四人谢恩。唐王下旨，吩咐把李承业绑在剐桩上，请出高祖皇帝、太宗皇帝、高宗皇帝神位供于上，左右设立四百家亲王神位。唐王下拜，毕议，唐王道："先皇吩咐，把李承业万剐凌迟！"

唐王报了大仇，心中少畅，与孝德计议，兴师杀上长安。孝德奏道："武氏大数尚未应绝，主公亦未应登大宝。先取临江，以图根本，待武氏求和，允其所请。还该庐陵王复位三年，韦后乱政，那时主公方应登龙。"

唐王允奏，下旨令马周率将去取临江一带地方，点兵二十八万，御驾亲征，以申妃、李湘君为保驾都总管，留袁成、李贵把守汉阳。大兵起行，杀奔临江而来。临江总兵朱日虎出城迎降，兵不血刃，得了临江。一路进兵，不过一月，连下大周三十余城，大兵直抵淮州。时值五月初旬，下令屯兵淮州界口，赏了端阳，再议进兵。

第五十九回　唐王碎剐李承业　陈进捐金赎进兴

　　唐王暗想:"此去通州不远,何不私去拜访陈进,浼[1]伊[2]引见岳母,相请到来,有何不妙!"便瞒了军师众将,换了衣服,扮作书生,单叫王钦之子王文龙、曹彪之子曹文虎扮作家人,君臣三人暗暗从后营走出,直往通州而来。

　　到了通州入城,迎面正遇马迪。马迪一见,喝道:"进兴,你哪里走!"遂叫:"家人,快拿他回府!"文龙、文虎一见,就要动手,唐王忙把头乱摇,二人只得忍着,由众人扯住他君臣三人,拖拖拽拽,到了府中。马迪吩咐:"把他三人绑在柱子上,每人先打一百鞭子,以出我当日东郊比箭之气!"文龙、文虎又要动手,唐王又丢眼色,只是摇头,二人只得忍着,由他绑在柱子上鞭打,并不出声。把他三人打了一回,又吩咐:"把他三人锁在后园百花亭上,待我明日送去州中处死他。"

　　再说绣娘杨氏,此时正在马府,一闻拿住进兴,吊打了一回,锁在后园亭上,明日还要送官治死他,吃一大惊。俟至大晚,等马迪夫妇睡了,取些酒食,点了灯,就悄悄来至后园亭上。果见进兴锁在正中,两边锁的两人,却不认得。杨氏道:"你如何被他拿住,受此吊打?"唐王并不做声,只是冷笑。杨氏连问几次,见他不语,大惊道:"呵呀,官人,你莫非疯痴了么?我取得酒饭在此,你三个且充充饥。"唐王与文龙、文虎吃了酒饭,杨氏又问,仍是不语,依旧冷笑。杨氏道:"官人,你好命苦,倘或明日送官,将你治死,那可怎处?常言道,救人一命,胜造七级浮屠。待我去陈解元家,叫他来救你便了。"遂把碗盏收过一边,提了灯笼,来到大门上,对门公说有事要回去,开了大门。

　　杨氏紧紧走到陈家,适值陈进夫妇尚未安寝,杨氏就把那进兴被马迪拿住,如何酷打,如何还要送官治死他,并自己见他三人如何光景,说了一遍,又道:"老身暗暗跑来,求解元、小姐如何救救他才好。"陈进夫妇闻言大惊,道:"马迪这厮,十分贪财。要救他,须得五十两银子,方能赎他回来。"鸾娇忙即取出银子五十两。

　　天色微明,陈进带了银子,来至马府,见了马迪,道:"昨闻吾兄拿

[1] 浼(měi):请托。
[2] 伊:他。

了进兴三人回府,小弟敬备白银五十两前来赎他,乞兄收银准赎,足叨盛情。"马迪道:"老兄既来,敢不从命。但三条性命,难道只值五十两么?过日再找五十两罢。"陈进道:"承情。"马迪收了银子,吩咐把三人放出。

三人出厅,也不与陈进见礼,也不说话,往外便走。陈进作别,火速来赶,叫也不应,也不回头,竟一直来到陈家厅上。唐王叫声:"仁兄,若非慷慨相救,几乎死于马迪之手!"陈进见他不系疯痴,忙忙见礼。杨氏道:"官人,昨夜为何我叫你不应?"唐王道:"绣娘有所不知,一露口风,就难脱身,所以装成痴呆之人。"鸾娇在屏后转将出来,唐王上前见礼。未知鸾娇说出何话,欲知端底,再看下回分解。

第六十回

文氏见婿愈伤心　申妃接驾露真情

　　当下鸾娇叫道："妹夫，你好负心！当初原说下一到边庭，即来接取他母女，哪知你一去负心，竟忘了结发之妻，害得他母女好不苦楚！闻谣言说你死在牢中，他母女到观音庵问签，中了马迪之计，强逼成亲，幸亏胡完救出，送到陵州崔家居住。后闻我表妹为你守节，投江身死。今日你方到此！"

　　正说时，忽见王文龙、曹文虎在厅外站立，忙问："此二人是谁？"唐王道："这二人是我的仁侄。"陈进忙请二人见礼，便吩咐备酒，就问唐王在边庭何地，令叔是谁，唐王道："家叔名马周，现为掌兵大元帅，目今保唐王亲征，大兵屯扎在淮州避暑。小弟瞒了家叔，私来相访，不料遇见马迪，幸亏吾兄相救，感德不浅。"陈进说："如此看来，兄已得了官了。但令正没福做夫人了。"唐王道："我妻虽死，岳母尚存，得见岳母，我也甘心。"陈进道："令岳母现在陵州，吾兄欲去，小弟明日自当备舟同往。"唐王道："小弟私来，不能久待，求兄刻下同往方妙。"陈进一面叫人去雇船，一面备酒款待三人，酒毕，四人即刻一同上船。

　　次日到了陵州，来至崔宅，着门公禀知文氏与崔文德。文德忙忙出迎，一齐进厅。陈进上前拜见舅母，唐王拜见岳母。文氏一见唐王，流泪道："贤婿，如今你来得迟了！可惜我女儿为你守节，投江死了。"唐王道："小婿当日见了家叔，即欲差人来接，因军中多事，故而迟至今日。"说罢，方回身与文德见礼。文德吩咐备酒。文氏道："你在边庭，一向何如？"陈进接道："襟兄令叔为唐王元帅，襟兄官职料也不小。"文氏道："贤婿，你做了官，是我女儿没福，早早死了。"说罢，泪如雨下。文德摆出酒饭款待，唐王众人到晚俱在崔宅安歇不表。

　　且说淮州唐营，到了端阳，请唐王赏节，寻遍满宫，不见唐王，查点众将，不见了文龙、文虎，马周与众将大惊。孝德扳指一算，道："不妨，主公私下陵州访亲，不必害怕。"马周吩咐曹彪："你即赴凌州，迎请圣驾。"申妃道："主公既在彼处，待我前去接驾。"遂带了三千人马，火速奔陵州而来。

且说陵州崔文德，这日正与唐王、陈进诸人前厅饮酒，忽闻炮响连天，军声大震，唐王大惊，忙今文龙、文虎快去打探。二人出来一看，入内禀道："外边是申娘娘领兵前来接驾。"唐王大喜。陈进、文德闻言，全然不解，拉过文龙问道："申娘娘为何到此？"文龙道："实不相瞒，并非进兴马隐，乃高宗正宫太子唐王便是。"陈进大惊，忙拜伏在地，口称："臣该万死！"唐王亲手扶起。再说崔文德，唬得忙奔入内，乱喊："不好了！"崔母、文氏大惊，忙问何故，文德道："姨母，表妹投江，非我逼他。哪知妹夫不是别人，就是唐王，如今兵马都到了，一家个个吃刀，活不成了！只求姨母做主，饶我母亲罢，我情愿一死。"文氏道："你们不必害怕，有我在此，决不害及你们。"说罢，即刻走到外厅。欲知文氏如何，请再看下回分解。

第六十一回

唐王班师回汉阳　胡后劝赦亲叔婶

当下文氏来到前厅跪下，叫声："千岁，宁可杀了老身，求饶崔家一门老少！"申妃道："此位是谁？"唐王道："是孤岳母。"申妃忙下来，双手扶起道："国太，有话请讲，千岁无有不依，何须如此！"文氏道："千岁，我女儿是自己死的，与文德毫不相干，只求开恩赦宥崔氏一门。"唐王道："岳母何出此言，孤并无此心。"吩咐快请御舅来见。只见文德赤身自己绑着自己，跪在厅前，叫道："千岁，崔文德情愿自受万刀之罪！"唐王道："这是什么意思？"忙忙亲自下来，解去其绑，叫："请穿了衣巾来见。"文德急忙穿了衣巾，山呼朝见。

礼毕，唐王吩咐备銮车，请国太同行。文氏流泪道："女儿已死，老身前去无益。"申妃笑道："国太，娘娘现在汉阳，国太此去，便可以见娘娘矣。"文氏道："我儿已死江中，如何还在？"唐王便把投江遇救，因取宝镜假冒东床，陶府得遇胡后之事，一一说知，喜煞了文氏，乐煞了陈进、文德。唐王吩咐文德收拾家小，到淮州大营相会，令文龙、文虎领兵一千。与陈进往通州拿马迪、胡发两门老少家口，以及观音庵张、李二尼，并接取绣娘杨氏、陈进家眷并胡完，俱到淮州相会，下旨即刻起驾回淮州。

不日到了淮州，徐孝德、马周率众将迎驾入营。过了两日，崔文德领家眷来至，文龙、文虎拿到胡发、马迪并两门满家口及张、李二尼，俱用囚车解到，陈进的家眷并胡完一一接至。唐王令李湘君领兵三千，护送国太、崔陈两家家眷到汉阳，并押解马迪等一班人犯送汉阳监中，候驾回之日再行分处，李湘君领旨去讫。

再说唐王令孝德进兵，不数日下了通州、陵州，大兵直抵汉江屯扎不表。

且说长安武则天，一日闻报李承业被擒身死，大惊，问群臣道："李且如此猖獗，将何以御之？"丞相张柬之奏道："李旦起兵汉阳，中外尽知是先帝正宫太子，更有徐孝德为辅，深晓阴阳；马周为帅，万将莫敌，今若与之相拒，恐终不能取胜。依臣愚见，不若且与连和，以汉江为界，两家永不许相犯，庶为万全之策。"则天允奏，即草诏一道，尊李旦为大唐天皇，取黄金万两，彩缎千匹，御酒猪羊，差大理寺正卿来钦前去连和。

来钦奉诏，来到汉江，报入唐王。唐王道："武曌见孤兵威大振，料难力敌，故差人来连和。王兄，当何以处之？"孝德道："臣已有言在先，天命难违，不若且允其所请，回兵汉阳，待时而动。"唐王下旨，令来使进见。来钦入营参见，呈上和书。唐王看了，笑道："大唐天皇，孤自为之，焉用他尊？孤今权且班师渐回，叫武曌速宜避位，还孤天下，不然，有日杀上长安，悔之晚矣！"来钦诺诺而退。唐王分兵镇守各地方，择日班师回汉阳来，一路无词。

到了汉阳，袁成、李贵率文官迎驾入城。唐王升殿，受文武朝贺毕，退朝入宫。胡后接驾，唐王见胡后面有忧容，问道："御妻，为何面有忧色？"胡后奏道："千岁，因为叔叔胡发夫妻与英娇，此乃小人，何足介怀。至于马迪与李、张二尼诸犯，理应不宥。还望千岁仁慈，赦免胡氏三人，感恩不浅。"唐王允奏，胡后大喜。

其时国太与绣娘杨氏，留养王宫。次日，唐王早朝，封崔文德为礼部侍郎，妻韩氏封二品夫人；陈进为侍读学士，妻封一品夫人；崔母封为一品贤德夫人；绣娘杨氏封为逍遥郡君，伊子杨文广封为都指挥；胡完不愿做官，将抄没马迪家私二十余万赐与胡完；将马迪及伊父母并张、李二尼俱凌迟处死。自此唐王驻扎汉阳，以待天时，按下不提，再看下回。

第六十二回

薛刚三祭铁丘坟　元培私放通城虎

再说九焰山薛刚，一日对徐美祖道："目今又是新春元宵，谅长安花灯必然更盛，我趁此热闹，再去铁丘坟上祭扫一番，又可顺路到锁阳城姑丈处借些人马，扯起旗号，然后去请庐陵王。军师，你道如何？"徐美祖道："你此去还有一桩大喜事，逢凶化吉，小弟在此守寨便了。"吴奇、马赞、南建、北齐道："小弟四人陪三哥去。"美祖道："妙极！吴、马二位，待祭过坟后，即回九焰山；南、北二位，同到锁阳城去便了。"薛刚大喜。

次日，五人打扮做客商，拜辞下山，往长安而来。一日到了长安，把马匹着小校在十里亭外藏身等候，五人入城，已是傍晚，遂投入店中。叫店主买了些鸡鱼猪首之类，已是初更时分，薛刚留起祭祖三牲，其余做下饭，五人吃得酒醉饭饱，算还了饭钱，五人暗拿三牲出门，直往铁丘坟而来。

到了坟上，已是三更，守坟军俱各睡熟，五人挖开石碑，折门而进，摸到坟头，取出火种，排下三牲，薛刚倒身下拜，叫声："父亲，母亲，孩儿今同四位义兄前来祭扫，已经三次。今孩儿要到锁阳姑丈处借支人马，保庐陵王中兴，拿获二张、武氏，以报三百八十余口之仇！今日特来祭扫，望乞阴灵保佑，一路平安。"祝毕，五人一齐放声大哭。

外边守兵听见哭声，呐喊起来。五人各出短兵，一齐动手，这几个守兵，哪是他们的对手，个个逃走。薛刚将一带房屋放起火来，叫声："走罢！"直往光泰门而来。守门军士看见火起，一齐跑来救火，正遇五人。一场乱杀，杀死门军，斩开城门，逃出来至十里亭，早有小校伺候，一齐上马，竟往潼关而来。

那武三思得报，点齐人马，飞奔铁丘坟。来到半路，报说薛刚五人斩门而逃，三思吩咐出城追赶。此时武承嗣亦领兵赶来。再说那潼关总兵尚元培，乃尚司徒之孙，秦湖之子，得报薛刚三祭铁丘坟而来，大惊，想道:"薛刚,薛刚,你不想报仇,只管来祭扫,你也不算是好汉!"忽又想道:"朝中元老,俱已丧亡,先辈功臣,俱出远镇,我今若不救你,谁人肯救!"吩咐开关。

薛刚五人到了潼关,见关门大开,并不拉住,五人纵马出了潼关。薛刚着吴、马二人回九焰山,自同南、北二人往西凉锁阳城而去。那武三思追至潼关,才知尚元培放了薛刚五人出关,他知关外路杂,没处拿获,遂回兵长安住。武承嗣奏闻武后,说尚元培放走薛刚五人,大为国患,武后闻奏大怒,削去尚元培的兵权,敕[1]镇毗[2]陵镇,旨下着五军都督关仁守此潼关,按下不表。再看下回。

---

[1] 敕(chì):皇帝的诏令。
[2] 毗(pí)。

第六十三回

四神祠二星收怪　庐陵王彩楼招亲

再说湖广房州黑龙村纪鸾英，自从卧龙山抱侄儿薛蛟与薛刚失散，荒郊路生下薛葵，逃至黑龙村母舅丁一守家居住，不觉一十三年。是年，薛蛟长成一十五岁，生得面如傅粉，唇若涂朱，力能举鼎拔山，原按上界丧门星官临凡。这薛葵长成十三岁，生得面如锅底，肉如黑漆，与薛刚一般模样，力举万钧，声似巨雷，原按上界铁石星官临凡。弟兄二人终日舞枪弄刀，纪鸾英因他是将门之子孙，也不去禁止他，闲时将薛氏三代并被害始末一一说知，他弟兄二人听了，也不胜悲怒。

一日，丁一守取出几百两银子来，叫人去买童男童女，二人便问："舅公，买来何用？"丁一守道："你两个不知，这村东有座花豹山，山上有座四神祠，内有四位神道，一名白龙大王，一名大头大王，一名银灵将军，一名乌显将军，十分灵验。年年本月十三日，用童男二个、童女二个前去祭他，他若吃了，这村中一年平安，田禾丰收；如不去祭他，便家家生病，田禾不收，所以年年去祭他。今年该我值年，数日前，合村交齐分资，叫人去买童男童女，到十三日好去祭他。"

薛蛟道："岂有此理！若是正神，如何吃人？分明是四个妖怪，待我去捉他来，除此一害，也免得年年伤四条性命。"薛葵道："真真不是正神。舅公不必浪费这些银子，我倒有个主意，叫哥哥扮作童女，我就扮作童男，到十三日，抬我两个去花豹山捉他，叫哥哥捉两个来，我捉两个来，有何不妙！"丁一守道："胡说！神道岂是耍的！"吩咐家人速去买童男童女来。薛葵与薛蛟暗地商议道："你我到十三日晚间，先上花豹山，到祠内藏着，等妖怪出来，那时下手拿住，显显手段。"薛蛟道："有理，连妗娘也须瞒着。"二人计议停当。

到了十三日，薛蛟、薛葵悄悄出了后门，竟至花豹山四神祠中，二人躲身藏在神像背后。到了初更时分，丁一守为首，与村中人等扛抬童男童女、猪羊入庙,供于桌上,点起香烛,丁一守与众人礼拜,拜毕,匆匆出庙回去。薛蛟、薛葵转将下来,看见桌上有供的酒肉,二人遂吃了一回。薛葵道:"你我站在这里,妖怪如何敢来?不如还躲在神后,看势行事。"薛蛟道:"正是。"二人遂又藏在神后。

直等到有三更时候,忽听怪风从空而起,刮得满山树木乱响。二人望庙外一看,只见来了四个妖怪,一个尖头细身,高一丈二尺,一个身长三尺,生两头,头大如斗,一个白面有毛,一个黑如烟煤,四个一齐抢进庙来。弟兄二个从神后转出,跳将下来,大喝一声:"妖怪,哪里走!"

四个妖怪一见二人,认得是主人,都现了原形,伏于地上。薛蛟左手捉住白龙大王,右手按定银灵将军,薛葵左手拿定大头大王,右手扯住乌显将军,一齐举脚乱踢,踢了一会,端然不动。

二人定睛一看,薛蛟左手捉的白龙大王却是一条滚银枪,右手按的却是一匹白银獬豸[1]。薛葵左手拿的大头大王却是两柄乌金锤,右手扯的却是一匹黑麒麟。二人大喜,遂各自解下腰带,拴了坐骑,牵出庙门,拴在树上,放下枪锤,复身入庙,把四个童男童女抱出庙外。二人又入庙,把神象推倒后,把庙柱用力一推,只听一声响,庙宇立时跌倒。薛葵笑道:"昨是四神祠,今为扯坍庙。我们回去罢。"薛蛟抱了两个童男,薛葵抱了两个童女,带了枪锤,一齐上骑下山回来。

且说纪鸾英清早起来,不见他弟兄两个,正在着急,来问丁一守,丁一守说不知。忽见他弟兄两个走进门来,一齐下骑,放下童男童女,鸾英道:"你两个昨晚哪里去来,这兵器坐骑哪里来的?"薛葵举双锤笑道:"舅公,你认得他么?这便是大头大王,哥哥手中枪,便是白龙大王。银灵将军是他的坐骑,乌显将军是我的坐骑,四个神灵都被我二人收伏来了。"丁一守道:"四位大王如何就是这四件东西?你细细说来。"薛蛟道:"实不相瞒……"就把昨夜之事细细说明。丁一守听了,且惊且喜道:"甥女,此二子能收伏此四怪,决非等闲之人,日后必能重整薛氏门风。"鸾英亦大喜。弟兄二人自得兵器之后,终日演习武艺。

一日,弟兄二人在村中听得往来人传说,房州庐陵王长女安阳公主

---

[1] 獬豸(xiè zhì):古代传说中的异兽。

第六十三回　四神祠二星收怪　庐陵王彩楼招亲

于本月二十五日在教场中彩楼抛球招驸马,薛葵道:"哥哥,此去房州不远,我们何不去看看?"薛蛟道:"我亦有此意,可回家禀知婶娘,明日便去。"

二人回到家中,见鸾英道:"婶娘,房州庐陵王长女安阳公主于本月二十五日彩楼抛球招亲,我与兄弟同到房州去看看。"鸾英道:"你们想做驸马么?人千人万,那绣球如何就打中你?就是打中你,谁不知你家当日大闹花灯,踢死庐陵王的御弟,唬杀他的父亲,造下大罪,永不赦宥,你二人是薛氏子孙,岂肯招为驸马?拿去杀了,却是稳的。"

薛葵道:"若打中了,就是他的女婿,他若杀了,难道叫他的女儿守了寡不成!况且姓薛的尽多,他如何就知道我是两辽王的子孙?"薛蛟道:"婶娘,我们不是想做驸马,因去房州不远,如此盛举,前去看看,即便回来。"鸾英道:"你们既要去,须就去就回,不可妄动气性,闯出事来。"两个连连应诺。到了次日,弟兄两个起早,竟往房州而去。未知此去如何,且听下回分解。

第六十四回

两兄弟彩球各半　庐陵王驸马得双

当下弟兄二人行近房州，离城只有数里，二人肚中饥饿，走入面店坐下，叫拿面来吃。小二应道："来了。"只见又走进两个人来，一个是鸳鸯脸，一个是五色脸，你道是谁，就是吴奇、马赞，奉命来知会庐陵王，一时肚饥，也来吃面。小二见了，先有三分害怕，他二人就在薛蛟、薛葵对面坐下，大叫："小二，快拿面来吃。"小二应声就拿两碗面，先送在吴奇、马赞面前，薛蛟二人大怒，喝道："我们先来到，不送面来吃，倒送与后来吃，欺我们么？"薛葵伸手一拳，把小二打倒在地。吴奇二人喝道："你这黑脸小子，打死人难道不偿命么？"薛葵大怒，走过来，双手掇起两碗热面，照吴奇二人脸上一泼，泼了吴奇、马赞一脸面汤。二人大怒，喝道："小杂种！"吴奇照薛葵面上就是一拳。薛葵右手格开吴奇，左手一进，抓住吴奇肚皮，如提小鸡一般，按在地下，抡拳便打。马赞抢上来，薛蛟飞起左脚，正中马赞后肩，覆身便倒，被薛蛟一脚踏住，抡拳便打，打得他二人宛如杀猪一般叫喊。薛蛟道："这样没本受打的东西，饶他去罢！"把马赞夹颈一把提起，从店内直抛过街去，跌了一个发晕。薛葵把吴奇夹胸提起，也往外边一抛，抛到过街，跌了一个半死。看的人都唬得目瞪口呆。吴奇、马赞爬起来，好似杀不倒的小鸡一般跑了。薛蛟二人坐下，店主人赔笑把面送来。二人吃了面，还了钱，出店竟往房州城中，寻店住下。

次日起来，见街上人集三聚五，都是往教场中去看公主抛球招驸马的，薛蛟、薛葵也就跟了众人，往教场而来。一到教场，只见人山人海，挤拥不开，薛葵在前，把双臂往前一抗，两边的人一起裂开。薛蛟、薛葵挤至彩楼下一看，见楼高有三丈，四面皆用彩缎扎成。楼下坐着武国公马登、大夫鲁仲，吩咐作乐，吹打三通。楼上安阳公主把斗大彩球供在香几上，宫娥开了正窗，烧起香来。公主倒身下拜，祝告天地神明："弟子奉父王之命，今日在此抛球招亲，只求抛中有缘，以定终身大事。"祝毕，再拜而起，双手捧了彩球，步至窗口，望下一看，见有许多人，但不知谁是有缘，将球向上一抛。那些人都仰面望着那彩球，那球在空中滚到东，人挤到东，滚过西，人挤过西，一齐伸手，都想接住彩球，那球却"忽"的一声，照薛蛟头上打来。薛蛟伸手接住，薛葵劈手便抢，两下一夺，把彩球扯做两半，两人各拿半个。

当下弟兄二人争闹不清，早有马登、鲁仲上前劝道："此乃公主婚姻大事，打中哪个，便是哪个，抢夺如何使得！"薛蛟道："明明打中我，我兄弟抢了半个去。"薛葵道："你也伸手接球，我也伸手接球，一起接住，你扯了半个去，我也有半个在此。虽然是兄弟手足，到了这婚姻大事，如何肯让你！"马登、鲁仲道："这事我两个也做不得主，你二人同我去见千岁，听千岁公断。"说罢，遂带二人来至王府。

马登、鲁仲先入内，将弟兄两个各扯半个彩球，争闹不清，细细奏明，庐陵王吩咐召二人进见。二人闻召，即时走进来。朝见礼毕，薛蛟道："千岁做主，一言公断。"薛葵道："一齐接住彩球，他扯了半个，我扯了半个，大家都有份儿。千岁若因他生得标致，招为女婿，我生得丑陋，不招为驸马，这是不伏的呢！"

庐陵王笑道："彩球如今你弟兄各扯一半，孤也甚难定夺。我想当今之时，勇力为先，孤有铁胎弓一张，重有万钧，你二人哪一个开得此弓，即招为驸马，如都不能开，一齐无份。"内侍遂把铁胎弓先递与薛蛟，薛蛟接弓，只一扯，轻轻扯满，遂把弓放下，面不改色，庐陵王大喜。薛葵拿过弓来，尽力一拉，一声响亮，把铁胎弓折为两段，庐陵王大惊。薛葵道："这样的弓，什么重有万钧！如今他也开了，我也开了，且折断了，却怎生分断？"

庐陵王道："你二人姓甚名谁，何方人氏？说明了，孤自有个道理。"薛故道："本州黑龙村人氏，姓薛名蛟，年十五岁。这是我兄弟，名叫薛葵，年十三岁。"马登道："我记得薛猛之子名叫薛蛟，当初法场中被大风刮去的，莫非就是你么？"薛葵道："你也太多心了！既我哥哥是薛猛之子，就不该有我是他兄弟。"马登笑道："你言也是，这是同名同姓的人了。"

庐陵王道："孤有两个公主，长名安阳，年十五岁，配薛蛟；次名端阳，年十三岁，配薛葵。等你二人长成了，即便成亲。"二人大喜，山呼谢恩，庐陵王吩咐备宴款待。未知后来如何，且听下回分解。

第六十五回

薛刚奏章闻子侄　兄弟回诉纪鸾英

话说庐陵王正要备宴款待驸马，忽见教师屈浮鲁入见，奏道："今有薛刚差吴奇、马赞，有事启奏，在外候旨。"薛蛟二人闻言，吃了一惊，叫声："岳父王，什么薛刚，可就是那踢死皇子，惊杀朝廷的通城虎么？"庐陵王道："正是。"薛蛟道："他造下大罪，永不赦宥，如何千岁不拿他正法，他叫人来奏什么事？"庐陵王道："你不晓得……"就把屈浮鲁打擂台遇薛刚，赦他的罪，在黄草山纠人以保中兴之事说知。

二人喜出望外，忙俯伏道："千岁真乃仁德之主，赦我父叔，恩同天地！"庐陵王惊讶道："二位驸马，敢是薛刚之子么？"薛蛟道："臣乃两辽王长孙薛猛之子，当年囚在天牢，只得二岁，蒙江淮侯敬猷将己子孝思换臣出牢，那法场中被风刮去的，乃江淮侯之子。臣叔父薛刚，在卧龙山娶婶母纪鸾英，江淮侯因往扬州，路过卧龙山，将臣交与臣叔。后武三思兵打卧龙山，臣叔父、婶母乱军中冲散，婶母抱臣杀出重围，在荒郊产下薛葵，逃至黑龙山，投依丁一守家居住，今已十三年了。但不知叔父下落，哪知千岁恩赦，正臣叔侄父子重见天日矣。"庐陵王闻言大悦，遂宣吴奇、马赞进见。

吴奇、马赞进来，一见薛蛟二人，吃了一惊，忙叫："千岁，这两个小孩子，如何也在这里？"庐陵王道："这二位是孤新招的驸马，与你二位是至亲。你二位为何着惊？"吴奇二人就把面店被打情由说明，"请问千岁，他二人如何与臣是至亲？"庐陵王道："二位驸马，这吴奇、马赞是你叔父、父亲的义弟，你不知打了他，你二人须赔他两位一个礼。"薛蛟二人深深一揖，叫声："二位老叔，小侄告罪了。"吴奇忙忙答礼。庐陵王指道："此位是薛猛之子薛蛟，此位是薛刚之子薛葵。"

吴奇二人闻言大喜道："不料这位就是薛三哥的儿子，面貌竟与三哥一样的黑。不知嫂嫂如今在哪里？"薛蛟道："在黑龙村舅公丁一守家居

第六十五回　薛刚奏章闻子侄　兄弟回诉纪鸾英 ‖ 157

住。不知叔父如今还在黄草山否？"吴奇道："不在黄草山上。当年见过千岁之后，与我二人行至中途，进入荒山，收伏南建、北齐并乌氏五弟兄，屯扎在九焰山。数年来，招有五万人马。目今薛三哥往锁阳城见你姑祖丈窦必虎去了，要求他去西凉借人马，一回九焰山，即便起手，故此差我二人前来，知会千岁。"庐陵王闻言大喜。

屈浮鲁道："二位将军且回九焰山，二位驸马且回黑龙村。待薛刚借了西凉兵，回九焰山起手，我保千岁自来，同入长安。若先将千岁名头举出，非但大事弗成，反害主公不浅矣。"吴奇二人道："薛三哥也是这个主意，所以先差我二人来知会。"薛葵道："二位老叔，如今且同我弟兄去见了家母。待我父亲借兵回山，房州得报，我二人与母亲先来九焰山见了父亲，保千岁杀上长安，除戮武氏诸党，请岳父王复登大宝，中兴天下。"庐陵王大喜，吩咐排宴款待众臣。宴毕，薛蛟、薛葵、吴奇、马赞拜辞了庐陵王，起身回黑龙村来。

次日到了黑龙村，薛蛟、薛葵先入内见纪鸾英，细细禀知其事，又说："现有爹爹结义的两位老叔在外，请母亲出厅相见。"纪鸾英闻言，不胜欢喜，遂同薛蛟二人来至外厅。吴奇、马赞上前行礼，鸾英亦拜下去，礼毕起身，坐下道："嫂嫂恭喜，两个侄儿小小年纪，如此英勇，可喜可贺！"未知如何，再听下回。

第六十六回

薛刚锁阳会亲人　窦虎修书遣内侄

　　话说鸾英见吴奇、马赞盛称他两个英勇，当下也就谦逊了一回，然后就问丈夫消息。吴奇二人道："当初武三思打破了卧龙山，三哥即往泗水关去投奔薛义，谁知那厮忘了昔日大恩，用酒灌醉三哥，将三哥拿下，解上长安。那时我二人蒙李靖师傅吩咐，在黄草山劫下囚车，拿了薛义，救三哥上山。后因庐陵王遣教师屈浮鲁在房州打擂台，我二人与三哥至房州打擂台，得见庐陵王，蒙赦三哥大罪，只要与庐陵王招集义兵，灭武兴唐，保他复位。三哥得了恩赦，要回黄草山，迷了路径，误入荒山，收了南北二将及乌氏五人，就屯扎九焰山。数年招有义兵五万。因兵马不足，三哥往锁阳城见平西侯，去借西凉人马。一回九焰山，即行起兵。故先差我二人来知会庐陵王，在面店中遇见二位老侄，赏了一顿肥拳，到了房州，两侄俱招为驸马，说及方知嫂嫂在此，特来一望。"鸾英大喜道："如此说，我丈夫到西凉借兵，回山起义，我这里自然得知，即当前去相会。"遂备酒款待吴奇二人。到了次日，二人辞别，回九焰山去不表。

　　且说薛刚与南建、北齐，到了锁阳城，来至平西侯府，家将禀报，薛刚叫南北二人且在外边少待，自己入内拜见。薛金莲一见薛刚，不觉泪下道："忤逆的畜生，你全不想父兄一门三百八十余口之仇，何是能报，今日到此，有何面目见我！"窦必虎道："夫人，这些话也不用说了，只问他如今还在哪里。"薛刚就把那房州打擂台，蒙庐陵王赦他大罪，叫他招军兴兵，中兴天下，以及收伏南北二将并乌氏五人，现在九焰山屯扎，至今招有五万人马，因此与南北二将前来，恳求借西凉人马，即回九焰山，迎驾起手，杀上长安，以拿武氏，开铁丘坟，保庐陵王复位的话，细细说了一遍。必虎道："这就是了。我的人马一动，便露风声，却了不得。那新唐国王纳罗，乃西凉王马日哈之子，当初你母亲樊夫人来下西凉，准其归降，有恩于彼，我今修书一封与你，前去见他借兵，定然见允。

第六十六回　薛刚锁阳会亲人　必虎修书遣内侄

等你九焰山起手,一入潼关,我即发兵来助你,以上长安。你二哥之子薛斗,今已十四岁了,颇有膂力[1],叫他来见你。"吩咐家人去唤两位公子来。

原来薛金莲生一子,名窦希玠,年十六岁,二人正在花园玩耍,一闻呼唤,即忙出来。薛金莲道:"薛斗,这是你叔父薛刚,过来拜见。"薛刚把薛斗一看,见他生得黄脸黄眉,金睛巨口,真是将门之子。薛斗拜了四拜,薛刚想起他二哥无辜受戮,遗下此子,不觉伤心泪下。金莲又叫己子窦希玠拜见了表兄。窦必虎吩咐速备酒筵。叫家人请南建、北齐入内相见。二人进内,拜见已毕,大摆筵席款待。众人酒罢安歇。

窦必虎连夜修书一封,次日交与薛刚。薛刚即拜辞起身,与南北二人出了帅府,奔新唐国而来。一路饥食渴饮,过了青龙关、寒江关、兴唐府、朱雀关、元武关,不觉到了白虎关,薛刚备下祭礼,上白虎山哭祭两辽忠武王薛仁贵墓。祭毕起身,过了接天关、九江关,不觉到了新唐国锅底城,投店住下来。未知次日何如,且听下回分解。

---

[1] 膂(lǚ)力:体力。

第六十七回

新唐国薛刚成亲　路旁亭郑宝结义

话说薛刚三人次日来至国王午门，投了平西侯的书札。此时国王纳罗早朝未退，见了书札，知是平西侯的内侄薛刚前来借兵，暗想："两辽王三子薛刚，乃樊梨花所生。当初樊梨花下西凉，不灭我邦，有恩于孤，今薛刚来借兵，正好报他之恩，岂有不发兵相助之理！况又有平西侯的书札，更不好推辞。"吩咐请三人进见。

薛刚三人来至殿下，参见国王，国王赐坐，坐下。薛刚把始末根由说了一遍，"恳求大王发兵相助，事成之日，自当重谢！"国王见了薛刚人品生来异样，真乃图王霸业之人，便道："孤家当初蒙令堂太夫人之恩，未曾报答，今爵主一门遭难，大唐天下又被阴人据占，发兵相助，份内应该。请问爵主，今贵庚多少，有几位令郎？"薛刚见问，不觉流泪道："薛刚因造了大逆，逃出长安，在卧龙山娶一妻子，因武三思所遏，两个拆散，至今十三年，并不知下落，因此痴长三十二岁，尚未婚配。"国王道："不孝有三，无后为大。孤有一女，名唤披霞公主，仪容俊雅，勇冠三军，能算阴阳，今年十九岁。爵主如不弃，愿结姻亲。"薛刚暗想："我今来借兵，如若不允，国王定然不悦。莫如允了，得此妻子，也可以相助。"便欠身答道："蒙国王见爱，敢不从命！"国王大喜道："爵主既允，今日就成亲。"吩咐内宫服侍披霞公主出殿，作动番乐，与薛刚交拜成亲。

过了三朝，薛刚告知公主："九焰山专专仰望兵到，求公主即奏国王，发兵起行。"公主道："发兵不难，但这一路前往九焰山，岂不被武氏知觉，且一路关津紧守，如何能过去？不如驸马先回，我处点起西兵十万，假称新唐国率西域各邦王子去长安进贡，彼信为真，一路上决无拦阻，竟至九焰山来会便了。"薛刚大喜，即同公主上殿，奏知国王。国王允奏，备宴与薛刚饯行。宴毕，薛刚拜别国王、公主，同南建、北齐起行。披霞公主点齐十万西兵随即动身不表。

第六十七回　新唐国薛刚成亲　路旁亭郑宝结义

且说薛刚三人一路回来，过了兴唐府，见路旁有一凉亭，三人入亭坐下少歇。忽听老鸦在树上乱叫，北齐道："三哥，可惜此处没有弓箭，若有，待我赏这老鸦一箭。"正言间，忽听得弹弓响亮，四弹一起发来，正中四个老鸦头颈，打落树下，南北二人大叫："妙，妙，妙！是谁有此手段？"薛刚回头一看，亭后一人，面白无须，手执弹弓，走过亭来，便取老鸦。薛刚忙起身，把手一拱道："请了。"那人道："请了。"薛刚道："听足下声音，不是西凉人，请问尊姓大名？"那人道："果不是西凉人，乃中原关西人，姓郑名宝。因为商折本，流落于此，回乡不得，仗着这弹子本事，弹鸟度日。吾兄尊姓大名？"南建道："这是两辽王三爵主，大名薛刚。"郑宝道："这就是大闹花灯的通城虎薛三爷么？"南建道。"正是。"郑宝纳头便拜，道："久仰大名，今日得见，是为万幸！敢问爵主，为何在此？"薛刚便借兵之事一一说知。郑宝道："爵主如若不弃，愿为帐下一小卒，何如？"薛刚大喜道："兄若相从，刚愿结为兄弟。"郑宝即拜薛刚为兄，就留三人同至寓所，收拾野味相待。到了次日，四人一齐奔锁阳城而来。欲知后事，再听下回。

第六十八回

两义弟告友衷情　双孝王为君起义

　　当下薛刚四人行至锁阳城,来到帅府,入内拜见,就把新唐国招为驸马,许后即发兵十万,来九焰山会齐一一说知。窦必虎道:"此位是谁?"薛刚道:"是侄儿新结义的兄弟,名叫郑宝,精于神弹。"窦必虎道:"你义师一入潼关,我即发兵相助,同入长安。"说毕,排宴款待四人。
　　次早四人拜别窦必虎起行,一路无词。那日到了九焰山,探军报上山去,徐美祖率众下山迎接薛刚,一一行礼,齐问:"此人是谁?"薛刚就把路遇神弹郑宝,结为兄弟之事说明,众人齐道:"妙,妙!今又添一位兄弟。"众人一起上山,来至大寨,个个坐下,齐问借兵若何,薛刚把新唐国王招为驸马然后发兵始末细细说知。吴奇、马赞道:"三哥,令正嫂嫂现在,你的儿子已长成了,为何又允这头亲事?"薛刚道:"此言你二人在哪里听来的?"吴奇二人道:"听的不足信,我二人是眼见的。"就把上房州去饭店中被打,并庐陵王招薛蛟、薛葵为驸马,及面见纪鸾英,后日举义都来九焰山相会的话,细细说了一遍。
　　薛刚闻言大喜道:"原来如此!我是不知,就是新唐招亲,也是出于不得已。若不允从,又恐他不肯借兵,有误大事,况披霞公主武艺高强,今统兵前来,亦可以相助一臂之力。今不必说了。"吩咐备酒,众人按次坐下饮宴,个个欢呼畅饮。
　　过了半月,披霞公主领兵到了九焰山。探军飞报上山,薛刚即同众将下山相迎,一同上山,大寨中备筵与披霞公主接风。众人道:"今西兵已至,便好兴师。三哥,还是扯何人的旗号?"薛刚道:"今势在必行,然未知成败,只好扯我的旗号。"遂下令三关之上扯起双孝王薛刚的旗号。
　　山上一立反旗,附近州县星夜报上长安。武则天闻报大惊,回顾三思道:"王侄,朕曾对你说,这薛刚是朕心腹之患,早早拿获,不可使他成了气候。如今果在九焰山反了!"三思道:"薛刚猛勇异常,屡次拿他

第六十八回　两义弟告友衷情　双孝王为君起义

不住,今又造反,臣当提兵征剿。须得一个有本事的先锋,方能拿获。"张天左奏道:"臣保一人,可为先锋。这人是臣族弟,名叫张天辉,身有九口飞刀,能于百步取人首级。陛下若用此人,包拿薛刚。"则天下旨,宣来一看,见他身高一丈,貌若灵官,心中大喜,就封为先锋,天辉谢恩领印。三思下教场点了大兵二十万,即日出京,杀奔九焰山来,一日到了山下,下令安营。未知后来若何,再看下回分解。

第六十九回

三思初打九焰山　天辉连擒四好汉

却说武三思到了次日，令张天辉领兵一支，直抵山下讨战。军士飞报上山，薛刚闻报，就问："哪位贤弟下山拿此周将？"吴奇道："小弟愿往。"遂提槊[1]上马，领兵下山，大声喝道："来将何名？"天辉道："吾乃武元帅麾下前部先锋张天辉，你是何人？"吴奇道："我乃双孝王义弟吴奇是也。你这狗将，好好归降便罢，若说半个'不'字，叫你死在目前！"张天辉大怒，举棒就打，吴奇把槊来迎。战了六七合，张天辉回身便走，吴奇拍马赶来，张天辉一见吴奇赶来，伸手从背后扯出一把飞刀，回身斫[2]来，正中吴奇坐马，那马乱跳，把吴奇掀于马下。周兵一拥上前，挠钩搭住，一索捆缚。张天辉吩咐押回营去，又抵山索战。

败兵飞报上山，薛刚闻报大惊，披霞公主道："他不过吃一虚惊，不至伤命。"马赞道："待我去报仇！"薛刚道："你去不得。"马赞道："三哥若不叫我去，我就拔刀自刎！他拿了吴奇哥哥去，我如何容得！"徐美祖道："你留他怎的，他去也不过是受一虚惊。"郑宝道："三哥放心，我同他去便了。"马赞提刀上马，郑宝带了弹弓，步行相随，一齐冲下山来。马赞一见张天辉，心头火起，抡刀便砍，张天辉急架相迎。战不几合，天辉忙忙退走，马赞即便追赶。郑宝大叫："不可追赶！"马赞不听，飞马赶来。天辉伸手背上取了一口飞刀，回身发来，马赞急把坐马一提，一刀正中马足，马赞跌落下马，周兵拥上绑了。郑宝一弹打去，正中天辉颧角，大叫一声，也不知是哪里打来，只打得立时血出，押马赞收兵回营。

武三思见天辉连拿二将，大喜。张天辉道："小将还未收兵，不知

---

[1] 槊（shuò）：古代兵器，杆儿比较长的矛。
[2] 斫（zhuó）：用刀斧砍。

第六十九回　三思初打九焰山　天辉连擒四好汉

哪里一弹飞来，打伤了颧角，因此回营。主帅且把这两个贼将一同监下，待拿了薛刚，一同解上长安。"三思就把二将囚入后营，取金枪药与张天辉敷了颧角，备酒贺功。

且说郑宝回山，说："马赞不听我言，被他擒去，我一弹打中他的颧角，败回营去。"薛刚道："他二人万一有失，如何是好？"徐美祖道："包管不致伤命，放心便了。"薛刚纳闷退帐。南建、北齐私相议道："张天辉不过会用飞刀，只好伤一人，如何一刀能砍两个？我们明日起早，瞒了众人，杀了这厮，头一功岂不是我们的了！"计议停当，次日天明，二人悄悄提刀上马下山，直抵周营，讨张天辉交手。天辉得报，领兵出营。南建、北齐看见，一起上前，兵器并举。张天辉提棒急架，战不几合，回身便走，南建、北齐纵马齐赶。张天辉抛了棒，双手扯了两口飞马，回身一起发来，正中二人的马首，那马齐齐地立起，把二人跌落下马，俱被周兵捉入营去。张天辉又抵山讨战。未知如何迎敌，且听下回分解。

第七十回

张先锋被伤阵亡　四好汉路遇救星

却说薛刚天明不见南建、北齐，正要查问，忽见军士报说："南北二位将军往周营讨战，被张天辉飞刀擒去。"薛刚闻报大怒，喝声："备马！我不把周兵杀一个人仰马翻，救回四人，不为好汉！"徐美祖道："双孝王，你今做了一山之主，大小三军尽看你的约束，倘有差池，如何是好？"薛刚哪里肯听，即时披挂。郑宝道："待我同三哥去。"薛刚提枪上马，郑宝步随，大开三关，冲下山来。

张天辉一见，喝道："来的可是薛刚么？"薛刚道："然也。你这厮可是张天辉么？"天辉道："正是。"薛刚大怒，挺枪便刺，天辉举棒相迎。战无几回，天辉招架不住，回身便走，薛刚拍马追赶。郑宝见张天辉把头一低，伸手在背后扯了一口飞刀，才待转身，早被郑宝一弹弓打中山根，叫声"呵唷"，手中一慢，被薛刚分心一枪，刺于马下。周兵呐喊退走入营，薛刚一马竟杀入周营。败兵飞报入营，说："元帅，不好了！先锋被薛刚一枪刺死，如今薛刚杀入营来了！"

武三思闻报，急令众将一起上马。一声令下，各营众将人如山倒，马似潮来，把薛刚团团围住。薛刚怒声如雷，把一条枪直冲横撞。郑宝山下望见周营喊杀大震，急急跑上山来。众将齐问："三哥呢？"郑宝道："张天辉被我一弹打中山根，三哥把他一枪刺死。三哥他又单身独骑杀入周营，要想救他四人回来，目今在周营内正杀哩！众位快去助他一助。"

徐美祖道："不妨，他不过是一时气发，伤他些人马，等他杀得气竭，自然回来。"那薛刚杀到下午，也有些力乏，挺枪跃马，冲开一条血路，踹出重围，遂一马回山。

众将接着，迎入大寨，齐叫："双孝王，你的身体非同小可，一门三百八十余口之灵，皆含泪九泉，望你伸冤；庐陵王望你保他中兴，岂可不自爱身体？今后断断不可轻身出战。"薛刚道："这吴奇等四人，皆是结义兄弟，

第七十回　张先锋被伤阵亡　四好汉路遇救星　∥167

岂可坐视不救，所以轻身杀入周营，只望救回四人，哪知周兵甚众，无处找寻。"徐美祖道："他四人不妨。我算定等丧门、铁石二星一至，包管四人回山，那时方可破武三思矣。"薛刚闻言，半信半疑，吩咐紧守三关。

再说周营武三思查点人马，折了三千余人，又丧了张天辉，心中大恼，即忙修本一道，叫五营总管周黑煞带三千人马，押解吴奇、马赞、南建、北齐四人，上长安见则天皇帝，请旨发落，再差几员大将，来征九焰山。周黑煞领令，把四人上了囚车，即领兵起行。

行不上百里，前边来了救星。你道是谁，就是湖广房州黑龙村纪鸾英。闻知丈夫在九焰山起兵，称为双孝王，便收拾庄丁三百余人，带薛蛟、薛葵起身，往九焰山而来。到此路上，正与周黑煞人马相遇，看见旗号却是武三思的，薛蛟叫道："婶娘，这武三思贼子，他杀我一门家口，乃不世之仇，今日狭路相逢，岂可轻轻放过！我去拿他来，先祭祭我这枪。"薛葵道："哥哥，让我先发利市，祭祭我这锤。"拍开坐下乌麒麟，手提两柄斗大的乌金锤，迎上前来，大喝道："武三思，出来受死！"

前队报入中军队内，周黑煞吩咐三军住行，押管囚车，把马跑上来一看，见是一个黑脸小孩子，便问道："你这孩子，是什么人？"薛葵道："我是两辽王之孙，双孝王之子，名叫薛葵。你是武三思么？"周黑煞道："非也，吾乃忠州武三思麾下都总管周黑煞是也，奉忠州王之令，押解九焰山反贼上长安去。"薛葵道："你好好把九焰山的好汉放了，饶你狗命；若说半个'不'字，叫你死在目前！"周黑煞大怒，把刀斫去。薛葵举锤打来，正中刀上，那刀折为两段。周黑煞双手的虎口尽裂，大叫一声："呵唷！"又一锤打中前胸，死于马下。薛蛟一马赶来，兄弟两个把三千周兵乱杀，如斩瓜切菜一般，周兵丢下囚车，四散逃走。囚车内吴奇、马赞看见薛蛟、薛葵，喜得大叫："二位贤侄，杀得妙，妙，妙！"薛蛟、薛葵翻身下马，打开囚车，放出吴奇、马赞、南建、北齐。

纪鸾英赶到，叫声："叔叔们，为何被他拿住？"吴奇四人见了礼，就把被擒缘故说明。纪鸾英道："我闻知九焰山立旗起手，故此收拾庄丁，前来相会，不料这里救了四位叔叔。请问，我丈夫在西凉借了多少兵来？"吴奇二人道："借了西兵二十万。只有一说，三哥在西凉又娶了披霞公主，现在九焰山。"鸾英道："这也怪不得他。自卧龙山分散，至今十三年，他不知我存亡，应该再娶。"四人俱道："好贤德的嫂嫂！如今武三思人马尚在九焰山下，嫂嫂与二位贤侄火速前去，正好共破周兵。"薛蛟道："速速赶去，好杀他一个热闹！"未知如何，再看下回。

第七十一回

父子未认相交战　夫妻会面破周兵

当下一行人合在一处，忙奔九焰山来。将近九焰山，望见周兵遮天盖地屯扎在前，薛葵道："我们须分三处杀入周营去，杀他一个落花流水，方有兴致。"薛蛟道："有理。"当下纪鸾英、吴奇、马赞、南建、北齐并众庄丁从中路杀入，薛蛟从左杀入，薛葵从右杀入，三路杀入周营。那薛葵的两柄锤，撞着人人死，撞着马马亡，撞着兵器兵器齐折；那薛蛟的白龙枪更加凶狠，拨兵挑将，犹如腐草；那鸾英的一口刀，万夫无敌，更兼吴奇等四人并众庄丁，个个都是不要命地死杀，把一个周营踹得纷纷大乱，喊杀之声，震动天地。

那山上偏遇薛刚出来巡关，望见周营大乱，想道："定有兵马在内冲杀！"遂策马下山，乘势杀入周营。只见人山人海，薛葵一马冲来，父子各不相认，薛刚挺枪便刺，薛葵举锤打来，正打中枪杆。薛刚在马上身子一震，双手虎口都震麻了，吃了一惊，喝声："站住！我且问你，你这小孩子是谁？周营中不曾见有你，你是哪里来的？"薛葵喝道："你问我么？听真着：吾乃两辽忠武王薛仁贵之曾孙，两辽王薛丁山之孙，双孝王通城虎薛刚之子，我名薛葵。"

薛刚闻言，喜出望外，叫声："我儿，我就是你父亲薛刚。"薛葵道："你不要冒认，讨我的便宜，小爷却不是好惹得的呢！"薛刚道："我儿，我就是双孝王通城虎，当年在卧龙山与你母分离，你是分离后生的。前日吴奇、马赞对我说知，我方才明白。"薛葵想了一想，方叫一声："爹爹，如此说，一些不差。恕孩儿交兵之际不便下马，到山上自当拜见。母亲正在中营厮杀，爹爹快去接应，孩儿这里不用你。"

那薛刚大喜，直入中营冲杀。却好正遇吴奇四人一起杀来，看见薛刚，叫声："三哥，嫂嫂纪鸾英在后，须速去接应，我上山去报披霞公主，叫他发兵来助你。"说罢，杀出周营上山去了。薛刚只往中营大乱之处杀来，果见纪鸾英在内,夫妻一见,并力冲杀。

再说九焰山披霞公主得报,即率西兵下山来,杀入周营,周兵如何抵挡得住,四下奔溃。武三思率众弃了营寨,大败逃走。薛刚、纪鸾英、薛蛟、薛葵会合披霞公主人马,追杀三十余里,抢下盔甲枪刀马匹不计其数,得粮十余万。鸣金收军,回九焰山,夫妻叔侄父子相逢,各诉离别之情,排宴贺功不表。欲知后事,再看下回。

第七十二回

武三思花园逢怪　　庐陵王长安被难

再说武三思兵败，走了三百余里，到了上安镇，方收住残兵败将，折兵大半，把人马屯扎上安镇，写本上长安，请再调兵将，以图进战。时值六月天气，武三思受不得暑热，即叫地方来，问他："此地可有什么洁净所在，可以避暑么？"原来这镇上有一绅户的大花园，因园中有怪迷人，无人敢住，空闲在彼，地方就把这座花园说与武三思。三思即时移进园来，拣了一座凉厅作卧房，其余人役俱在耳房居住，人马屯扎在镇，以候长安兵到，秋后进兵。

三思住了几天，一日傍晚，独自闲步乘凉，至荷花池边亭上坐下。忽听得他对面假山石后有叹息之声，三思遂起身绕过荷花池，步过假山，看见三间房屋，门口坐着一个少年女子，满身穿白，生得千娇百媚，独坐在彼，手托香腮，在那里叹气。三思一见，上前问道："小娘子，你是谁家宅眷，为何独坐于此？"女子抬头看见武三思，立身答道："妾乃本园房主义女，姓白名月花，新丧夫君，守寡在此。请问尊官是谁？"说罢，俏眼丢情，弄得三思心神飘荡，叫声："小娘子，我乃当今皇帝之侄，忠州王武三思便是，因征战九焰山反贼薛刚，兵败至此，借园避暑。"白月花道："原来是王爷，失敬了，请进来坐。"

三思走进房来，见房内摆设得十分齐整，白氏斟上一杯香茶，双手送过来，三思接茶便吃，味甘如蜜。大凡狐狸精媚人，专将唾沫变作香茶哄人吃，凭你至诚君子，吃了他的茶，也要被他弄上手。这白月花乃是一个八百余年的妖狐，更善迷人。何况武三思是个好色之徒，见他这般留情，不觉欲念难遏，挨近身来，以言挑动白氏，白氏笑嘻嘻以情言答应。三思抱住求欢，他并不推辞，两人脱衣卸裤，共上牙床，合欢云雨，大战三合，方才相抱而睡，直睡到红日当空，方才起身。白氏叫声："王爷，妾一旦失身于你，但愿你收妾常伴枕席。"三思道："这何用你说。但秋后长安兵到，便要再征九焰山，当先送卿至长安府中居住。"白氏道："王爷，妾自幼学习武艺，遇异人传授法术，拿大将如同反掌，王爷若打九焰山，妾愿同行帮助，以拿薛刚。"三思大喜道："卿能用什么兵器？"白氏道："会使双刀，待妾取来，使一路与王爷看。"说罢，向壁上取下双刀，使将出来，如两道白光飞舞，并不见人，喜得三思连连叫好。武三思自此日日与白氏饮酒作乐不表。

且说武则天接着三思告急本章看了，知张天辉阵亡，新唐国遣披霞公主相助，所以得胜，请调兵将再图进剿，遂与诸臣计议发兵。武承嗣道："为今之计，莫如调几镇诸侯前去征讨。"张柬之道："不可！凡各镇诸侯，皆先朝旧臣，与薛家和好。薛刚之反，一欺王子出在房州，二欺朝内无良谋之人，所以敢反。若调诸侯去讨，万一与他和合，非但有丧天朝锐气，且见兵刀日起矣。依臣愚见，不如召庐陵王入京，使薛刚起又无名，则人心自然离散，那时遣天将征之，自无不克也。"

武则天道："狄梁公在日，亦曾劝朕召他入京，彼时朕已许之，不料事繁忘了。非卿所言，朕几误事。"即下旨差太尉敬晖前去房州，宣召庐陵王入京。武承嗣闻之大惊，忙与张昌宗计议，昌宗道："不妨，待他来到长安，那时定害之。"二人计议已定。

不上半月，敬晖保庐陵王夫妻到京，入朝见驾。武氏见了，母子之情，也觉伤感，下旨起造皇府，与庐陵王居住。武承嗣忙与张昌宗道："庐陵王已到，如何下手？"昌宗道："此事性急不得，我想正月元旦乃皇上圣寿，待我启奏大放花灯十日，待各镇诸侯差官贺过圣寿回去了，到半夜点起军士，扮作强盗，围住庐陵王府，只一把火，便烧得干干净净矣。"武承嗣拍手道："妙，妙，妙！"

再说武三思屯兵上安镇，到了秋凉，不见长安兵到，遂收兵回了长安，推病不出，按下不表。

且说九焰山徐美祖排算阴阳，即与薛刚说了，要他长安救驾。薛刚道："一举而两得，我正要去祭扫铁丘坟，但不知庐陵王何时有难？"徐美祖道："事不宜迟，须赶到长安，以正月初一夜间行事。只是此去关口盘查，须设一个计策入长安才好。"薛刚道："但凭仁兄主持。"徐美祖即唤乌黑龙、乌黑虎吩咐道："你二人领精兵二十名，带一群马匹，扮作贩马客人，

第七十二回 武三思花园逢怪 庐陵王长安被难

到长安和化门外三十里地名万龙村埋伏,元旦夜三更时分,如此如此。"又叫乌黑彪、乌黑豹吩咐道:"你们领十名小校,前去潼关左近埋伏,如此如此。"又吩咐薛刚、纪鸾英入长安如此如此,又吩咐吴奇、马赞、南建、北齐众头目如此如此,又吩咐郑宝领小校五百到龙川埋伏,如此如此。各人领计下山去了,徐美祖在山守寨。

却说长安城内,隔年早打灯棚,正月初一日三更时分,合齐点灯,各镇诸侯俱差官到京,五更三点,武氏设朝受贺。天明,张柬之私同敬晖来至庐陵王府,二人入见,就说:"千岁今夜有杀身之祸!"

庐陵王大惊失色,忙叫:"二卿救我!"张柬之道:"臣也不知今夜千岁有难,狄仁杰临危之日,付臣三个锦囊,说今夜二更千岁有火烧身之难。臣当初造府之时,依囊令匠人在殿东暗暗造成一个地道,直通出府,可以脱身。臣今来知会千岁,今夜若有响动,可开地道脱身逃出,臣令敬晖在大通桥救千岁出城。"庐陵王含泪作谢,二人回去。欲知后事,且听下回分解。

第七十三回

敬晖保驾出长安　关仁大战众英雄

再说薛刚、纪鸾英扮做庄村夫妇,早入长安城中,走来走去。看见吴奇、马赞、南建、北齐四人扮作乞丐,薛刚把眼一丢,四人会意,来至僻静之处。薛刚悄悄吩咐他们,三更时分铁丘坟相会,四人允诺而去。

及至天色一晚,城中灯火齐明,如同白日,敬晖身披暗甲,带百余兵丁,只在大通桥左近巡查。武承嗣发令十门紧闭,暗叫军士准备干柴引火之物,只等二更时分,就要动手。到了二更,武承嗣令军士放起火来,大喊震天,高叫:"庐陵王府中失火,快些救火!"只见一片火光烧将起来,百姓来救,见有人马,谁敢近前?军士假装东跑西跑,往来救火。

庐陵王夫妻家眷看见火起,即从地道走出,在大通桥下冒水而出。敬晖请庐陵王一行人上了车,提刀上马,保驾来至和化门,杀了门军,斩开城门,保驾出长安而走。军士飞报武府,武承嗣闻报,大惊道:"庐陵王走了,大势去矣。"忙点人马,追出和化门前去。

那薛刚这一班人,早买了祭物,往铁丘坟而来。那守坟军士一见薛刚这些人,大声喝道:"什么人,从哪里走?"众英雄齐举兵器乱杀将来。那军士抵挡不住,大喊一声,四散逃走,飞报武承嗣,谁知武承嗣不在府中了。薛刚、纪鸾英、吴奇、马赞、南建、北齐摆下祭物,点起香烛,拜罢,烧化纸钱,一连放了三个百子西瓜炮。炮声响动,各处埋伏听见炮响,四下放火,一时长安城中五六十处火起,四面喊声大震。薛刚一班人齐到庐陵王府边,看见近城一片火光,就知道有人救出去了。众好汉横行直撞,逢人便杀,可怜长安城中即刻成了肉山血海矣。武则天闻报,又惊又怒,发出禁军冲杀来拿,怎挡得众好汉杀开血路,直出和化门而走。

且说敬晖保了庐陵王先走,被武承嗣赶到,敬晖一见承嗣,举刀便砍,承嗣抡斧交战。不几合,敬晖抵挡不住,回身便走,承嗣紧紧追赶,庐陵王惊倒车中。正在危急之际,忽见深草中出来两员虎将,乃是乌黑龙、

第七十三回　敬晖保驾出长安　关仁大战众英雄

乌黑虎，大叫："武承嗣休走！"飞马前来。与武承嗣交战。不三合，承嗣大败，二人追杀一阵，遂回马保驾而走。庐陵王问道："你二人何处来的，前来救孤？"二人一路遂细细奏明，庐陵王大喜，遂一同往潼关而去。

那武承嗣败回，正遇薛刚一班人杀出和化门而来，一见武承嗣，正是冤家相遇，乱杀过来。承嗣抢斧迎敌，被吴奇一箭，正中马眼，那马一跳，把承嗣跌落马下，周兵急上前扶起承嗣逃走了。薛刚一班人齐奔潼关而去。

且说乌黑龙、乌黑虎、敬晖等保驾奔到潼关，见有许多守关军士，众好汉一齐乱杀，杀死无数守关军士，斩开关门，保驾出关而走。逃军飞报入府，总兵关仁得报，即领兵追出关来。乌黑龙一见，回身摇枪便刺，关仁举兵相迎。战不十合，乌黑龙抵挡不住，回马便走，关仁紧紧追赶。追至龙川，忽一声炮响，伏兵冲出，郑宝当先，抢斧砍来，关仁举兵相迎。正交战间，忽周兵来报，说："关内有贼人放火！"关仁大惊，回马便走。郑宝也不追赶，接住庐陵王，就在龙川埋锅造饭。那关仁兵马回到关下，正遇薛刚放过火，杀出关来，关仁催兵截住。众好汉大战不下，纪鸾英暗发一箭，正中关仁额上，大吼一声，败入关去，紧闭关门，不敢出来了。薛刚一班人到了龙川，见了庐陵王，合兵一处，发驾向九焰山而来。

再说长安城中，烧去民房五万余间，尸横血流，一连三报报入朝中：第一报，庐陵王反出长安，杀败武承嗣；二报，沿途强盗横行杀抢；三报，火烧潼关，大败了关仁。武氏大怒，下旨捉拿庐陵王，又大开皇仓，赈济被火百姓，按下不表。欲知后来，再听下回。

第七十四回

武则天遣三路将　周总兵归九焰山

却说庐陵王到九焰山，徐美祖下山接驾，驾上九焰山，把山寨改为王殿，四下造起房屋，薛刚等俱移居左右，正中圣眷居住，大排筵席庆贺。房州圣眷二位宫主及桓柏、马登、屈浮鲁等，俱各迎接上山居住。次日，庐陵王以徐美祖为军师，赐姓李，薛刚为保驾元帅，吴奇为讨逆将军，马赞为东骑将军，郑宝为飞龙将军，乌氏五人为五虎将军，南建为飞虎将军，北齐为挡寇将军，屈浮鲁为镇国大将军，敬晖、桓柏为左右御卫，马登为安国将军，大小三军一齐重赏。皆叩头谢恩。山上立时扯旗招贤聚众，以图恢复，按下不表。

再说长安武则天，闻报徐美祖与薛刚等奉庐陵王为主，占据九焰山，其势甚盛，武氏大怒，便问诸臣谁敢领兵前去捉拿叛贼，武三思奏道："薛刚凶恶，若非四路夹击，拿他不住。陛下可发旨调尽山关总兵周成、山海关总兵齐豹、陕州定唐王李孝业，三路进攻九焰山，必获叛党。"武氏允奏，随即发旨。那三将得了旨意，各自起兵，杀奔九焰山而来。

那山上将兵飞报入寨，说长安调了三路人马，来打九焰山，第一路是尽山关总兵周成，领兵十万，已到山下，东路安营；第二路是山海关总兵齐豹，领兵十万，已到山下，西路安营；只有第三路李孝业，兵马未到。庐陵王闻报大惊，徐美祖道："主公放心，待臣设计，使周成、齐豹互相交并，来归主公；待李孝业一到，管叫他片甲无存。"庐陵王大喜。徐美祖即唤南建吩咐道："你可领兵一千，往西路与齐豹交战，须要败他一阵，切不可伤他性命，如见周成来接应，必须假败上山，不可有违。"南建道："得令。"遂领兵上马下山，冲出西路。

齐豹闻报，即忙上马出营。南建一见，喝道："你可是齐豹么？"齐豹道："然也。你是何人？"南建道："俺乃南建将军，你这厮快快下马投降，免你一死。"齐豹大怒，举枪便刺，南建持锐相迎，一连七八锐，打得齐

第七十四回　武则天遣三路将　周总兵归九焰山

豹盔斜甲散，回马便走，南建拍马追杀，直追得齐豹走投无路，入地无门，正在慌急，周成领兵前来接应。南建看见周成，遂丢了齐豹，与周成大战，战无三合，遂假败佯输，回马便走，上山去了。齐豹接着周成，再三谢他相救之恩。周成笑道："将军，如此一个毛贼，为何就输与他？"齐豹满面羞愧。周成喜气洋洋，收兵回营，差官上长安报捷。

次日，周成领兵抵山讨战。徐美祖吩咐众将轮流下山交战，个个要败不要胜，当下众将下山迎敌。一日之间，连败大将一十七员，天色已晚，周成领兵回营，差官二上长安报捷。到了次日。周成又来讨战，徐美祖下令不许出战。周成见了，令三军赶上山去，见山上抛下檑木炮石，周成无奈，只得收兵回营。一连十日，山上并不出战。

一日，周成闻有天使下来，急领众将出营迎接。此时齐豹也同众将来接。请天使入营。天使进营，笑容道："周将军，皇上一日之间连接将军十封捷表，龙颜大悦，特差下官赍诏前来，赐蟒袍玉带。"说罢，开读了诏书。周成设筵款待天使，天使筵间说道："想齐将军目今该胖了。"齐豹道："钦差休来取笑。"天使道："此系皇上的话，只因将军到此，未出一战，料将军必然养胖了。"周成闻言，止不住大笑。此时齐豹羞得满面通红，低头不语。

及酒筵罢，天使辞去，齐豹回至营中，不胜忿怒，与心腹将官孙安计议道："可恨周成恃功欺我，若不杀他，怎出我这口气！你若有计，能以害他，重重赏你。"孙安道："若要害他，必须如此如此。"齐豹听了大喜，便叫孙安去行事不表。

且说周成营中无粮，只望尽山关运粮来接济，忽见探子飞报入营，说："尽山关的粮草，运到龙川，被九焰山响马劫去了！"周成大惊，喝令把运粮军绑进来，左右答应，即将运军绑进。周成骂道："你这该死的狗头！尔等何怠忽至此，把粮草被贼人劫去？"运军道："粮草不是九焰山劫去，那一班劫粮的人，小的们虽不能全认得，内中有一个为首的，小的们认得，是齐总兵帐下偏将孙安，劫了粮草，竟往西营而去。"周成大怒道："这厮劫我粮草，若不杀他，怎消我恨！"喝声："备马！"周成儿子周平忙叫："爹爹不可造次。儿有一计，爹爹只做不知，差人去请他，只说商议要事，两边埋伏下刀斧手，设筵款待，候吃到酒酣之际，以掷杯为令，大家动手，杀之甚易。"周成道："我儿此计甚妙。"即差人往西营去请齐豹。

齐豹因劫周成粮草，回说不去，孙安道："若不去，他更动疑。"齐豹道："此去倘有不测，如何是好？"孙安道："不妨，将军若去，可将兵符印信权交小将，万一有失，小将以大兵围住他营，问他敢也不敢。"齐豹大喜，即把兵符印信交与孙安，自带四个家将，往东营而去。

孙安得了印信兵符，传集众将，放声大哭，众将忙问何故，孙安道："太宗亲临战阵，血战数年，方得天下，只望传之子孙，谁料武氏将唐宗室杀灭殆尽，今只有庐陵王一人，若有差失，则大唐天下绝矣。我等皆大唐臣子，食唐厚禄，怎忍反叛？今齐豹背主助逆，我心不伏，为此设计将他遣开，但不知众位肯念唐室保庐陵王中兴否？"众将闻言，齐说："愿从保庐陵王中兴。"孙安大喜，令十万军尽改了九焰山旗号，拔营齐起，直至上山归顺。徐美祖闻知大喜，下令开关迎接上山。

那齐豹到了周成营中，忽听得一声炮响，齐豹大惊，起身便走。周成喝到："哪里走！"手起一剑，砍为两段，割了首级。众将齐说道："将军杀了齐豹，怨恨已消，但恐武氏见罪若何。小将想将军乃大唐臣子，何不归顺九焰山，保庐陵王中兴，名正言顺，岂不甚美？"周成道："此言有理。"遂令十万军改了旗号，抵山归顺。徐美祖令军士开关迎接上山。周成朝见庐陵王，献上齐豹的首级，庐陵王大喜。封周成为顺义将军，孙安为忠武将军。二人再拜谢恩。未知后来若何，再看下回分解。

第七十五回

李孝业设连环马　罗家将教钩镰枪

再说定唐王李孝业，乃承业之弟，在陕州得旨，即起兵二十万。有两个先锋，叫做仰必兴、仰必大，又有四员偏将，叫做韦云、毛进、乔路、唐英，都有万夫无敌之勇。挑选了三千兵马，分为一百队，又挑五千步军随后接应，每马三十匹一连，却把铁环锁连，人与马俱披铁甲，名为连环拐子马，十分厉害。竟往九焰山而来，一日离山十里扎营下寨，次日，李孝业领兵抵山讨战。

徐美祖对众将道："李孝业乃能征宿将，必须先用力敌，后用智擒，当拨为十队下山交战，以挫其锐气。"便点南建、北齐、吴奇、马赞、乌黑龙、乌黑虎、乌黑彪、乌黑豹、纪鸾英、披霞公主十将，分为十队战阵，薛刚合后。众将得令，一齐率兵冲下山来，排开阵势。头一队南建一马当先，与仰必兴战在一处，未分胜负。仰必大拍开坐马，上前助战，纪鸾英出阵战住必大。四人斗了十余合，鸾英虚闪一刀，回马便走，必大纵马赶来，鸾英按下手中刀，取出红绒套索，等必大马来得近，把套索往空一抛，竟把必大套下马来，军士上前把他捉了。

李孝业看见大怒，上前杀来，薛刚接住交锋。两边众将一齐冲出，各寻对头交战，自辰时杀至未时，不分胜负。李孝业忙放出连环马奔来，两边又有强弓硬箭射来，中间又是长枪刺来。薛刚一见大惊，哪里挡得住，前面五队住脚不定，四下乱窜，后面五队阻挡不住，各自逃生，兵马大败。幸得屈浮鲁、郑宝、马登、敬晖抢下山，救了众将。那连环马直抵三关，因山路崎岖，退了回去，李孝业大胜，捉了乌黑彪，收兵回营不提。

薛刚回山，计点众将，不见了乌黑彪，着伤的吴奇、南建、乌黑龙、乌黑虎，军士受伤不计其数，折了八千人马。庐陵王甚是忧虑，徐美祖道："千岁不必忧虑，待臣再生良策，以破连环马。"屈浮鲁道："要破此马，须得罗家枪改为钩镰枪。"徐美祖道："莫非山后罗章的枪么？"屈浮鲁道：

"然也。我闻罗章已故，生有两子罗英、罗昌，不知在哪里。"敬晖道："太保罗英，因武后不容他，遣将代守邰阳，罗英大怒，杀了天使，反出邰阳，屯兵定山。他有一员骁将，名叫李广，面如酱色，善使铜鞭。"徐美祖道："定山在潮州地方，待小弟下山去请他来。"即时辞别庐陵王，竟往定山而去。

一日行到定山，忽听一声锣响，出来了十余个喽啰，为首一人，面如紫茄，手执铜鞭，喝道："来者留下买路钱，放你过去！"徐美祖问道："你是李广么？"那人见问，遂笑道："正是。"徐美祖道："烦你上山对太保说，我徐美祖要见。"

李广上山报知罗英，罗英邀请上山入寨，见礼坐下。罗英道："小弟近日闻得仁兄与薛刚占住九焰山，保庐陵王中兴，小弟十分欢喜，仁兄焉得有工夫到此？"徐美祖道："小弟此来，是因李孝业攻打九焰山，排下连环甲马，被他战败，有屈浮鲁说仁兄祖传的枪法变成钩镰枪，可以立破此阵，庐陵王特着小弟来请仁兄，助他灭武兴唐。"罗英道："仁兄既来，小弟焉敢不往！"美祖道："救兵如救火，必须即刻起身才好。"罗英道："小弟收拾人马，即便同行。"美祖道："人马一个也不要，只要仁兄一人，同小弟往九焰山，去破了连环马，那时仁兄仍回此山。小弟有一个锦囊付你，成就了姻缘，再立了功绩，岂非美事！"罗英大喜，吩咐李广看守山寨，遂同徐美祖下山，星夜赶到九焰山。

徐美祖领他见了庐陵王，到了次日，罗英挑选精壮军士五千，习学钩镰枪。不上半月工夫，教成了五千名花枪手。欲知后事，再看下回。

第七十六回

屈浮鲁中箭丧身　徐美祖报仇雪恨

再说李孝业捉了乌黑彪，困在后营，每日来山前讨战，见挂出免战牌，无奈只得收兵回营。这日忽见山上收去免战牌，李孝业亦自端正连环马，准备厮杀不表。

且说徐美祖令南建、北齐打东寨，吴奇、马赞打西寨，薛刚、纪鸾英打中寨，罗英、屈浮鲁领花枪手破连环马，薛蛟、薛葵往来救应，其余众将，四下埋伏。吩咐已定，放炮下山。李孝业令仰必兴打头阵，韦云、毛进、乔路、唐英驱连环马，冲杀前来。罗英、屈浮鲁俱是步兵，见连环马冲来，一齐动手。那些甲马被钩镰枪钩到马腿，一马倒了，九马都不能行，便咆哮起来，乱滚乱跳，都倒在地，仰必兴与四将都被捉去。

李孝业见连环马被钩镰枪破了，心中大怒，要冲杀来，怎奈满地都是甲马倒着，难以前进，只得领兵逃走，又遇南建、北齐，混杀一阵。吴奇、马赞杀入后营，救了乌黑彪。李孝业战不过南建、北齐，落荒败走，又遇着屈浮鲁拦路杀来，李孝业无心恋战，拍马便走。屈浮鲁追来，李孝业暗发一箭，射中屈浮鲁面门，翻身落马，幸得罗英赶到，救了上山。周兵俱备投降，单单走脱了李孝业。薛刚大胜，上山献功。只有屈浮鲁中箭，那箭是用毒药煮的，过了三日，便呜呼哀哉了。

再说那李孝业带领残兵，往西逃走，又遇着一支人马，为首两个小将，拦路问道："来将是谁？"李孝业道："我乃定唐王李孝业是也。"两个小将道："好，好，好，遇得巧！"一起来捉。李孝业见势头不好，正要跑走，却被一个小将生擒过马，竟往九焰山而来。

看官，你道这二位小将是谁？原来是锁阳城窦必虎遣来人马，一个是薛斗，一个是窦希玠，窦必虎不忘薛氏之恩，改名为薛云，他闻知薛刚在九焰山保庐陵王中兴天下，故差他二人领兵来助。遇着李孝业，被薛云生擒。

来到九焰山，薛刚领他二人朝见庐陵王，奏知其事，庐陵王大喜。徐美祖奏道："臣父死于李孝业兄弟之手，今日正好报仇，求千岁为臣做主！"庐陵王道："任凭御弟处分。"徐美祖便令殿上设立英王徐敬业、徐敬猷、屈浮鲁灵位，将李孝业绑在灵前。徐美祖哭祭了一番，将李孝业凌迟处死，又将所擒诸将一并斩首，只放了仰必兴回去通信。

仰必兴得了性命，飞奔长安。一日到了长安，就把九焰山人马凶恶，难以对敌，并周成、孙安、齐豹之事，及李孝业被杀情由，一一奏知武氏。武氏听了大怒，遂问群臣道："朕欲扫平九焰山，杀尽叛逆，谁敢领兵前去？"武承嗣奏道："臣儿愿往。"武氏大喜道："王儿肯行，国家幸甚！天下兵马委卿执掌，生杀由你，封你为镇周除害天下兵马大元帅、威武南王，各镇王侯节度，任你调遣。"承嗣奏道："臣儿此行，还要一路招贤纳士，共议破敌。"武氏允奏退朝。欲知后事，且听下回分解。

第七十七回

武承嗣巧排十阵　徐美祖料敌如神

当下武承嗣出朝归府，即发十道文书，差官星夜往各镇，调取十路节度使，各带精兵一万，前往九焰山，听候调用。这十路人马是哪十路的？

山东济南节度使童京
河南卫辉节度使张宏义
陇西汉阳节度使龙在保
河北汉上节度使马飞龙
汝南临清节度使庞文
太原晋阳节度使殷定文
西夏零陵节度使段文龙
云中雁门节度使金光灿
京兆弘农节度使尉迟元
中山范阳节度使赵能

这十路节度使一见文书，即点齐人马起身。武承嗣点了十三万人马，以杨云从、吴定海为先锋，江文龙、余起厪为左右护卫。一齐起身往九焰山来，遂路张榜招贤，按下不表。

且说九焰山破了连环马，罗英辞别回去，一日，细作打听武氏命武承嗣为帅，召集十路诸侯，共名二十三万，来打九焰山，忙忙报上山来。庐陵王闻报，即命徐美祖整顿人马，准备交战。徐美祖将英雄花名册上一点，却是薛刚、吴奇、马赞、南建、北齐、马登、桓柏、郑宝、乌黑龙、乌黑虎、乌黑蛟、乌黑豹、乌黑彪、薛蛟、薛葵、薛云、薛斗、周成、孙安、敬晖；又将偏将姓名一点，却是张天任、王莫仁、屈廷龙、焦红须、杨应彪、汤铁头、钱蒙、李进、郑英、庞义、董千里、卫廷龙、狄彪、濮元、马成、余光，大将偏将共有三十六员，外有纪鸾英、披霞公主女将二员。

徐美祖点完，就令郑宝与钱蒙、庞义领兵五千，到龙川埋伏，只等中山赵能兵马到来，当如此如此。又令马登与张天任、杨应彪领兵五千，离龙川十里埋伏，如见赵能追郑宝过去，可如此如此。郑宝、马登得令，领兵而去。

却说中山节度使赵能领一万人马，先奔九焰山来。到了龙川，忽听得炮响，赵能即纵马进前，看见郑宝，喝道："你这反贼，如何敢阻天兵去路！"郑宝并不答话，抢斧即砍，赵能背后冲出一将，乃都统制朱标，举兵抵住。二人战不几合，郑宝诈败，赵能令三军一起追赶。追过龙川约有二十里，忽听得后面炮响连天，早有马登埋伏人马从赵能背后杀来，郑宝听得炮响，忙领人马回身杀来，赵能前后受敌。马登把朱标一枪刺落马下，周兵大乱，各自逃散，唐兵重重围住赵能，乱箭齐发，赵能身中数箭，落荒而逃，郑宝、马登得胜回山不表。

且说武承嗣大兵一到，闻知赵能兵败，吃了一惊，只是安慰赵能道："胜败乃兵家之常事，不日扫平九焰山便了。"不上数天，十路诸侯俱到，又兼一路上招募了八百余人，内中有七个好汉，一个是潞州人，姓贾名超，有千斤之力，善使铁鞭；一个是苏州人，姓陆名雄，善用长枪；一个是云南人，姓戴名永昌，力敌万夫；一个是五台和尚，名叫元化，善使双棍；一个是中山铁冠道人，名叫龙虎真人，使两口宝剑，善能飞起，百步伤人；又有两个兄弟，姓糜，名大龙、大虎，二人步如飞骑，十分凶恶。当下武承嗣就与参军程实商议，在九焰山前排下一个十面埋伏阵，要捉薛刚，即令点齐名将，却是共有二十一员大将。

武承嗣离九焰山三十里布下十阵，先命山东节度使童京，带余起屡领兵一万，为第一阵，按乾宫方位，青旗青马，青甲青袍；次命汝南节度使庞文，带贾超领兵一万，为第二阵，按坤宫方位，绿旗青马，翠盖蓝缨；又命河南节度使张宏义，带杨云从领兵一万，为第三阵，按离宫方位，红旗赤马，绛甲红袍；又命陇西节度使龙在保，带陆雄领兵一万，为第四阵，按震宫方位，青旗白马，银盔红袍；又命河北节度使马飞龙，带糜大龙领兵一万，为第五阵，按巽宫方位，皂旗黑马，乌甲玄衣；又命西夏节度使段文龙，同糜大虎领兵一万，为第六阵，按艮宫方位，花幡黑马，绿铠红袍；又命太原节度使殷定文，同吴定海领兵一万，为第七阵，按兑宫方位，素旗白马，银盔白甲；又命云中节度使金光灿，同

第七十七回　武承嗣巧排十阵　徐美祖料敌如神

江文龙领兵一万，为第八阵，按坎宫方位，黄旗盔甲，金色袍马；又命京兆节度使尉迟元，同戴永昌领兵一万，为第九阵，按太极之形，皂纛[1]白幡，白马乌衣；又命中山节度使赵能，同僧人元化领兵一万，为第十阵，按九宫之象，总八卦之形。花旗花马，花甲花袍。武承嗣命完十将，布下十面埋伏阵，连营六十里。早有细作报上九焰山，庐陵王闻报大惊，徐美祖道："主公勿忧，那十路节度使人心不一，只要破他一阵，其余自然瓦解。况阵连营六十里，此乃兵家大忌。待臣遣将，立破此阵，须用火攻，包管烧他片甲不留。明日先见一阵，观其动静便了。"欲知后事，再听下回分解。

---

[1] 纛（dào）：古代军队里的大旗。

第七十八回

马将军赴敌阵亡　武承嗣误认替死

　　却说庐陵王到了次日，同徐美祖、薛刚统众放炮下山，武承嗣也领着五营四哨冲出阵来。武承嗣见庐陵王，高声喝道："李显，你大逆不孝，谋反无情，今日天兵至此，还不就缚，尚敢抗拒圣旨么！"庐陵王骂道："你们这些奸贼，横行无忌，不把你们碎骨分尸，何以谢天下！"言还未尽，只见薛刚一马冲出，高叫："主公，休与这厮对口，亵了圣体！"遂举枪对武承嗣刺来，武承嗣用刀招架，二人大战起来。忽见周营内龙虎真人手使两口宝刀，冲至阵前，这边马登跃马挺枪，接住厮杀。战不三合，龙虎真人虚晃一刀，落荒而走，马登拍马追赶，看看将近，龙虎真人祭起飞刀。马登躲闪不及，被飞刀砍死马下。薛葵看见砍死马登，连忙追来，庐陵王一见，忙说道："穷寇莫追。"吩咐鸣金收军。此时武承嗣敌不过薛刚，已败走回营。众将收了马登尸首，竟上九焰山。庐陵王十分伤感，追赠马登为靖南侯，设立马登神位，哭祭一番。徐美祖吩咐挑出免战牌，按下不表。

　　且说武承嗣败回营中，龙虎真人安慰道："大王，胜败兵家之常事，今日虽败，小道已斩他一员上将，也不算大败。待明日大王出阵，引薛刚入阵，小道伏于阵内，用飞刀砍了薛刚，其余不足虑也。"武承嗣大喜。到了次日，就令五营齐出，杀上山来。看见山上高挂免战牌，吩咐军士百般辱骂，骂至日西，方收兵回营。

　　那徐美祖在山上，一连三日，按兵不动，到第四日，暗传众将今夜三更都集大寨听点，众将得令。到了三更，众将齐集大寨，站立两旁听点。徐美祖令郑宝领兵到三关，等候炮响，出兵交战，差薛蛟、薛葵随后接应；又令吴奇、马赞领五百兵，偷过周营，各带柴草一束，内藏硫磺焰硝火具等物，要烧透第十阵周营；又差乌黑龙、乌黑虎领五百兵，放火烧造他第八阵；又差南建、北齐领兵烧他第六阵，又差乌黑蛟、乌黑豹

第七十八回　马将军赴敌阵亡　武承嗣误认替死

领兵烧他第四阵，又差周成、孙安领兵烧他第二阵；又差张天任、王莫仁、焦红须、汤铁头领兵从龙口杀出，取彼粮草马匹军器等物；又差桓柏、敬晖、乌黑彪、屈廷龙、董千里、杨应彪、余光、马成领兵往来接应；又差钱蒙、李进领兵烧第九阵，郑英、庞义领兵烧第七阵，狄彪、濮元领兵烧第五阵，薛云、薛斗领兵烧第三阵，薛刚、纪鸾英领兵烧第一阵。徐美祖分拨已定，众将俱各领令而去。

再说承嗣连日见薛刚按兵不出，到了这日，下令准备攻城器械去攻三关，遂与龙虎真人领兵来至三关之下，命三军布起云梯，要打上关去。关上灰瓶擂木炮石纷纷打下，众将不敢扒上，武承嗣命三军百般叫骂。骂到日西，忽闻关中炮响，郑宝领兵冲出，大声骂道："武承嗣，你这奸贼！还不速走，死在目前，你还不知么？"武承嗣并不答言，举刀便砍，郑宝把刀相迎。战有二十余合，龙虎真人见承嗣赢不了郑宝，连忙祭起飞刀来斩郑宝，哪知郑宝眼尖看见，他晓得那飞刀的厉害，忙跳下马来，急急跑开。武承嗣误认郑宝中了飞刀，来割首级，低头往下一看，不料那飞刀落下，照武承嗣紫金冠劈下。郑宝在侧，暗取铜弹对龙虎真人打来，正中面颊，龙虎真人负痛逃走。关上炮响连天，薛蛟、薛葵冲出，乱杀乱砍。又见前面各营火起，各营大乱，众英雄逢人就杀，见人便砍。元化和尚、龙虎真人俱各逃走，十个节度使一见武承嗣被斩，俱无斗志，都欲要回兵，哪里走得脱，俱被众英雄尽情砍杀。又一场大火，把十个营寨烧得干干净净。

当下庐陵王坐在寨中，等候众将献功。不一时，一个个或献首级，或捉活将，或抢盔甲军器，或夺粮草马匹，各献功劳。又报焦红须、董千里、钱蒙三将阵亡。庐陵王下令，将武承嗣等首级号令山前示众。不知后来如何，再听下回分解。

第七十九回

紫刚关父子提兵　九焰山兄弟败阵

再说长安武则天，闻报武承嗣并十个节度使俱被九焰山人杀了，武氏大怒，叹道："可惜承嗣少年智勇，今日殁于王事，朕心怎舍！"遂问群臣："谁与朕领兵剿灭九焰山？"张天右奏道："臣保紫刚关总兵白云前去剿贼。他年纪虽老，却勇力无双，又有长子文龙，次子文虎，两个武艺固精，犹不足道，唯有第三子文豹，武艺高强，力能拔山，从来没有人与他对手。陛下若使他父子征讨，必能平复。"武氏大喜，就下旨令白云父子领本部人马进攻九焰山。

差官赍旨来到紫刚关，军士报入，白云迎接天使入关，读了诏书，设筵款待。席散，天使回去，白云退入后堂，夫人金氏、小姐霞然接着，问道："相公，今日为何面有忧色？"白云叹道："夫人有所不知，当今朝中，二张用事，诸武专权，天下不安，干戈四起，今日有旨下来，命我率三子领兵征九焰山，明日就要起行。"夫人道："既然如此，快备酒与老爷饯行。"霞然道："爹爹，孩儿想庐陵王是太宗嫡孙，高宗长子，武后目下虽然得势，究竟是篡逆之人，不久复归唐室。依孩儿愚见，莫若假借兴兵征九焰山，暗暗领了家眷，率领人马降庐陵王为是。"白云喝道："小小女流，晓得甚么，不要胡言！"夫人道："女儿之言，倒也有理。"白云喝道："住口！女人家知道甚么！"当下摆齐筵席，夫妻儿女团团坐下，霞然小姐起身斟一杯酒，双手来敬白云，口中才待要说话，白云知他又是那话，劈手夺过酒杯，掷于地下，气冲冲走回书房中去了。三个儿子也不敢饮，各去安息。到了次日，白云也不与夫人、小姐分别，竟把关防交于偏将马齐把守，点兵二十万，同了三个儿子，离了紫刚关，往九焰山而来，离山五里，安下营寨。

次日，白文豹领兵抵山讨战，徐美祖差乌黑虎迎敌。乌黑虎提枪上马，领兵冲下山来。白文豹一见，喝道："你这逆贼，快来受死！"乌黑虎大怒，

第七十九回　紫刚关父子提兵　九焰山兄弟败阵

举枪劈面就刺，白文豹把锤向上一迎，"咣"的一声响亮，枪折两段。乌黑虎回身拍马便走，白文豹喝道："这样无力的东西，也要做将官，饶你去罢！"乌黑虎败上山来，细告此事。乌黑龙闻言不服，提锐上马，冲下山来，一见白文豹，暗想："这样小孩子，如何厉害？"遂大喝一声："招锐！"白文豹举锤一架，早把他的流金锐担弯了。白文豹伸手将乌黑龙抓过马来，道："拿你去，倒污了我的手，饶你去罢！"往地下一抛。但不知乌黑龙的性命如何，且听下回分解。

第八十回

文豹交战逢薛葵　罗英奉计救文龙

　　当下乌黑龙被白文豹往地下一抛，只跌得半死，停了一会，方才醒来，遂爬起跑上山去，告知其事。薛刚闻言大怒，飞身上马，带领众将冲下山来，大声喝道："哪里来的小孩子，怎敢在此称能！"白文豹笑道："你们都下山来试试我的锤么？"薛刚大怒，抢枪便刺。文豹举锤相迎，一连三锤三架，震得薛刚盔斜甲散。吴奇、马赞、郑宝等齐出阵来，把文豹围住，文豹使开双锤，如风车儿一般，在内乱打，打得众将如走马灯相似。薛葵在关上望见，忙忙上马，冲出关来，杀入阵中，抢锤就打，文豹举锤相迎。二人战了五十余合，不分胜败。忽然白云领兵杀至，前来接应，文豹抛了薛葵，打马回营，薛葵也抛了文豹，回马上山，两下各个收兵。

　　次日白文龙父子讨战，徐美祖下令紧守，不与交战。一连数日，按兵不动。白云在营计议如何攻得破九焰山，白文龙道："一面攻他，自然难破，须要分兵四面攻打方可。"白云道："此言有理。"遂聚集众将，分拨人马，令白文虎领兵五万，从东路攻打；令白文豹领兵五万，从西路攻打；自己领兵五万，从山后攻打；令白文龙领兵五万，看守大营。"倘有贼将反来攻打我营，切不可轻出与他交战，只连放百子炮为号，我们即来救应。"文龙应诺。白云与文虎、文豹分兵往九焰山攻打，怎奈山上守得坚固，如何攻得破！

　　那徐美祖令郑宝、吴奇、马赞、乌黑彪、乌黑豹领兵下山，杀入周营，不可伤害白文龙，只劫了粮草上山。五人领命，下山而来。探军飞报入营，文龙想道："今日我须拿两个强盗，也显显我的手段。"遂领兵出营。郑宝抡刀便砍，文龙摇戟相迎。战了三合，文龙抵挡不住，回马便走，五将奋勇赶来，文龙不敢入营，落荒而走，五将冲入周营，粮草尽行劫去。文龙回营，看见粮草全无，遂放起百子炮来。白云、文虎、文豹人马尽来接应，不见贼人，只见粮草劫去，大怒喝道："狗畜牲！我吩咐的话你

第八十回　文豹交战逢薛葵　罗英奉计救文龙

不听。偏要出战，以致粮草尽被劫去！"喝左右绑下，重打四十。又道："星夜往紫刚关，与我押解十万粮草来，略有差池，定然斩首！"文龙无奈，只得领一百军士，又坐不得马，伏鞍而行。不多日到了紫刚关，入府见母亲，哭告一番。霞然道："行兵未久，失了粮草，不吉之兆。哥哥，你须见机而行。"白文龙点头称是，遂收拾十万粮草，即便起程不表。

且说定山罗英得了徐美祖锦囊，按日拆看，不胜奇异，即令李广领兵下山，伏在松林。等了半日，看见粮草车来，李广领兵冲出，大声喝道："快快留下粮草，放你过去！"白文龙棒疮正痛，一见便走，李广劫了粮草，回定山去了。

文龙走了数里，见无追兵，料粮草已失，放声大哭，想道："这番回去，决定是死，不如这里寻死罢！"便走入林中。正然上吊，忽见一行人走入林来，把文龙救下，飞马奔回。文龙问："是何人救我？"军士道："是燕郡王罗英。"正说间，罗英返回，文龙叩谢，罗英扶住道："非干我事，救兄者另是一人。"文龙道："那人是谁？"罗英就把徐美祖算定事情细说一通。文龙跌足道："他如此相待，要我降，我便降，只是我父不肯，奈何？"罗英道："仁兄若是肯降，军师已定下一计在此，求仁兄假写一封书，只说令尊降了九焰山，差你回去接取家眷上山，此计何如？"不知文龙如何答应，且听下回分解。

第八十一回

识天命诱母归唐　见人事劝父降服

　　话表文龙一听罗英之言，心中大喜道："小将感恩不浅，回去即送家眷到山便了。"说罢，二人分手而去。罗英到九焰山奏知庐陵王，庐陵王大喜。徐美祖令众将不许下山交战，只等白文龙消息不表。

　　且说白文龙在路上写一封假书，回到紫刚关，入府见了母亲、妹子，夫人问道："我儿，你解粮草去，你父近日胜负如何？"文龙道："母亲，爹爹当初甚是骁勇，一心要战，后来遇见了山上军师，名叫徐美祖，被他三言两语劝转了。爹爹如今已降九焰山了，特遣孩儿回来，迎接母亲、妹子，同上九焰山。有书一封，母亲请看。"夫人道："当初起兵之时，你妹妹说了几句知己的话，他十分大怒，连我也怪起来，到今日反降了大唐，岂不是老颠倒了！"

　　夫人拆书看了，说道："事已至此，需要掩人耳目，怎样出关才好？"小姐道："这有何难？明日母亲传集众将，假言爹爹有令，说贼人难制，特遣公子回关，调我母女赴九焰山助阵，尔等俱要小心守关，那时我们点起家将，出关而去便了。"文龙道："此计甚妙！"次日，夫人出堂吩咐众将毕，退堂点齐家将，夫人、小姐、文龙一起上马出关而去。

　　夫人道："文龙，你可先去通知你爹爹，说我们随后就到。"文龙应声飞马先去。到了半路，遇见罗英，罗英道："将军，来了么？"文龙道："来了，家母、舍妹已在后面来了。"罗英道："千岁命小将在此迎接令堂，往后山上转到前殿与千岁相见。"二人等了片时，看见夫人、小姐同家将一起到来，二人上前迎接。文龙道："母亲，这是罗将军，他奉令前来迎接母亲。"夫人道："有劳将军。"罗英道："不敢。"遂一同往九焰山而来。

　　不日到了山后，罗英先上山通报，徐美祖领众将下来迎接。夫人便问："相公何在？"美祖道："老将军与千岁在前殿议事，请夫人到前殿相见。"遂引夫人行到前殿。夫人抬头一看，只见庐陵王坐在上面，只得上前朝

第八十一回　识天命诱母归唐　见人事劝父降服

见。庐陵王道："王嫂请起。"夫人道："臣妾奉命来归，不知拙夫何在？"庐陵王道："孤家思慕王兄，如井中望月，谁知王兄不肯。今请王嫂到此，劝劝王兄。"

夫人闻言，大惊失色。庐陵王吩咐打扫宫殿，请王嫂安歇。夫人退出，来到后面，已收拾一所宫院，文龙已将妹子送入，将前事对妹子说明。夫人进内，一见文龙大怒，正要发挥，小姐忙接说道："母亲不必发怒，虽是哥哥不是，这也是合理。庐陵王是太宗嫡派，武氏淫贱，又是篡位，理当归顺，母亲不该动怒。"夫人方才息怒不表。

却说白云见山上几日并不交战，不知何故，一日，命次子文虎领兵讨战。徐美祖令薛葵下山，务要生擒文虎上山，薛葵奉令下山。美祖请夫人到殿，将其事告知，夫人已被小姐劝转，便道："千岁放心，臣妾既已至此，包管他父子来降。"庐陵王大喜。不一时，薛葵将白文虎擒上山来。

文虎一见母亲，吃一大惊，忙问："母亲为何在此？"夫人道："畜牲！你何不思庐陵王是何人，武氏是何人，奈何听了你懵懂父亲的话，全不省悟？今日我已顺大唐，你还不降顺么！"文虎见母亲如此吩咐，只得投降，参见庐陵王。夫人道："臣妾三儿即刻必来讨战，可令一位将军引他到山前，待臣妾叫他来降。"庐陵王大喜。

不一时，果然来报白文豹前来讨战。徐美祖令薛云下山接战，许败不许胜，引至山前，待白夫人劝他来降，薛云奉命下山去了。夫人同小姐、文龙、文虎齐到山头观望，见薛云在前，文豹在后，紧紧追到山前，夫人道："我儿，快来见我！"

文豹抬头看见夫人、小姐、哥哥都在山上，不觉大惊，拍马上山，叫声："母亲、姐姐，为何在此？"夫人将前话说了一遍，道："我儿，可跟我去朝见庐陵王。"文龙、文虎并霞然再三撺掇，文豹应允，就同去朝见庐陵王。庐陵王道："文豹一降，朕无虑矣。只是老将军尚不肯来降，如之奈何？"文豹道："千岁放心，只消小将回营，与臣父说明，连夜来降。"庐陵王大喜。

文豹下山回营，见了父亲，将母亲、姐姐并两个哥哥已投降在山之事说了一遍。白云听了，叹道："罢了，罢了，真是天意。"吩咐兵将改了大唐旗号，起身投降。山上徐美祖同众将迎接上山，庐陵王登时召见，加封官职。白云谢恩退出，父子、夫妻一齐相会，各诉其事不表。再听下回分解。

第八十二回

唐魏公命将救将　谢映登以法破法

　　再说武氏闻报白云父子投降九焰山了，武氏大怒，即命殿前骁骑大将军李定领兵五万，剿灭九焰山。李定奉旨，领兵起程，在路非止一日，来到九焰山，安营下寨。

　　次日，李定出营，在山下讨战。徐美祖闻知，正要遣将迎敌，忽见白文龙道："小将愿往。"遂领兵下山迎敌。李定一见大骂："反贼！皇上有何亏负你父子？今日本帅拿你，碎尸万段！"文龙大怒，举刀砍来，李定把枪架住。战不几合，李定回马就走，文龙纵马追赶。李定暗取一盒，揭开盒盖，只见盒内飞出六个纸人，一见了风，变成六个金刚大汉，上前来捉文龙。文龙大惊，欲待要走，被他一把拖下马来，军士上前拿住。李定口念"收"字，六个纸人依然寸余，飞入盒中，掌得胜鼓回营。

　　李定回到营中，吩咐："把白文龙用囚车囚了，待我再拿几个贼将，一同解上长安。"当时庐陵王闻报文龙被李定用妖术拿去，不觉大惊道："文龙被擒，如何救他回来？"徐美祖道："李定必把他囚在营中，决不号令[1]，慢慢救他便了。"

　　次日，李定又来讨战，薛刚大怒道："待我率子侄们下山交战，立拿此人！"遂带领薛蛟、薛葵、薛云、薛斗等冲下山来，大骂："李定这厮，焉敢用此邪法，拿我大唐功臣！"言罢，把马一拍，来战李定。两人战了二十合，被薛刚一刀砍到顶上来，李定急忙躲闪，把盔上凤翅削去半边。李定慌忙奔走，欲放六个纸人，薛刚一想，追去必受邪法，故此不赶，收兵回山。

　　李定回营，暗想：不如且把白文龙解京献功。次日，点起兵马，差副将刘义押解囚车，往长安去。行到天晚，见前面一罗汉寺，就在寺内

---

[1] 号令：这里作下令处死。

第八十二回　唐魏公命将救将　谢映登以法破法

宿歇。到了三更时分，忽听见喊杀连天，众僧大惊，扒上墙上一看，见内中两个好汉，一个有丈余高，虎头豹眼，连鬓胡须，此人是先朝手托千斤闸板雄阔海之孙，名唤雄坝；一个生得粉红脸，三绺胡须，龙眉凤眼，此人是南阳总兵伍云韶之后，名唤伍荣。二人在天雄山落草，因有香山道人唐魏公李靖算就阴阳，知白文龙有难，因此到天雄山，叫他今夜统众围寺，速救此人，作进身归唐之阶，二人尊命来围寺门，要拿解官，"火速开门，如迟就放火烧寺！"众僧喊道："不要放火，我等就叫他出来。"忙忙报知刘义，说："外面有响马要会老爷，如迟就要放火烧寺了！"刘义大怒，即时提刀出马，开门杀出。雄坝举起铁方槊来战刘义，未三合，早被雄坝打落下马，取了首级，杀散官兵，进寺打开囚车，救出白文龙。同到天雄山来，备酒庆贺，劝众喽啰同归唐室，放火烧了山寨，一同下山，往九焰山来，杀到周营后寨。

　　李定闻知，上马出营。李定一见白文龙，心内明白，遂拍马挺枪来战，战了片时，谅不是他三人的敌手，回马就走。文龙高喊道："不可追他，他有邪法！"雄坝不听，只是追赶，被李定放出那六个纸人，随风变成六个金刚大汉，来拿雄坝。雄坝把方槊打去，这六个大汉反把方槊夺去，雄坝慌忙就走，六个大汉大踏步起来。只见树下一个道人，手提宝剑，高叫："雄将军，不必惊慌，贫道乃青峰山谢映登在此！"雄坝听了，便叫："老师，方槊被他夺去了！"映登道："不妨。"见六个大汉追赶切近，忙在袖中取出葫芦，倾出六粒红豆，就地一滚，变成了六个火球，就将六个纸人烧了。李定大怒道："你这野道，焉敢破俺的宝贝！"把枪刺来，被谢映登用手一指，名曰定身法定住了，人马皆不能动，三将上前捉住。谢映登道："李将军，贫道是谢映登。目今武则天气数将尽，庐陵王该兴，你速归降，日后富贵长久，不可自误。"李定听了，遂叫声："老师，弟子愿降。"

　　李定就请四人回营，吩咐三军改换大唐旗号，同谢映登、白文龙、雄坝、伍荣到九焰山来投降。白文龙先上山细细奏知庐陵王，然后四人上山朝见。礼毕，庐陵王封李定为归顺侯，雄坝、伍荣为都总管，大排筵宴贺喜。宴毕，谢映登道："此时用臣不着，若再有事，不呼自至。"竟留不住，回山去了。欲知如何，再看下回。

第八十三回

群臣大战破周兵　罗昌投军暗助唐

　　话说武则天闻报李定降唐去了，遂大怒，传旨要拿李定家小，尽行杀戮，不料李定全家逃尽，武氏愈怒，遂问："谁与朕再兴兵剿灭反贼？"武三思奏道："臣愿再领兵前去。"武氏准奏，命领十万人马，偏将一百二十员，副将不计其数，但愿此去成功。武三思领旨，即日点将起行。在路非止一日，来到九焰山，离山五里安下营寨。

　　次日，武三思带领众将排成阵势。探马飞报上山，庐陵王闻报，对徐美祖道："王兄有何良策，与武三思决一大战，将他斩尽杀绝？"徐美祖道："此来兵马甚多，必须用大小众将排开兵马，与他决一大战，然后用计擒他。"遂吩咐众将俱各上马，三声炮响，庐陵王君臣领兵冲下山来，排开阵势。双旗展开，庐陵王立于中央；对阵大旗下，武三思立马中央。庐陵王道："众卿谁先出马？"白文豹道："小将愿往。"一马跑开，大叫："周营内谁先出来受死？"

　　三思大怒，命副将黄仲出马。黄仲提刀迎敌，二人战了十余回合，文豹将左手锤架开了刀，右手一锤打去，把黄仲打于马下，小军取了首级。唐阵中周成举刀出马，也往周营冲来，周营中武德仁纵马提鞭来迎。二人战有三十余合，周成拖刀就走，武德仁随后赶来，被周成回身一箭射来，正中武德仁左眼，翻身下马，军士取了首级。

　　武三思见了大怒，抡刀杀来，薛刚举枪交阵。唐阵众将一齐杀出，周阵众将一齐敌住，兵对兵，将对将，一场恶战，杀得武三思与众将大败，受伤弃甲曳兵而走。唐兵追入周营，抢了盔甲枪刀，夺了粮草马匹，遂打得胜鼓回营，各各上山献功不表。

　　且说武三思败走下来，忽见一队人马远远而来，乃是大将何昌奉武则天命令，特来相助，武三思大喜，合兵一处。次日，何昌领兵至山下讨战。薛刚冲下山来，两马相交，战了数合，何昌回马便走，薛刚领兵赶来。

第八十三回　群臣大战破周兵　罗昌投军暗助唐

何昌回身把肩上葫芦盖揭开，口念咒语，见一道红光直冲云汉，飞出一条金鱼，在空中一滚，变成一条火龙，角中眼中爪里鳞内尽放出火来，烧得唐兵大败而走，俱往山上跑来。何昌得胜，收了火鱼回营。三思道："孤在营前观看，将军之法，天下少有。当初何人传授此法？"何昌道："昔日遇一道人，名曰真玄祖师，传授此法。"三思遂备酒贺功。

且说庐陵王问徐美祖道："此妖法火鱼，如何破之？"徐美祖道："臣夜观天文，东方有将星照着我营，三日外必有一功臣到来，破此邪法，如今不可出战。"因此何昌每日前来讨战，所以不令将出马交战，按下不表。

且说香山唐魏公李靖下山来至山东地方，见一位俊秀少年坐在马上，后跟着几个小使，李靖问道："马上贵客尊姓？"那少年道："我是越国公燕郡王曾孙罗昌，你是何人？"李靖道："吾乃香山李靖是也。"罗昌即忙下马，口称："仙师来此，有何贵干？"李靖道："为周营屡用邪法，伤害唐将，没人去破他，故云游至此。"罗昌道："家父被武后废黜身亡，我欲前去保主，未知圣意若何，所以不敢前去。"李靖道："庐陵王现在九焰山招兵，正是用军之际，岂有他意？况公子又是他家功臣之后，正该前去建功扶主。只是周营近有何昌仗依邪法火鱼，烧败唐兵，无人破他。公子不如改名易姓，假投周营，暗助唐朝，只须早晚近着此人，暗用犬血涂抹在他法物上，此鱼即破。"罗昌应允，即拜李靖为师傅。李靖道："前途有难，再来救你。"遂辞别回山而去。

罗昌别了母亲，带了家将，来至周营。军士查问，罗昌道："我是东昌府人，闻千岁招贤，特来投军。"军士报入，三思令唤进来。罗昌闻唤，走上帐来。三思问道："你叫何名，有甚本事，来此投军？"罗昌道："小将叫做黄明，若说本事，件件皆能。"三思大喜，遂留在帐前听用，俟得功即便封官。次日，罗昌禀道："小将愿领兵出马。"三思许之。上马摇枪，至山前讨战。小军报上山去，说："有一周将，生得眉清目秀，前来讨战。"

徐美祖道："前日说将星照着我营，定应此人身上。"就令白文虎迎敌，许败不许胜。文虎得令下山，来战罗昌，三合诈败，罗昌追赶下来，低低说道："小将罗昌，暂投他营，得功上山便了。"文虎上山细言其事，徐美祖道："此必是越国公罗章之子。"又令周成下山交战，不三合亦败。罗昌假意赶到山脚，方打得胜鼓回营。三思大喜，备酒贺功。

何昌见罗昌人物出众,武艺精强,年纪又小,十分欢喜,道:"黄将军如此英雄,只是左右无一亲人,若肯依我一言,倒有两全之美。"罗昌道:"老将军有何吩咐,说出不妨。"何昌笑道:"某年近半百,未有子息,意欲屈将军拜我为义父,日后我把火鱼之宝传授与你,你意如何?"罗昌便道:"既然老将军不嫌愚贱,愿为义子。"就倒身下拜。自此二人早晚不离左右,罗昌暗取犬血悄地用一点抹在葫芦口上,何昌全然不知。

　　一日,武三思令何昌出马,父子二人同去。何昌带了葫芦在前,罗昌在后,领兵到山下讨战。小军报上山来,庐陵王一闻何昌讨战,早有三分惧怕,徐美祖道:"不妨,今日管叫一战成功!"就令薛刚下山。薛刚一马冲下山来,并不答话,竟与何昌交战。战了三十余合,何昌回马便走,薛刚拍马追赶。何昌急把葫芦盖揭开,念动咒语,鱼在葫芦内往上一跳,沾着犬血,在内乱跳一阵死了,一声响亮,葫芦粉碎,何昌大惊失色。后面罗昌叫声:"老贼!你道我是何人,吾乃大唐越国公罗成曾孙罗昌是也,不过入你贼穴,破你火鱼,取你首级,你当我是何人!"

　　何昌闻言大怒,举刀便砍,罗昌架开刀,照前心把枪刺来,正刺何昌于马下。薛刚上前取了首级,杀散周兵,打得胜鼓,一同上山。薛刚与罗昌上殿,罗昌朝见庐陵王,细述暗投用管破火鱼之事,庐陵王闻言大喜,即封罗昌荫袭越国公之职。不知武三思后来又作何状,且看下回分解。

第八十四回

月姑出阵行妖法　　薛蛟交战逢野合

　　当下败兵飞报入营,说罗昌改名黄明,假投我营,破了火鱼,杀了何昌,同薛刚上山去了。武三思听了,怒气塞胸。正愁营中无有能将,难以剿灭九焰山,忽见军士来报,说夫人奉旨领兵前来助阵,已到营前,三思大喜,遂迎接入营,吩咐备酒接风。武三思与花月姑对饮,把交战之事一一告知。饮罢,二人同入罗帷,共会旧情。

　　次日,花夫人领兵至山前讨战。山上闻知,放炮下山,闪出大队人马。那花夫人一马上前道:"今日天兵到此,速速就缚,免我动手,不然,即杀绝尔等,不留寸根!"那唐阵内乌黑龙一马冲出,大骂:"淫贱人休走,吃我一刀!"花夫人即与交战。战无三合,花月姑回马便走,乌黑龙随后赶来,被花夫人回身把口一张,喷出一口白气,乌黑龙一连几个寒噤,手脚酥麻,跌下马来,被周兵抢去绑了。周成急急出马,也救不及。花夫人复又交战,战不三合,花夫人把口一张,冲出一口白气,周成眼黑身麻,毛骨悚然,也跌下马来,被周兵捉去。乌黑豹大怒,举锐打来,花夫人用刀敌住,战不三合,一口白气吹来,乌黑豹两足登空落马,亦被周兵捉去。李定出马,亦被捉去。薛刚大怒,正欲出马,忽见周营鸣金收兵,薛刚要杀入周营,徐美祖道:"胜败兵家常事,何必性急!且待明日,再设计破他。"薛刚恨恨而回。

　　到次日徐美祖领众将下山,摆开阵势,花月姑亦领兵出来,冲杀过阵。唐阵上雄坝、伍荣一起杀至,花月姑见雄坝铁方槊打来甚凶,连连吹出两口冷气,把雄坝、伍荣吹得昏迷不醒,被周兵捉去。郑宝急忙出马杀来,与花月姑大战十余合,郑宝正要设计拿他,不想被他一口冷气吹来,跌于马下,活捉而去。

　　薛刚一见大怒,正要出马,忽见薛蛟跃马挺枪冲出阵来。花月姑一见薛蛟生得面白唇红,眉清目秀,十分风流,不觉淫心顿起,想要引他到无人之处，漏他元阳，就对薛蛟吹一口温和气，薛蛟一个寒噤，着了风魔。花月姑回马落荒而走，薛蛟随后赶来。

看看有十余里，见一所古庙，花月姑照薛蛟面上吹一口冷气，薛蛟跌下马来。花月姑下马，把薛蛟抱入庙内，到无人之处，代他解开衣甲，露出下身。薛蛟年纪虽小，那件东西却大，宛如铁棒槌一般粗硬。花月姑看了，欲火难禁，浑身发痒，忙忙解开自己的裙裤，露出那件宝贝来，把薛蛟紧紧抱住，嘴对嘴，腮对腮，十分亲热，口中只叫："我的亲亲，我的乖乖！"不断声。此时薛蛟已醒，开眼一看，见一个绝色的女子搂在怀中，一阵浑身酥麻，不觉按捺不住，那一点元阳竟直冒出，一时走尽，四肢绵软，口内吁吁，看看将死。花月姑收了元阳，立起身来，说道："本该取你首级，我因与你情分一场，总是一死，饶你一刀罢！"遂穿了裙裤，上马而去。见了武三思，假言被他走了，三思再不想妻子被人淫去，按下不提。

再说薛刚，见侄儿追下去，要发将去帮助，徐美祖道："不必帮助，且回山去，料然不致有损。"众将回山不表。

且说薛蛟倒在地上，不能动身，停了一会，忽见一个道人走至面前，叫声："公子，我特来救你，快快开口。"薛蛟开口，道人取出一粒红丸，放在他口内。不一时，只听得肚中一声响，就说得话了，立起身来，便问道："老师何名？"李靖道："吾乃香山李靖是也。"薛蛟道："原来是药师老爷。"连忙跪下磕头，口称："愿拜老师为师，救救弟子！"李靖在袖中又取出一粒金丹，付与薛蛟道："你明日再与他交战，引他到此，同他交情，把此金丹暗含在舌下。你看他四肢不动，口内吐出一物，其形如玉，你竟吞在肚内。他是多年狐狸精迷人精血结成的，若吃了，后来可以长生不老。切记不可伤他性命，等他回营自死，到三更时分，叫令叔点齐人马，劫他营寨，可以成功。"说罢，飘然而去。薛蛟也就上马回山，见庐陵王把李靖之言一一奏明。

次日下山，直到周营，指名要花夫人出战。花夫人闻知，冲到阵前，一见薛蛟，吃了一惊，暗想："昨日取尽精血，今日又能至阵前，真乃天仙了。"忙笑道："郎君，我竟看你不出，有些本事。"薛蛟微笑，即与交战。不上三合，花夫人丢个眼色，落荒而走，薛蛟紧紧追来。到了原处，花夫人跳下马来，把马拴好，薛蛟也跳下马来，二人同进庙中，相抱亲嘴，解下小衣，云雨起来。薛蛟暗把金丹含在口内，极力奉承，花夫人四肢不动，口中吐出一物，其白如玉，被薛蛟一口吞入肚中。花夫人惊醒，只叫："郎君，妾身此宝，非一日工夫，曾经过一百人，有二百年的工夫，今日被郎君吞了，妾命休矣！"薛蛟道："本该取你首级，念你昨日不杀我之情，也饶你一刀罢！"遂上马而去。花夫人坐到日夕，方能起身，勉强上马回营。不知对武三思说出甚话，欲知端底，再看下回分解。

第八十五回

三思大怒斩狐精　秦文出猎遇奇人

当下花夫人回到营中,如同大病的模样,见了武三思道:"妾身追赶唐将,路走得多,受了风寒,身上十分不快,要去睡了。"三思闻言,就搀夫人到后帐来,命三军看守大营,自己在后营陪伴夫人,坐在灯下,观看兵书。坐了一会,鼻边只觉阵阵臭气,想道:"有什么死的牲口在此?"拿灯四下照看,并无一物,行到床前,愈觉臭气。将灯向床上一照,忽然被底下拖出一根狐狸尾来,用手去抓,又不见了。把被轻轻揭起一看,唬得魂飞魄散,原来是一个狐狸精!心中大怒,拔出宝剑,斩为两段。鲜血满床。三思想道:"当初不知,误收在房,今日还好,不然性命难保!"就在帐后叫人埋了。

三思坐在帐中,正愁难以剿灭九焰山,忽然听得一声炮响,唐营人马杀入营来,推开鹿角[1],砍断栅栏,逢人就杀,遇将便砍。可怜周营这些将士,个个不曾准备,尽在梦中,一闻唐兵杀入,早已慌乱,无一个可以对敌。武三思大惊,急急逃走。薛刚挥动众将,一齐追杀,追得武三思上天无路,入地无门,只得领了残兵,逃回长安去了。

唐将救了乌黑龙、乌黑豹、周成、李定、雄坝、伍荣、郑宝等人,鸣金收兵,上山见庐陵王。众将皆来献功,所得粮草、马匹、盔甲、兵器不计其数,庐陵王大喜。次日,薛刚劝庐陵王领兵杀上长安,"灭武兴唐,正在此时!"庐陵王道:"孤岂无心,且待秋高马肥未迟。"自此薛刚日日操演人马,待时而动,按下不表。

再表一员勋爵,叫做秦文,乃是秦怀玉之孙,秦汉之子,现为金墉节度使,一日传令三军,次日黎明郊外兴围打猎,众将得令。次日五鼓,秦文带领人马,出城而来。行到龙潭岭,摆下一个围场,飞鹰驾犬,各

---

[1] 鹿角:用带枝杈的树木植在地上,用以阻止敌人,形似鹿角。

各搜寻野兽。忽见山坡中跳出一只猛虎,张牙舞爪,十分凶恶。众军见了,一齐呐喊。秦文忙取弓搭箭,望虎射去,正中那虎胁[1]下,遂低头而走,秦文拍马赶来。追到一条涧边,那虎踊身跳过涧去,见对岸有一群羊在草中,那羊一见猛虎,各各乱窜奔走,一羊被虎咬住。秦文见虎食羊,有一人卧在石上,恐虎去伤他,急令军士喊时,那人惊醒,跳起来,把眼揉了一揉,见虎正在吃羊,那人遂跳下石来打那虎。那虎一见人来打它,它弃了羊,对人扑来,那人一闪,虎却扑了个空。那人回身抓住虎颈,那虎因箭着伤,被那人向左胁下着实几脚,又复几拳,那虎就死了。那人正要回身,忽听山嘴上大吼一声,又是一只猛虎,向那人对面扑来。那人抖擞精神,抡拳又打,打了几拳,挽起虎尾,向石上摔将下来。对岸军士唬得呆了。

秦文道:"此乃天生好汉!"令军士过涧唤他来,问道:"你姓甚名谁,为何在此牧羊?"那人跪下道:"小人叫赵武,金墉人氏,今年十九岁。父母双亡,无处栖身,蒙正南陈太公收留度日,代他牧羊。"秦文道:"我看你膂力过人,不知晓得武艺否?"赵武道:"小人曾遇九宫山真人,传授六甲兵书,十八般武艺。"秦文大喜道:"陈太公处,我自着人去说,你今就随我到府,与你结为兄弟。"赵武叩头道:"小人愿跟随千岁。"秦文下马扶起,二人对拜了八拜,结为兄弟。秦文长赵武二岁,称为哥哥,吩咐军士取银五十两,送到陈太公庄上去。二人遂上马入城回府,赵武拜见夫人窦氏,就在府中住下。未知后来如何,再看下回分解。

---

[1] 胁:从腋下到腰上的部分。

第八十六回

武全忠偶遇佳丽　夏去矜设计害人

　　再说秦文有一胞妹，嫁于大名府方侍中之子方表为妻，夫妻二人十分恩爱。方侍中在日，得罪武后，被难之后，过了二载，因清明祭扫，方表与妻子同在坟上祭奠了一番，秦氏乘轿往大慈庵中玩耍，不期撞着一个贪花公子。这公子乃是武则天嫡孙，名全忠，恃势横行。这日带领家奴也来大慈庵中玩耍，这方家家人阻挡不住，武全忠闯入庵中，恰好正遇秦氏在佛殿拈香，武全忠定睛一看，早已魂飞魄散。方表见武全忠跟随四五个家丁，知是显宦公子，只得催娘子上轿回去。
　　武全忠忙令家人去打听是何等人家，自己回府。到晚，家人回禀道："小人打听得那女人是已故方侍中之媳，方表之妻，金墉胡国公秦文之妹，年方一十九岁，却不是好惹的。"武全忠听了这话，连日茶饭少进，恹恹成病，又不好对人讲说。贴身有一个家人，叫做胡行，见公子有病，知是为着方家女人之事，即与一个帮闲的叫做夏去矜的商议。夏去矜道："这病却是心病。自古道，心病还用心药医。怎生设计害了方表，弄他妻子到手。如今先去看看公子，再作计议。"二人进内，叫一声："公子，贵体可轻些么？"武全忠道："不济事了。"胡行道："小人方才与夏大爷商议，怎生害了方表，慢慢骗他妻子。"夏去矜道："公子，有计了！"随附武全忠耳边说："如此如此，此事必成。"武全忠听了大喜，就差人暗暗去行事不提。
　　且说方表一日在家闲坐，忽见门公来说："府太爷差人要见。"方表道："叫他进来。"门公到外边，领了一二十个青衣进来，见方表说："太爷早间坐堂审事，有一人说要认方相公，故太爷在堂上立等相公去回话。"说罢，众人蜂聚捉方表出门去了。门公急急入内报知秦氏，秦氏大惊，即差人到府前去打听。
　　当下众役将方表捉到府前，忽听得传梆坐堂，叫带出牢内犯人，又

第八十六回　武全忠偶遇佳丽　夏去矜设计害人 ‖ 205

叫带进方表。这本府姓郑,名伯义,是诸武心腹人。不一时将牢犯带进跪下,伯义道:"王强,你打劫武王亲府中金珠等物,意欲投九焰山反党,内中真有方表么?"王强道:"真有方表。他是窝家,小的当初原与他结交甚密,旧岁劫了武王亲府中金珠等物,俱在方表家中。"

方表闻言,吃了一大惊。只听堂上叫方表,原差将方表推至丹墀跪下,郑伯义道:"方表,你家中窝了强盗,有何分说!"方表道:"老公祖,小人宦室名门,怎肯做那犯法之事!况小人与王强并不相识。"王强道:"方相公,你去年曾对我说,说等候九焰山徐美祖的来信,全家去投入伙。我自倒运,被捕役拿了,监在牢内一年了,如今受刑不过,只得招出你来。许多赃物在你家中,休得抵赖。"伯义大怒道:"盗情叛党,不打不招!"吩咐扯下去打。两边衙役就把方表拖倒在地,打了四十大板,打得皮开肉破,方表连连叫屈。伯义道:"叛党罪重,吩咐押入牢中,待本府上本奏闻圣上,然后定夺。"衙役就把方表押送牢内。

方家家人打听明白,忙忙回来,见了主母,把这事禀知。秦氏闻言,哭得天昏地暗。家人方彪道:"大娘,哭也无益,必须想一个计较,去救相公才好。"秦氏一面打发家人入牢安顿丈夫,一面差方龙星夜赶至金塘,报知秦文。

看看天色将晚,忽见一个媒婆绰号花蜜蜂走来,见了秦氏,说道:"闻知相公被害,老身特来探望。"秦氏哭诉受屈事情,"如今怎生救他?"花蜜蜂道:"老身方才在武公子府中,闻他家家人来报公子说,打劫府中的强盗,太爷当堂审他,他又招出窝家来,却是方表。武公子说,方表他是老实君子,怎肯做此事,想是与王强有隙,被他所害了。依老身愚见,不如去求节度使老爷,就可救方相公了。"秦氏道:"哪个节度使?"花蜜蜂道:"就是武老爷名元嗣的,他现做本处的节度使,出生入死的衙门,谁人不知!那武公子就是他的嫡亲侄子。如今娘子要救方相公,必须有人去求武公子到节度使那边说一声,就好解救了。"秦氏道:"我家无人,谁人去求武公子?"花蜜蜂道:"武公子十分爱慕方相公,说方相公无辜被害。若娘子处没人去求他,待老身前去请他来,娘子面求于他,谅无不允之理。且是武公子说曾见过娘子一面,十分仰慕,这事求他,是极妥的。"

秦氏听得婆子说话夹七夹八，肚内留心，即问道："那武公子在哪里见我来？"花蜜蜂笑道："那武公子就是昔日在大慈庵会过娘子的，难道忘了不成！"秦氏闻言，心中一想，就晓得此事是武贼设计谋害，是要占我的，遂假意悦色道："你且去，明后日来讨回复。"花蜜蜂不敢再言，恐秦氏生疑，只得辞了出来。原来这花蜜蜂是夏去矜所使，叫他到方家来探口气，希图成事。欲知后来如何，且看下回分解。

第八十七回

方彪入牢见家主　赵武大怒闹武衙

再说夏去矜，原是他买嘱王强扳害方表，又叫全忠嘱托郑知府屈打收监，把方表诬为叛党，要害他的性命，希图谋占秦氏，所以设此毒计。

当下秦氏吩咐方彪，到牢中见了相公，通知此事是武全忠设计陷害，叫相公安心在牢，只等金墉信到，便可救出。又将金银交与方彪，叫他买嘱禁卒狱官，上下使用。方彪领命来到牢中，见了禁卒姜元，将金银托他上下使用。姜元引他见了主人，备说这事是武全忠设计陷害，图占大娘，并寄信报知金墉秦爷，细细说明。方表点头会意，吩咐方彪回去。

方彪遵命回家，到了门首，只见一个大汉，面分五色，武军打扮，手下有十余人，各背包袱。方彪问道："你们在此，是做甚么的？"那人道："我们是奉金墉秦爷之命，到方府祝寿的。"方彪道："请里面坐下。"急急进内禀知主母。秦氏即走出外厅，赵武呈上书札，秦氏拆开看了，对赵武道："原来贤弟是哥哥结义兄弟。目今你姐夫遭了一场冤枉官司，被人陷害在狱，十分苦极。我差方龙到金墉去送信，不知到否？"赵武道："不知方姐夫受何屈事，请道其详。"秦氏就把大慈庵遇着武全忠，被他设计买通知府，着王强扳入叛党，囚在牢内，又遭媒婆前来引诱，细细说了一遍。

赵武听了大怒，叫声："姐姐，你明日等那老虔婆再来，许他去见武公子，待我假作姐姐，坐了轿子到他府中，要他放了姐夫便罢，若不肯时，待我捉他到金墉去，等哥哥发落。"秦氏道："贤弟，且忍耐些，到明日再处。"不一时酒筵齐备，赵武送上礼物，自在前厅坐下吃酒不提。

且说花蜜蜂到了次日，来见夏去矜与武全忠，将秦氏的话说了一遍，全忠赏了他些银子，叫他来见秦氏讨回信。秦氏一见媒婆，道："奴家只为要救丈夫性急，就是今日，奴亲身去见武公子，求他救我丈夫出狱，恩当重报。"花蜜蜂道："娘子且等一等，老身叫抬轿子来接你，娘子只说往监中去看方相公便了。"就罢,急急走到武府,见武全忠说出来意。

武全忠大喜,即叫家人抬轿子到方家去,只说方娘子要往监中去看方相公,速去速来。家人领命,引轿子竟到方府,歇在庭上。里面丫环出来说:"大娘吩咐,把轿子抬进内宅。"家人叫抬轿进内,丫环叫家人并轿夫且出去,在外厅等候,家人、轿夫领兵出外。这赵武结束停当,外罩青衣,走入轿中坐下,将轿帘紧紧遮盖停当,然后丫环出来,叫轿夫进内。抬出外厅,竟出大门,一直抬到武府内宅歇下,轿夫往外去了。

花蜜蜂同两个妇人来到轿边,伸手揭开轿帘一看,唬得两个妇人仰面跌倒,花蜜蜂欲走不及,早被赵武抢出轿来,一把抓住,喝道:"老虔婆,武全忠在哪里?快快说来,饶你狗命!"花蜜蜂见赵武犹如鬼王一般,先唬慌了,便道:"那,那,那,那腰门口站,站,站着的,不,不,不是公,公,公,公子么!"赵武闻言,赶上前去,见一个穿得十分华丽的,一把抓住道:"你好好说出来,为何抬我到此?"

众家人一见,各执棍棒打来,赵武大喝一声,犹如雷响一般,众人大惊,不敢近前。有几个大胆的上前来打赵武,却被赵武将武全忠左手抓住衣领,右手抓住腰胯,往众人迎挡。武全忠连忙喊叫:"众人不可动手!"那些家人一窝风乱打乱叫,哪里听得真,早被赵武把武全忠东撞西挡,早已呜呼哀哉死了。

众人见公子死了,大喊一声,一齐来打。赵武在腰间取出双锤,两手抢开,乱打乱杀,打得尸横遍地,血流满庭。有几个要命的四下跑开,分头去报各衙门知道,早有几处即刻到了,先来救应,围住大门,不敢进去。

赵武听得外面喊杀连天,索性把两扇大门上了拴,然后寻了引火之物,四下放起火来。外面节度使武元嗣亦领兵到来,看见一个大汉手执双锤从火里打出大门来,打得众人东倒西歪,如入无人之境,杀了半日,不能获住。武元嗣吩咐布下绊马索,扯开地网。赵武虽勇,这就叫虎落平阳被犬欺,早被众人拿住,绳穿索绑,解到节度使衙门来,一边救灭大火,计点打死军人五百有余。

元嗣回衙坐在堂上,两边将赵武推至堂下,赵武立而不跪。武元嗣喝道:"你这厮是何处强徒,在此行凶?从直说来,免受苦楚。"赵武骂道:"我因一时不识路径,被你这狗官拿住,要杀就杀,问我怎地!"元嗣道:

第八十七回　方彪入牢见家主　赵武大怒闹武衙

"这贼不打不招！"叫取夹棍夹起来。

赵氏大怒，大吼一声，绳索俱断，走上前来，隔着案桌把元嗣一提，平空提过案桌，横在手中，众人一齐来救，此时各官俱到，止住众人，便道："好汉，不可如此，有话好说。"赵武道："有甚好说，要叫我放他，实是不能。话是有得说：那方表好好在家，为何嘱盗扳害，收他在狱？今日你们要我放他，必须还我一个方表，我便放他。"众官道："监中快快放出方表来！"不一时方表取来，众官问方表道："你可认得这人么？"方表把赵武一看，回说："小人不认得这人。"

此时赵武与众官说话，就把武元嗣夹在胁下，大喝道："你们既要无事，把方表放他回家，去取锤来还我。"众官听了，就吩咐："快送方表回家，去取锤奉还，请好汉放手。"赵武道："我今若放他，他必然害我，必须送我出城，万事全休。"众官道："好汉要出哪一门？"赵武道："我要到金墉州秦爷那边去的。"众官吩咐让开一条路，凭赵武走。赵武一只手取了一锤，插在腰内，又取一锤，走出大门。众人要抢，又恐像武全忠的故事，恐难为武元嗣，只得引赵武出城。到了城外，赵武将元嗣向地上一丢，早跌得无气了，赵武向前走了。欲知如何，再看下回。

第八十八回

秦文势急反周朝　赵武大战殷楚鸦

当下众人见赵武丢下元嗣，如飞去了，一起上前来看元嗣，不想元嗣虽未至于死，已不能言语了，众官忙令他家人抬回府去，按下不表。

且说赵武行了一日，看见前面来了一队人马，为首一人差官打扮，飞马而来。赵武一看，见是秦文，大叫："哥哥，赵武在此！"秦文一见赵武，忙跳下马来道。"贤弟，自你出府之后，就有大名急信，故此愚兄亲身而来，与武元嗣讲话。贤弟，你从大名来，其事如何？"赵武就把昨日之事细细说了一遍，秦文道："兄弟，你打死了武全忠，挟坏了武元嗣，妹夫虽然出狱，只怕如今又拿在狱中了。且是这事非小，二武皆系皇上之孙侄，长安一知，定然不肯与你我干休。你如此一打，其祸不小，这事却怎处？"

赵武道："我想郑知府既诬方姐夫为九焰山叛党，细思九焰山庐陵王实系皇唐嫡孙，哥哥何不乘此反周为唐？"秦文想道："也罢，目今河东节度使鲁国公程明、宜春节度使鄂国公尉迟勃二处，都有文书来会，不日起兵，扶助大唐。今事至此，说不得了。"遂唤家人秦顺、秦横二人，速赍兵牌赶回金墉，令弟秦方速发大兵三万，星夜前来接应，不可有误。二人得令，飞马回了。

秦文、赵武就在林中披挂，杀进大名来。不想城中这日武元嗣死了，城中没有主帅，秦文、赵武乘势杀入城中，无人敢挡，打入府内，擒了郑伯义，又遣人去捉夏去矜、花蜜蜂。秦文据了武府大堂，收籍户口，百姓欢呼，军心归顺。秦文令扯起大唐旗号，点了兵马，与妹丈方表相见，此时夏去矜、花蜜蜂俱已捉到，方表令剥去衣服，叫军士剖腹剜心，报了大仇。

过了数日，金墉人马到了，却是兄弟秦方同小妹秦摆花领兵来接应。秦文择日将郑知府开刀祭旗，即差官往九焰山进表，请驾中兴，命秦方

第八十八回　秦文势急反周朝　赵武大战殷楚鸦

取剑门关，秦摆花取龙池关，赵武取玉津关，各领大兵一万，克期兴兵。

且说赵武领兵杀至玉津关，把关守将乃成国公殷开山之后，叫做殷友。生一男一女。一男尚幼，一女一十八岁，面分五色，阔嘴金睛，力能拔山，名叫楚鸦，他要自择匹偶，必要与他一般有力，一般形状，方肯许配终身。此时殷友闻知赵武兵到关下，即时领兵杀出关来，看见赵武十分丑陋，面分五色，与女儿一般模样，暗想："我欲反周为唐，正合天意，此人又可与女儿作配矣。"拍马上前，便问："来将何名？"赵武道："咱乃金墉赵武是也。"说罢，一锤打来，殷友用枪一架，折为两段，连忙退走入关，对楚鸦道："我儿，今来金墉虎将赵武临关，我挡他一锤，枪杆折为两段，幸走得快，险些儿没了性命。我儿出去会他，须要小心。"楚鸦听了，立刻领兵出关。

赵武一见楚鸦，唬一大惊，暗想："天下竟有像我一样的丑陋女子。"这边殷楚鸦见了赵武，也吃一惊，想道："世上原有像奴家一般的容貌，但不知他本事如何？"遂问道："来将可是赵武么？"赵武道："然也。"二人遂各放开坐马，各舞双锤，一场大战，战了百十余合，不分胜败，天色将晚，各自收兵，楚鸦进关，对殷友道："孩儿与赵武交锋，果是英雄，算为敌手。"殷友道："唐家旧日臣僚，皆顺九焰山，共建中兴。我意欲反周为唐，今观赵武相貌武艺，正可与我儿匹配，也完我一件心事。但不知我儿意中若何？"楚鸦道："反周为唐事大，孩儿姻亲事小，任凭爹爹做主。"殷友大喜，吩咐关上挂了免战牌，修书一封，差官星夜赶至大名，投胡国公秦爷案下，求他主婚。

差官奉令行到大名府，投下文书。秦文拆开文书一看，上写道：

> 兴唐成国公殷友致书胡国公秦麾下：切友蒙先王之恩，承祖宗之荫，锦衣世禄，每思报效，无由而入。今令义弟赵武兵至玉津关，与小女楚鸦交锋百十余合，不分胜负，实系天生一对英雄夫妻，心窃慕之。恐令义弟行军守法，不肯允诺，故书奉案下，请驾幸临，速至玉津，主婚成亲，仆即率众迎接，共建中兴之业，专此上达。

秦文看了大喜，即日起马，竟至玉津关。

赵武闻报，迎接入营。秦文笑道："闻知贤弟与殷小姐交锋，未分胜负，可有之乎？"赵武道："有之。愚弟次日正要见个高低，不想关上免战牌挂出，已经九日。"秦文道："愚兄此来，实来贺喜。"赵武道："喜从何来？"秦文道："殷友归唐，贤弟之功也。目今城内殷小姐与贤弟有姻亲之喜，愚兄已经专主，议定即日就与贤弟成亲，故此亲身而来。"叫差官："你进城去回复主帅，说本镇已至军中，叫他速备喜筵，成其姻事。"

差官领兵出营，叫开关进城，将秦文吩咐的话一一禀明。殷友大喜，令扯起大唐旗号，大开关门，迎接秦文，赵武与殷楚鸦即日成亲不提。欲知后事，请再看下回分解。

第八十九回

文豹元公双对敌　薛蛟薛斗各建功

再说九焰山庐陵王，一连得了数报：金墉胡国公秦文夺了大名府，反周为唐，河东鲁国公程明、宜兴尉迟勃，皆起兵勤王，其余闻喜公裴行俭之后裴洪济，约齐十六公侯节度使，陆续归降，先献顺表。庐陵王大喜，下旨封徐美祖兴唐兵马都元帅、行兵调将护国军师，封薛刚为兵马大元帅，择日兴师。徐美祖聚集众将，合齐人马，屯扎在宣武城下，请庐陵王御驾亲征。

徐美祖升帐，问："谁敢挂先锋印？"只听得数人答应，闪出白文豹、薛蛟、薛葵、薛斗、薛云，一齐上前。徐美祖道："先锋印只有一颗，就再设一个副先锋，也只用二人。如今你五人齐应，却哪一个挂印呢？"白文豹道："我年长，先锋印该我挂。"薛斗道："胡说！做先锋哪论得年长不长，昔日越王罗通，十三岁做了元帅，我今年十四，岂做不得先锋么！"薛葵道："不要争，如今我们比一比武艺，谁胜谁就挂先锋印。"齐应声道："有理。"徐美祖道："不可。出兵尚未得寸土，岂可先自相吞并！我有主意，前面有五座城池，我写五个阄儿，你五人各取一个，拈着哪一城，便去攻打哪一城，先得者先锋印即与他挂。"五人一起应允。徐美祖暗暗写下折好，各人自取。白文豹拈着攻打陵江关，薛蛟拈着攻打梅州关，薛葵拈着攻打黄关，薛斗拈着攻打新州城，薛云拈着攻打当阳关。徐美祖道："你们自己说，要多少人马？"五人齐道："只要五百名校刀手。"徐美祖便点齐军士，各人领了五百，分头而去。

先说白文豹，领了人马，到了陵江讨战。守将罗元公即领兵出城，大喝道："来将何名？"白文豹道："我乃天保大将军白文豹。"罗元公闻言大惊，想到："吾闻白文豹十分凶狠，怎能敌他？"又不好退去，没奈何，大着胆拍马向前。白文豹迎面一锤，把罗元公即打死于马下，白文豹乘势领兵杀入城内，就下令安民，次日回宣武报功去了。

再说薛蛟，领了五百校刀手，到了梅州关，抵关讨战。这关中守将何凤闻报，即时领兵出关，各通姓名，交手就战。杀了半日，不分胜败，薛蛟心生一计，回马便走，何凤拍马追来，薛蛟见他追近，伸手取弓搭箭，回身射去，正中何凤前心，翻身落马，军士取了首级。薛蛟飞骑进关，收了版图，出榜安民。在城耽搁一日，然后起身回宣武报功去了。

再说薛斗，领兵到了新州，守将钱贵闻报，领兵杀出城来，两边各通姓名，搭上手就战，战了八十余合，不分胜败。薛斗暗想："何苦与他死战。战到几时！"遂把一支戟更换刀路，钱贵抵敌不住，遂回马落荒而走，直奔黄关苏黑虎处去了。薛斗也不追赶，领军杀入新州，安民已毕，次日回宣武报功去了。欲知后事，且看下回分解。

第九十回

薛云用计取当阳　　薛葵独踹连营将

再说薛云领兵到了当阳关，抵门讨战。关中守将严成芳偶得目疾，闻报即挂出免战牌。薛云一见大怒，骂了一顿回营。到次日又去索战，免战牌仍挂在上，只得又回营。一连七八日，关中总不出战，薛云心中好生着急，说："不好了！一颗先锋印白白被人抢去了！"弄得薛云有心没绪，欲待扒城，城上灰瓶、石子厉害，也甚没法。

一日，严成芳眼疾愈凶，城下攻打甚急，只得修书一封，差家丁往黄关苏黑虎处求救。家丁接书出城，不料被唐兵捉住，拿来见薛云。薛云令军士把他身上一搜，搜出一封书来。薛云拆开一看，大喜，叫左右将这人押出斩了。

到了次日，薛云悄悄换了眼色，领了人马，从后营出来，转往当阳关而来。来至关下，高叫："关上的军士，传禀主将，说黄关苏爷差来的护关人马到了。"关上军士闻言，忙忙报入帅府，严成芳闻报大喜，遂吩咐开关。军士开了关门，薛云当先抢入城中，飞马进了帅府，大叫："严成芳，我特来助你！"严成芳不及提防，被薛云一刀砍死。出堂即出榜安民，歇了一日，起身往宣武报功去了。

再说薛葵，领兵到了黄关，抵关索战。关中守将名叫苏黑虎，这一日正遇着新州总兵钱贵逃到，要借兵去复新州，二人正在帅府商议。忽报关外有九焰山人马抵关讨战，苏黑虎闻言大怒，即要上马迎敌，忽见钱贵道："小弟今日初来，待小弟擒来，以为进见之功。"苏黑虎大喜。钱贵即时上马出关，一见薛葵，举刀就砍。薛葵将左手一锤拦开刀，右手一锤打在钱贵头上，连头都打不见了。败军报入帅府，苏黑虎大怒，令大小三军一齐出战。尚未出府，谁知薛葵早已杀入城内了，军士忙报进帅府，说："不好了！薛葵杀进城来了！"苏黑虎大惊，急忙上马出府，正遇薛葵。薛葵上前，一锤打来，苏黑虎举狼牙棒一架，叫声："呵呀！"

虎口震开，双手流血，回马就走，不敢进府。只得出城逃走。

薛葵吩咐军士驻扎城中，自己拍马出城，如飞追来，追得苏黑虎抛盔弃甲，舍命前奔。薛葵追到一城，城中守将一闻薛葵来到，即时弃城而走；追至一关，那守将一闻薛葵之名，弃关而逃。凡是薛葵所到之处，这些将帅闻得"薛葵"二字，只恨爹娘少生了两只脚，连连逃走，被薛葵穿关过城，并无拦阻。追至汉江苏黑虎之子苏天保接应渡过汉江，逃往长安去了。

薛葵夺了汉江城，心中想道："我两日一夜连得五十三处关隘城池，功劳不为小矣，不怕先锋不是我的。今且在此等候军师大兵到来，再作商议。"

却说庐陵王与薛刚见白文豹、薛云、薛蛟、薛斗四人俱来报功，单单不见薛葵回来，十分记念。徐美祖道："主公放心。薛葵此时必到汉江城了。"众皆不信。美祖即刻下令，以薛云为宣武留守，其余众将三军俱皆随行起兵动身。路中连得八十余报，皆报薛葵两日一夜踹破连营一十七座州城府县五十三处，已到汉江城了。庐陵王大喜道："真真不亚于昔日赵王李元霸矣。"薛刚忙下马谢恩。

庐陵王道："王兄谢恩怎地？"薛刚道："主公封臣子为赵王，臣如何不谢恩！"庐陵王道："孤说王兄之子不亚于昔日赵王李元霸，并未封他。"徐美祖道："君无戏言，不亚于赵王，即是赵王，况今薛葵立此奇功，封之正当。"庐陵王允奏，即差人先往汉江，授薛葵为赵王，并挂先锋印。大兵行到汉江，薛葵易王服出城接驾，驾到城中驻扎一夜，次日往长安进发。

兵马行到接天岭，见一彪人马，俱打大唐旗号，原来是鲁国公程咬金领了二子十三孙并尉迟勃一班，前来接驾。庐陵王忙下銮安慰了一番，合兵一处。兵马行近洛阳，前军报道："洛阳守将邱齐会集军兵六十万，城外扎营，请令定夺。"徐美祖下令就此安营，启奏庐陵王道："邱齐屯兵城外，意欲阻住秦文消息，须得一将踹营杀往大名，约他两下会兵夹攻，才好拿住邱齐矣。"正奏之时，只见薛葵奏道："小将愿去约他。"徐美祖就令他去。

薛葵提锤上马，竟往周营而来。周军一见，万驾齐发，薛葵抡开双锤，

第九十回　薛云用计取当阳　薛葵独踹连营将

那些箭俱纷纷落地,叫声:"宝骑,进去罢!"那坐骑大吼一声,踹进周营,那周营中即刻成了尸山血海。那周将王守义、金守仁双马并至,与薛葵大战,薛葵提起双锤乱打,不一时把王守义、金守仁打为肉泥。遂左冲右突,如入无人之境,打得周兵人仰马翻,尸横遍地。那邱齐闻报,勃然大怒,提起狼牙铁槊,飞身上马,火速迎来,大声喝道:"来将通个名来,好待爷爷上功劳簿,不然你这小厮死也不明白。"未知薛葵如何回答,且听下回分解。

第九十一回

徐美祖义释好汉　武丹池顺女归唐

当下薛葵见邱齐问他，便喝道："逆贼，你可晓得踹破连营十七座，两日连夺城池五十三处的前部先锋赵王薛爷爷么！"邱齐冷笑道："你却是个小孩子么！"遂举槊便打，薛葵使锤来迎。二人大战约有二十余合，薛葵想道："我要往大名通信，为何与他死战？"遂喝道："爷爷有事，要往大名去，我不与你战了。"把马一纵，冲出营来，飞奔大名而去。

邱齐追赶不及，大吼一声，竟往唐营踹。军士飞报大帐，徐美祖令众将擒拿。郑宝提刀来战，被邱齐一连七八槊，郑宝招架不住，回马便走。邱齐在唐营中左冲右突，连败吴奇、马赞、南建、北齐、薛氏三雄、乌家五虎、白氏兄弟二人。适白文豹解粮方到，一见邱齐横行无敌，勃然大怒，抡起双锤，纵马杀来。邱齐挺槊使战，两匹脚力往来驰骋，四条臂膊纵横乱舞。周营大小众将前来接应，薛刚一班好汉敌住交锋，杀了多时，周兵势怯，俱退回营。邱齐望见，抛了白文豹，冲出重围便走。白文豹追赶将近，邱齐大怒，回身又与白文豹大战。战至天晚，邱齐喝道："住着！"白文豹收住双锤，邱齐道："你我战了一日，肚中饥了，你我回营饱餐一顿再战何如？"白文豹道："也罢，饶你去吃饱，好做一个饱鬼。"

二人各回营饱餐了，复上马出来，二人各举兵器，大战不休。战至五更，忽听喊声大起，火光冲天，遮天盖地的人马杀入周营，周兵大乱。当先是赵武、殷楚鸦、秦文、秦方、秦摆花，杀入周营，杀得周兵东奔西逃。邱齐大惊，撇了白文豹，回身便走。徐美祖挥动人马，两下夹攻。邱齐不敢入城，使开狼牙槊，突围而走。走不上百步，又遇着薛葵拦住厮杀。这邱齐与白文豹战了一日一夜，力已倦了，况且薛葵勇力无双。如何战得过！不上十合，早被薛葵生擒过马。

薛刚攻破洛阳，徐美祖鸣金收兵，薛葵押过邱齐，来见徐美祖。徐美祖一见，忙起身亲解其缚，邱齐感激无地，忙跪下道："败军之将，何

第九十一回　徐美祖义释好汉　武丹池顺女归唐 ‖ 219

劳军师如此相待！如有用某之处，虽赴汤蹈火，亦不敢辞！"徐美祖大喜道："将军若肯共扶唐室，自有蟒袍玉带加身。如今兵贵神速，如今将军可带百余军士，如此如此，诈开牢口关，当为唐室中兴第一功。"邱齐道："谨遵军令。"徐美祖大悦，就把捉的周兵号衣剥下来，与自己百余军穿了，打周营旗号，与邱齐领了，先奔牢口关去，后面徐美祖统领大兵，陆续而来。

且说邱齐领兵装作大败光景，来到牢口关前，大叫："关上军士，报你主帅，说我是洛阳守将邱齐，被徐美祖暗约大名秦文，两下夹攻，大败逃奔至此，快快开关，放我进去！"军士听了，急忙报与主将蔡璋。蔡璋上关一看，见果是邱齐，忙令开关，亲身出关迎接。不料邱齐手起一槊，打死蔡璋，即引军杀入关中。关中军士见主将被杀，个个愿降，邱齐令扯起大唐旗号。不多时，徐美祖与庐陵王众将俱到，就在关中驻扎一夜。次日徐美祖令薛云领一支人马去取潼关，其余众将俱屯牢口关，专等薛云消息。

薛云领兵来至潼关，即抵关讨战。关中守将乃是武则天堂兄，名叫武丹池，武则天封他为秦王，镇守此关。他有一个女儿，名唤飞镜公主，年方十六岁，生得千娇百媚，勇冠三军，有二十四面宝镜，十分厉害，是他师傅元妙仙姑与他的，武后要为他择婿，他坚执不肯，必要才貌武艺与自己一样的方肯许配。这日武丹池闻报唐将抵关讨战，问谁敢去出战，有大将崔扶国道："小将愿往。"遂提刀上马，领兵出关。二人一见，彼此问了姓名，举兵就战，薛云手起一戟，挑崔扶国下马，军士上前割了首级。

败兵退走入关，飞报主府，武丹池大惊道："为何杀得这般快，可知那来将叫甚名字？"军士道："他说他是薛云。"武丹池道："原来是薛家将，毋怪乎杀人这般省力，我想别员将官非他对手，必须女儿方可对敌。"吩咐速请公主出来。不时飞镜公主出堂相见，就问："爹爹，呼儿有何吩咐？"武丹池道："我儿，今有唐营来了一名小将，名叫薛云，一刻之间就杀了崔扶国，十分厉害，特叫我女儿前去拿他。"公主笑道："原来如此，待孩儿就去擒来。"说罢，披挂起来，带领五百女兵，放炮开关，冲至阵前。

薛云看见一员女将出阵，生得形容窈窕，体态娇媚，心中十分爱慕。飞镜公主也把薛云一看，但见他生得粉面朱唇，龙眉凤目，心中想道："人虽好,却不知他的手段如何。"便问道:"小将军可就是薛云么?"薛云道:"然也。你是何人?"公主道:"我是秦王女儿,名唤飞镜公主。你今日好好退去,免我伤你性命。"薛云大怒,举戟刺来,公主把月铲相迎。战至三四合,公主暗暗喝彩,把铲一举,架住画戟道:"住着。"薛云道:"有何话说?"公主微笑道:"没有话说,只是你若肯时,我便叫爹爹降唐。"薛云故意说:"叫我肯什么?"公主欲言又止,娇羞不语。薛云暗想道:"我想他人物也好,手段也高,若得娶他为妻,亦是一番奇遇。"便笑道:"我允你便了。只等庐陵王大兵一到,待我叔叔主张,即便成亲。"公主大喜,遂收兵入关,从头至尾,细细说与父亲知道。

原来武丹池最爱惜此女,又惧怕此女,便答道:"儿呀,亲事我也允了,唐朝我也降了,但是庐陵王深恨的是武姓,不可不虑,倘若不容奈何?"公主道:"不妨,爹爹向来为人忠直,庐陵王必知,当日庐陵王镇守房州,各王亲俱要害他,独有爹爹保救他,他岂不知道,自然知恩报恩,哪有不容之理!还有一件,爹爹的王号,却犯了太宗皇帝,可把秦王印绶烧毁,削去王号,降顺唐家便了。"武丹池随即烧毁印绶,削去王号,令三军改立唐家旗号。欲知后事,再看下回分解。

第九十二回

苏黑虎集众拒唐　徐美祖遣将破阵

当下武丹池改了皇唐旗号，大开关门，迎接薛云入城，摆酒接风，差人往牢口关迎接大兵。庐陵王一到，武丹池出关迎接，俯伏于地，庐陵王亲手相扶，叫："王兄，向受大恩，尚未报答，今又蒙来助，朕躬感激不尽。"武丹池再拜谢恩，接驾入城。次日，徐美祖令薛云与飞镜公主、薛斗与秦摆花成亲，众将来贺，共饮喜宴，按下不提。

再说苏黑虎战败渡过汉江，逃往长安见驾，武则天念他忠勇，命他戴罪立功。一日早朝，闻报后兵渡过汉江，破了洛阳，袭了牢口关，武丹池又把潼关献了，如今唐兵已屯扎在潼关，武氏大惊，忙忙下旨，会集各路诸侯，命苏黑虎为十八路兴周灭唐招讨兵马大元帅，以尚元培为兵马副元帅，白马寺主王怀义为先锋。不一日各路诸侯云集，合兵一处，共兵九十三万，苏黑虎带领众将，引了大军，一齐出长安，前来征剿。庐陵王闻报，即与徐美祖商议迎敌，徐美祖就令众将安营城外，以待对敌。及苏黑虎统兵到了，看见唐兵在城外安营，遂下令屯扎营寨。到了次日，招集众将，排下八门金锁阵，令大将崔元晔把守伤门，苏天保把守生门，尚元培把守景门，女将尚姣英把守死门，王怀义把守杜门，武飞龙把守休门，裴道元把守开门，武飞虎把守惊门。八将得令，各领兵把守一门，以待冲锋打阵。其余众将，随苏黑虎镇守中营，往来接应。

唐营徐美祖闻知周营排下此阵，即令薛葵打伤门，白文豹打生门，罗英打景门，薛蛟打死门，秦文打杜门，薛斗打休门，薛云打开门，薛刚打惊门，其余众将，各个准备，候号炮一响，一齐杀至。众将得令，各去攻打。先说薛葵，枪开双锤，杀进伤门，竟是虎入羊群，无人敢挡。崔元晔见薛葵凶恶异常，也不交锋，忙领本部人马，投降唐营去了。再说白文豹来打生门，也是双锤冲入阵中，遇着苏天保来战，被白文豹手起一锤，打死马下。这边罗英杀进景门，正遇尚元培，两人交锋约有二十余合，被罗英生擒过马，要割首级，尚元培道："末将愿降。"罗英道："你是何人？"尚元培道："我乃尚司徒之后，秦湖之子，名唤尚元培，曾为潼关总兵。"罗英道："原来是老伯父，得罪，得罪！"放了一同杀散周兵。

再说打死门的乃是薛蛟，一马冲入死门，遇着女将尚姣英，薛蛟抬头一看，见他面如桃花，眉似柳叶，心中十分爱慕，尚姣英也看上了薛蛟，二人且不交战，只是眼角偷情。先是尚姣英问道："来将通名。"薛蛟道："姐姐听了，两辽王薛仁贵是我曾祖，征西元帅薛丁山是我公公，双孝王薛刚是我叔父，我乃庐陵王驸马薛蛟便是。姐姐，你是何人？"尚姣英道："我乃尚司徒之后、总兵尚元培之女，名唤尚姣英。你有本事，放马过来！"

薛蛟闻言，把枪迎面刺来，尚姣英提起画戟相迎。二人战了五六合，尚姣英回马就走，薛蛟拍马追来。尚姣英随身有两件宝贝，一件是红白阴阳石，一件是如意钩，皆是素珠老母付与他的，当下见薛蛟追来，他把如意钩往薛蛟头上丢来，万道紫光罩住，通身捆住动不得。尚姣英道："你若从我，我就与你同归大唐；你若不从，叫你碎尸万段！"薛蛟道："姐姐叫我从什么？"尚姣英红了脸，低头说道："要你入赘我家。"薛蛟道："这事甚妙，有何不从，只是要禀明叔父，奏过天子，方好与姐姐成亲。"又道："已有了公主，怎好？"尚姣英道："不妨，三妻四妾，自古有之，我今和你破阵归唐便了。"说完，把手一招，取回如意钩。二人同杀进阵，却遇秦文打入杜门，正遇王怀义。尚姣英取出阴阳石，照王怀义打来，把这个和尚竟打死于马下。

当下薛斗蹿入休门，正与武飞龙厮杀，忽然尚元培、白文豹、罗英、薛葵、秦文、薛蛟、尚姣英一时俱入休门，周兵大乱，武飞龙被薛斗杀死。八将一齐杀入开门。那开门阵主裴道元看见薛云杀入阵来，正要交锋，忽见八将齐到，不敢交战，走入阵后，罗英一马赶上，活捉过马。此时薛刚已打入惊门阵内，把武飞虎刺死。忽听得号炮连响，四下众将一起杀入阵内，如狼似虎，乱砍乱杀，杀得苏黑虎抱头鼠窜，但见九十三万人马，单单剩得苏黑虎同十余个亲随，落荒而走。

走有五十余里，天色已是二更，看见一所大院，苏黑虎令人敲门讨饭。众人一齐打门，早惊动里面的主人。你道是谁？却是武国公马登之子马成。当初幼小，马登救薛刚之时，托与程咬金抚养，后来金国公牛健偶到程

第九十二回　苏黑虎集众拒唐　徐美祖遣将破阵

咬金家，看见马成是他外孙，就领马成到他家抚养。过了几年，牛健身故，其子牛寄亦亡，有孙牛诚，因武氏篡逆，不欲出仕，守此田园。这日马成在内观看兵书，尚未睡去，忽听叩门声急，就出来开门，接了苏黑虎进来坐下。

苏黑虎对马成道："本帅不是别人，乃是都招讨苏黑虎也。今日与薛刚交战失利，到此一时肚饥要饭吃，你们快快备办出来。"马成应允，进内与牛诚商议。牛诚道："目今庐陵王兵进潼关，苏黑虎违逆天命，大败到此，正该拿他。"遂唤起家众，一齐动手，把苏黑虎拿下，到了天明，将苏黑虎解进唐营，庐陵王大喜，把苏黑虎斩首号令，以儆抗军之罪，封牛诚金国公之职，马成武国公之职。此时军威大振，远近闻风来降。再看下回，便知端底。

第九十三回

骡头太子受元戎　梨山老母遣徒弟

话说武则天闻报苏黑虎全军覆没,大惊失色,与群臣计议。张天右道:"长安兵马虽多,苦无良将,难以有济。请陛下速发诏,召天下勤王兵马,一面挂招贤榜,倘有能人揭榜,即授以大兵,还可以退薛刚人马。"则天依奏,即发诏召天下勤王之兵,一面张榜午门招贤。

且说江南六安山铁板真人坐在洞口,忽一阵风来,铁板真人把丝瓜头一伸,绿豆眼一睁,将蒲扇手抓住尖尾一嗅,叫声:"呵呀,原来薛刚造反,已入潼关,武后挂榜招贤,我何不发骡头太子前去,使他母子相见,以拿薛刚,保周朝天下!"便起身入洞,叫:"贤徒何在?"骡头太子道:"师傅有何吩咐?"铁板真人道:"徒儿,你可知你的生身父母是谁?"骡头太子道:"不知也。"铁板真人道:"你母便是则天皇帝,你父便是如意君薛敖曹。十六年前,你母生了你,见你奇形怪状,将你抛入金龙池内。彼时我从云光内经过,救你上山,教养成人。目今薛刚造反,已入潼关,你母挂榜招贤,我今打发你到长安揭榜,与你母父相见。我炼有黑煞飞刀在此,付你带去,倘遇薛刚将士,胜他便罢,若不能胜,发起此刀,即能取胜,保你母扫平薛刚,重兴大周天下。你今速下山去罢。"骡头太子道:"弟子不知路径,如何到得长安?"铁板真人道:"待我传你一个土遁法,来去如飞,可以立至。"遂将土遁法传他。

骡头太子拜别师傅,驾起土遁,到了长安,果见午门挂榜,上前揭下皇榜。校尉一见大惊,喝道:"你是人是鬼,敢揭皇榜?"骡头太子道:"你们快去通报,说十六年前抛入金龙池内的骡头太子,蒙仙人救上名山,今日特来朝见母皇,以退薛刚。"校尉听了,火速入朝,将此言一一奏明。

武后闻言,羞惭满面,心中明白,暗想:"他说被仙人救去,或有大法破得薛刚,也未可知。"下旨召入。骡头太子来至金阶,俯伏山呼朝拜。则天见他头面与骡头无二,好生难看,下旨平身,叫声:"皇儿,

第九十三回　骡头太子受元戎　梨山老母遣徒弟

当日朕生下你来，因你不像人形，抛入池中，哪知仙人救去，至今十六年，又得相见。但不知那仙人是谁？"骡头太子道："是江南六安山铁板真人。因闻母皇为薛刚造反，长安将危，特授臣儿神刀九口，以拿薛刚，保母皇天下。"武后大喜，带骡头太子退朝。薛敖曹迎驾入宫，武则天就把骡头太子始末对薛敖曹说明，叫："皇儿过来，见你父后。"骡头太子拜见父后，留宴后宫。次日，则天坐朝，封骡头太子为兵马大元帅，领兵二十万，去到霸林川剿灭薛刚，骡头太子领旨，领了兵马，出了长安，至霸林川屯扎。

唐营探军飞报入营，说："武氏差中宫太子为元帅，统领大兵，屯扎霸林川，请令定夺。"薛刚闻报，沉吟道："武氏生有六子，长即吾主，次李坤，现在金陵为南唐王，第三四五俱皆早亡，第六李坎，现为东北唐王，第七当年被我踹死，今又有什么中宫太子领兵前来，这也奇了！"吴奇、马赞道："必是武氏淫乱私生出来的杂种，咱二人前去探一阵，便知端底。"说罢，二人领兵上马，到周营讨战。骡头太子闻报，即拿铁棍大步出营。

吴奇、马赞一见，唬了一跳，休说眼中不曾见，就是耳边也不曾闻有这样的人，分明是骡精，遂喝道："你是人是怪？"骡头太子喝道："大周则天皇帝是我的母帝，如意君薛敖曹是我的父后，我乃兵马大元帅骡头中宫太子是也。"吴奇、马赞哈哈大笑道："我说是个杂种，分明是武氏与叫驴睡了，所以生出这骡头人身的怪物来。"

骡头太子闻言大怒，抡棍打来，吴奇、马赞各举兵器相迎。战有六七合，骡头太子回身便走，吴奇、马赞随后赶来。骡头太子伸手把腰边金筒盖一揭，叫一声："宝贝出来！""吱吱"两声响，两口黑刀起在空中，如两条黑线一般落将下来，吴奇左肩中了一刀，马赞后背也受了一刀，大叫"呵唷"，回马便走。骡头太子回身追赶，吴奇、马赞早走入营中，骡头太子把手一招，收了神刀，仍抵营讨战。

吴、马二人到营中下了马，不能言语，仰后便倒，人事不省。薛刚忙问从军如何，从军就把交战被伤情形说了一遍，薛刚惊讶不已。看二人伤处无血，只流黑水，皮肉皆黑，急取金枪药敷治，并不相干。军士又报骡头太子在外骂战，薛刚大怒，叫薛葵出去会战，把他捉来。薛葵得令，冲出营来，一见骡头太子，大笑道："原来是个母马生的个小骡精。"骡头太子闻言，气得两只怪眼突出，鼻内如风响一般，抡起铁棍便打。薛葵把大锤打中铁棍，那骡头太子震得两臂皆麻，虎口尽裂，只见两只长耳直竖，骡口张开，足有一尺阔，叫声"呵呀"便走。薛葵拍马追来，骡头太子急把金筒盖一揭，叫声："宝贝出来！""吱吱"一声响，只见一口黑刀起在空中。薛葵抬头一看，见是一条黑线，笑道："这样东西，二将也受不起，真真没用！"把锤往上一架，正中左臂，见骨方止，薛葵大叫一声，回马便走。骡头太子把手一招，收了神刀，因虎口震裂，收兵回营。

薛葵回至军中，下马入帐，翻倒在地，人事不省，流出黑水，急得薛刚暴跳，任凭百般医治，总是无效。庐陵王也来看视，见他三人倒在地上，皆人事不省，看看将死，不觉泪下，叫声："徐三兄，孤只道一入潼关，即便复位，不料骡头大败我将，倘有不测，大势去矣！"徐美祖道："主公且休着急，尝闻古圣王求祷上天，必有报应。主公何不求祷上天？"庐陵王沐浴更衣，设立香案，拜祝皇天后土，告曰："若唐家气数已绝，即尽命于此地；若气数未终，中兴有日，上天垂念，救全三人性命，降下异人，破彼飞刀，平安无事，然后捉拿骡头，以报此仇！"拜祝一番，纳闷在营，按下不表。

且说西南涧离岛山梨山老母忽然心血来潮，老母觉而有感，是因薛刚保庐陵王中兴，已入潼关，在霸林川被骡头困住，铁石星、太阴星、太白星中了黑煞刀，将在临危，应该天魔女下山去救，就唤樊梨花出来道："贤徒，你知我唤你的意思么？"樊梨花道："弟子已知我子薛刚保唐室中兴，在霸林川被骡头刀伤薛葵、吴奇、马赞。师傅唤弟子出来，无非差我下山去助我子，救此三人性命，弟子即刻就行。"老母道："你今下山前去，母子重逢，破了骡头，上长安开了铁丘坟，当速速回山，不可贪恋红尘，更加罪逆。"

樊梨花合掌领命，拜别老母，驾起云头，不多时来至霸林川，把云头一按，落在唐营前，叫军士去报薛刚，说一品夫人樊太君来此。军士即忙报上大帐，薛刚闻言，吩咐大开营门，率众出迎，一见樊大夫人，双膝跪下道："逆子薛刚迎接母亲。"

第九十三回　骡头太子受元戎　梨山老母遣徒弟

樊梨花见了薛刚，不觉泪下，叫声："我儿，你起来。"薛刚起身，跟樊太君入营。薛刚率纪鸾英、披霞公主拜见了婆婆，薛蛟、薛云、薛斗拜见了祖母，尚姣英、飞镜公主、秦摆花拜见了太婆。大小众将一起参见毕，樊太君叫把薛葵、吴奇、马赞抬来，取出三粒金丹，各个分开，将半粒抹在刀伤之处，水化半粒灌入口中。只见伤口立愈，三人即刻苏醒，一起起来，见上边坐着一个老道姑。薛葵问道："上边坐的是谁？"薛刚道："是你的祖母樊太夫人。"薛葵闻言，忙忙下拜，吴奇、马赞也过来叩头。薛刚吩咐备筵，与樊太夫人接风贺喜，因樊太夫人是吃斋，另设素席相待。其余众人，杀牛宰马，各个开怀畅饮，尽欢而散。欲知端底，且听下回分解。

第九十四回

樊梨花施法除怪　窦必虎率众勤王

话说次日薛刚把骡头太子的凶恶禀知了樊梨花，樊梨花道："不妨，有我在此，自当破他。"正言之间，军士来报骡头太子在外骂战，樊梨花闻报，上马出营。骡头太子一见，大喝道："老婆娘，留下名来！"樊梨花道："我乃两辽王薛丁山夫人樊梨花便是。"骡头太子哪里晓得樊梨花是何等人，竟认作等闲之人，举棍打来，樊梨花抡两口宝剑敌住。战有五六合，骡头太子回身便走，樊梨花拍马追来，骡头太子把腰边金筒盖揭开，"吱吱"一声响，一口黑刀飞入半空。

樊梨花抬头一看，笑道："这妖物如何伤得我！"把手往上一指，其刀落地。此刀一沾了泥，就成无用之物。骡头太子大惊，拿起金筒往上一撒，八口刀尽行飞入空中，樊梨花把手往上一放，喝声："疾！"一连几个大霹雳，把八口刀尽击落地。骡头太子大惊，把手乱招。再也不能收回，急得两只骡耳直竖，回身举棍打来。樊梨花笑道："你的刀不能伤我，我叫你看我的刀伤你。"遂伸手向背上拔出一剑，抛入空中，骡头太子叫声："不好！"急借土遁走了。樊梨花笑道："今日他还未该绝命。"收回宝剑，拍马回营。

那骡头太子逃到营中，忽见武三思奉武则天之命，领兵十万前来接应，闻九口黑刀俱被樊梨花所破，大惊失色，遂叫："太子，这樊梨花是薛丁山之妻，能呼风唤雨，移山倒海。当年法场之上被他走脱，他今到此，非同小可，须得有大法除了此人，其余不足惧也。"骡头太子道："我想樊梨花法术甚高，非我师傅不能破他。如今将大营交与千岁看守，待我去请我师傅来破他。"武三思允诺。

骡头太子驾起土遁，奔到六安山，入洞拜见铁板真人，说："弟子奉命到长安，相助母皇以退薛刚，不料来了一个樊梨花，十分厉害，弟子九口黑刀尽被他所破，反拔出宝剑来杀弟子，弟子幸逃得性命。因此前来，

第九十四回　樊梨花施法除怪　窦必虎率众勤王

请师傅下山去捉樊梨花。"铁板真人闻言大怒，即同骠头太子出洞，驾起遁光。来至霸林川落下。军士报入，武三思忙出营迎接入帐，礼毕坐下，大排筵席款待。

过了一夜，次早铁板真人仗剑出营，来至唐营前，大声高叫："樊梨花，出来会会贫道！"军士报入，樊梨花闻言，即仗剑上马，冲出营来，抬头一看，见是铁板真人，用手一指道："你今日何苦自来讨死？只怕你多年的工夫，未免要丧于此地矣。如今听我言语，速速回避，你若不听，性命难保，悔之晚矣！"

铁板真人闻言大怒，将蒲扇手把樊梨花一指，喝声："女婆娘，你知我的本来面目，放下了脸皮，与你拼个死活。"把剑迎面就砍，樊梨花抡双剑相迎。战了五六合，樊梨花念动捆仙咒捆住了铁板真人，那铁板真人骂声："老婆娘，这咒如何捆得住我！"遂在地一滚，其捆自解，现出原形，一道黑光护住，伸颈开口，把那炼成的毒气吹来，樊梨花说："不好！"双足离了踏镫，纵云起在空中，往下看时，坐马被他这口毒气一吹，化成飞灰，只存一堆马骨在地。铁板真人抬头一口气望上吹来，樊梨花纵云走了。铁板真人收了原形，又抵营讨战。

樊梨花至营，落云下来，薛刚便问："母亲，交战如何？"樊梨花道："那骠头又请他师傅龟精来了，这龟精竟坏了修行之心，把毒气吹来，幸我走得快，坐马早化为飞灰。如今他必再来讨战，且挂出免战牌，待我回山去另借宝贝，方可除他。"薛刚就把免战牌挂出。铁板真人看见免战牌，回营去了。

且说樊梨花驾云来到西南涧离岛山，落云入洞，拜见梨山老母，老母早已晓得樊梨花的来意，便说道："你要收此龟精，需到鸾凤山借九天玄女娘娘的八卦阴阳钟，方可除了此怪。"樊梨花领命，纵云来到鸾凤山，落云下来，看见唐万仞正在洞门口，樊梨花烦他传禀，入洞拜见玄女娘娘。玄女娘娘道："天魔女，你此来是要借我的八卦阴阳钟，去收那龟精，到长安开了铁丘坟，须速速回山修道，待你难满之日，脱了凡胎，我当送你上瑶池服侍金母。"叫女童把阴阳钟取来。不多时，女童取到，玄女道："你将此钟带去会那龟精，可如此如此。待你到长安开了铁丘坟，即将此钟送来还我。你去罢。"樊梨花拜受宝钟，唐万仞送他出洞。

樊梨花驾起云光，来到唐营，落云下来。薛刚一见，便问："母亲，借了什么宝贝来？"樊梨花道："借得九天玄女娘娘八卦阴阳钟在此。"吩咐收了免战牌，樊梨花上马，直抵周营索战。铁板真人闻报，仗剑出营，大叫："老婆娘，你还不知我的厉害，今日要来送命了。"

樊梨花大怒，抡剑便砍，铁板真人把剑相迎。战不上三四合，樊梨花又念动捆仙咒，铁板真人扑身在地一滚，现出真形，张口正要吹气，樊梨花早取出八卦阴阳钟一抛，将铁板真人罩入钟内，令军士取几担烈炭来，将钟四面架起炭，放火团团烧起。

铁板真人在内，急急借土遁要走，哪知此钟变化无穷，地土变成钢铁，再也遁不去了。速速火烧钟红，热气逼人，那龟精在内哀求道："樊夫人，老太太，可怜我不是一日工夫修到此地位，只因一念之差，原不该来，望太夫人以慈悲为本，饶了我，我再不敢作怪了。"樊梨花只当不听见，指示军士加添炭火。到了一昼夜，把他原身炼出，到了两昼夜，已烧成焦黑，到了三昼夜，便成了灰烬。樊梨花叫军士拨开炭火，轻轻揭起，取土埋了灰烬，收了宝钟，回至营内，薛刚众将皆大喜。

忽见军士来报，说："平西侯窦必虎与姑太夫人统兵十万，前来相助，离营不远了。"薛刚大喜，与母亲及二妻、媳妇、众将出营迎接。窦必虎令人马扎驻，与薛金莲一起下马，众人相见，叙了寒温，就请入营。樊梨花先上前见礼，薛云夫妇亦上前拜见父母，及内侄孙、内侄孙妇各各上前拜见。未知说出何话，再看下回分解。

第九十五回

反周臣洗清宫殿　中兴将赐爵分疆

　　当下薛金莲与樊梨花各诉离别之情，说及当日满门被害，止不住泪下。窦必虎叫声樊夫人道："薛刚虽然闯祸，累及一门，他兄弟四人，薛猛受害，幸有子薛蛟，薛勇被戮，幸有子薛斗，今日薛刚保庐陵王中兴，指日小主复位，开铁丘坟，迁葬报仇，甚为可喜。那四侄薛强，当年大宛国招为驸马，得公主孟九环为妻，霸占山后，屯兵虎头寨，称为武山王，生有八子二女，长子名薛琪，次子名薛琼，三子名薛瑶，四子名薛璜，五子名薛瑛，六子名薛璟，七子名薛璃，八子名薛魁，长女名金花，次女名银花，俱孟九环所生，个个勇猛，人人无敌，山后呼为父子十一虎。如今薛刚保庐陵王中兴，他也应该前来相助，为何却不见他到来？"樊梨花道："少不得他们也有助唐的日子，另有一番作用。"说罢，窦必虎去朝见庐陵王，薛刚排筵与窦必虎夫妇接风。

　　到了次日，薛刚请樊梨花遣将以破周兵。樊梨花令薛蛟攻东营，薛葵攻西营，窦必虎攻北营，薛斗攻南营，纪鸾英率吴奇、马赞攻东北，披霞公主领南建、北齐攻西北，尚姣英率郑宝、孙安攻东南，薛金莲领尚云培、李广攻西南，每一路领兵一万，薛刚亦领兵一万，往来接应，樊梨花自领兵取中路，拿骡头太子，其余众将保庐陵王守营。众将得令，一起杀奔周营而来。

　　周营武三思与骡头太子闻报铁板真人已死，唐兵分八路来踹营，一时唬得魂飞魄散，忙忙传令各营众将尽力迎敌。骡头太子出帐来挡，只见唐兵四面八方踹入，一刻之间，把各营杀得纷纷大乱。樊梨花杀入中营，正遇骡头太子，两下厮杀，不上三合，樊梨花把手一指，喝声"站住！"定住了骡头太子，一剑挥为两段。此时武三思从后营急急逃走，走了数十步，忽见前面一支人马杀来，旗号上写"虎头寨武山王薛强"八个大字，当先一员小将，乃是七公子薛璃杀至，武三思举刀迎敌，薛璃扯起虎尾鞭，照武三思迎面打来,正中武三思左肩,翻身落马,忙跳起来,杂在乱军而逃。薛强父子如同狼虎,砍杀周兵尸如山积,降者大半。

樊梨花鸣金收军。薛强父子夫妻会合,薛刚人马,俱各大喜,同回大营,与孟九环八子二女拜见樊太夫人,一家相逢,喜不可言。薛刚道:"四弟,当日是我造此大祸,累你逃奔外邦,幸喜得了弟妇,生下这许多贤侄,还算不幸中之大幸。如今一入长安,请庐陵王复位,开铁丘坟,一门复聚,共受皇恩,此亦家庭中之一大乐也。"薛强道:"哥哥,愚弟此来,一为父母报仇,以开铁丘坟;二为相助哥哥,以成大事,实不愿保庐陵王。待开了铁丘坟,弟即回山后矣。"薛刚惊讶道:"我与你皆唐臣子,我弟不愿,是何意也?"薛强道:"庐陵王乃武氏亲生,薛氏一门被他害尽,怎反保其子为主?况高宗尚有正宫王皇后所生太子名旦者,现在汉阳,应登大宝。哥哥既保庐陵王,弟誓不保他!迁葬父母兄嫂之后,即回山后,永不来朝,此吾志也。"樊梨花道:"二龙并出,一先一后,各保其主,亦为有理。"当时大排筵席,一门庆贺。次日,薛刚起兵杀奔长安而来不表。

且说武三思逃回长安,入奏:"骡头太子师徒皆死于樊梨花之手,臣杂乱军中逃了性命,乞陛下速速定计,如迟,薛刚一到,性命休矣。"武则天大惊,即召张天左、张天右商议。二人道:"事急矣,长安决不能守,请陛下速奔二殿下南唐王李坤处,再图中兴。"则天允奏,忙带薛敖曹、张易之、张昌宗、武三思、张天左、张天右、许敬宗,收拾行囊,至三更悄悄从地道而出,逃往南唐去了。

城内张柬之、袁恕己、桓彦范三人商议道:"我等五人。皆蒙狄梁公举荐,位极人臣,岂可不思图报?久欲反周为唐,未得其便。今敬晖、崔元晖俱已归唐,我等若不内应,空费梁公特荐之心。"袁恕己道:"旨下要清洗宫廷,必须先杀诸奸,数武后十罪,那时大开皇城,迎庐陵王复位,其功莫大。"桓彦范道:"此论是也。待我写出武后十大罪。"遂议定写出道:

实系才人,蛊惑祸帝,罪一也;恃宠肆阴,谋杀王后,罪二也;
灭嫡害子,天性何有,罪三也;毁弃先王七代宗庙,罪四也;
女主专权,自立为帝,罪五也;杀戮大臣,贬窜侯伯,罪六也;
诛灭宗室,立侄为嗣,罪七也;亲近小人,废绝君子,罪人也;

第九十五回　反周臣洗清宫殿　中兴将赐爵分疆　‖ 233

贪淫极乐，无法无天，罪九也；奸僧术士，出入禁庭，罪十也。

写毕，将"武后十大罪"粘于朝上，百官看了，个个拍掌称快，齐说："目下诏媚臣日夜在宫商议。有值殿使温奇，心怀忠义，可与共谋内宫之事。"张柬之连夜召温奇议事，四人议定，约明早行事，一面修下表章，送出城去，一面暗发号令，点齐人马。到了次日五鼓之时，张柬之、袁恕己、桓彦范、温奇领兵杀入宫中，不见武后、诸佞臣，拷问内侍，禀称："昨夜三更，武后与武三思等从地道中逃奔南唐去了。"温奇差兵追拿不及，只拿各佞臣家眷，下了天牢。长安城改换皇唐旗号，候庐陵王驾到，即便出迎。

再说薛刚统领大军，飞奔长安而来，忽探军来报，说武后与诸佞臣逃往南唐去了，长安城上已立大唐旗号，薛刚一闻武氏走了，急得三神暴跳，七窍生烟。众将道："双孝王，且到长安保小主复位，开了铁丘坟，然后兵下南唐，不怕他走上天去！"薛刚道："有理。"兵马行到长安，张柬之等率文武百官出城迎接，拜于道左。庐陵王大喜，连叫："老功勋，请起。"薛刚将人马屯扎皇城外。

庐陵王进了皇城，入居偏殿，众文武都待罪午门，庐陵王概不究问。移武氏七庙，建立皇唐祖庙，择吉日祭告天地祖宗社稷山川，复即皇帝位，是为中宗，复国号曰唐。群臣山呼朝贺毕，立妃韦氏为皇后，敕封徐美祖为英武王，兼太尉平章军国事；加封双孝王薛刚为天保大将军，兼中书令、征南大元帅，即命开铁丘坟，祭扫之后，即下南唐拿诸佞臣；敕封程咬金为仁寿逍遥君，加称鲁王，履剑上殿，入朝不拜，出朝不辞；封秦文为济南王，罗英为燕郡王，尉迟勃为定阳王，张柬之为濮阳王，袁恕己为南阳王，崔元晖为博阳王，敬晖为平阳王，桓彦范为东阳王，武丹池为武宁王，白云为湘阳王，薛葵为东宫驸马、无敌赵王，薛蛟为西宫驸马、博浪王，窦必虎为平西王，薛斗为定国公，薛云为镇国公，罗昌为越国公，秦方为宁国公，周成为顺国公，李定为安国公，殷友为昌国公，邱齐为成国公，桓柏为淮国公，牛诚为金国公，马成为武国公，郑宝为保国公，白文龙为郑国公，白文虎为梁国公，白文豹为齐国公，程铁牛为武城公，程统为新宁公，程敬思为三十六路都总管，温奇为安远侯，南建、北齐、吴奇、马赞、乌黑龙、乌黑虎、乌黑豹、乌黑彪、乌黑蛟，皆为中兴侯，赵武、李广、伍荣、雄坝、孙安，皆为兴唐大将军，樊梨花为正宵圣母天娥至妙夫人。其余已亡有功诸臣并死难诸臣，及阵亡公卿将士，俱备褒封赐谥，子孙袭职，虽在襁褓，亦得荣封。只有薛强不受诰敕[1]。大赦天下，免一年赋税。将各佞臣家口，着薛刚尽行斩绝。众臣受封，皆叩头谢恩。未知后来如何，再看下回分解。

---

[1] 诰（gào）敕：诰封，皇帝的封赏。

第九十六回

双孝王大开铁坟　樊梨花回山修道

　　当下中宗封毕诸臣，就择本月十二日开铁丘坟，用礼迁葬，追谥两辽王为哀王，薛猛为忠诚王，薛勇为孝诚王。薛刚谢恩出朝，在铁丘坟上搭起天棚，预备金银柜具。到了十二日，薛家男女俱披麻戴孝，程咬金同众官员俱来。等到巳牌时候，中宗御驾亲来上祭，薛氏男女俯伏谢恩。中宗下旨开铁丘坟，众人役掘开了三皮生铁、三皮石板，看见下边一片白骨，无分贵贱。薛刚流泪道："尽是白骨，叫我哪里去认我父兄的骨骸？"樊梨花道："且把骨殖[1]搬起，再作计议。"众人役将骨殖一堆一堆搬上穴来，搬至中间，众人役齐道："有八个僵尸在此。"遂将八个僵尸拾上穴来。众人一看，衣服虽然成灰，面色如生，却是薛丁山、高琼英、高兰英、程金定及薛猛夫妻、薛勇夫妻共八个。樊梨花抱住薛丁山尸首，大声痛哭，薛刚、薛强以头撞地悲哭，薛氏男女老幼一齐大哭，一片哭泣之声，震闻数里，中宗龙目也纷纷落泪。当时以王礼收殓八人尸首，其余白骨俱入骨匣。中宗又亲自奠了三杯御酒，然后众公卿大小官员祭奠。

　　程咬金也上祭奠酒，叫一声："樊太夫人，老拙想起来，为人在世，真真如一场春梦。想我少年之时，在山东班鸠镇卖私盐，打死了盐捕，问成大辟，因于狱中。适隋炀帝杀父即位，大赦天下，得放出狱，卖柴过活，因闹酒店遇牛俊达，结交起手，在长叶岭劫皇杠后，在贾柳店共结兄弟，四人为生死之交。黄土岗再劫皇杠，被杨林拿回天牢，幸单二哥仗义疏财，聚众劫狱出牢，大反山东，小孤山聚义，兴师取金堤，据瓦岗，探地穴，称为混世魔王，为首搅乱隋朝天下。让位李密，取五关，打八门阵，会天下反王征战宇文化及，挂一十八邦都元帅印，三声叫开天长关，直抵江都。李密败亡，归保吾主大宗皇帝，东荡西除，南征北

---

[1] 骨殖（shi）：尸骨。

战,于千刀万刃之中,矢石交攻之际,匹马纵横,如入无人之境,扫除一十八邦反王,战服六十四路烟尘,开皇明万里江山。跨海平辽,征东征西,看了千千万万怪事奇人。就是双孝王元夜造下大逆,一门被戮,埋此铁丘坟内,老拙只道今生不能见开此铁丘坟,哪知小主今日重兴天下,开了铁丘坟,又见这薛氏许多子孙。想起来,老拙活了一百二十八岁,真如做了一百二十八岁的春梦!"说罢,哈哈大笑,不觉倒于椅上,端然而逝。

众人一见,齐上前叫道:"老千岁保重。"中宗也叫:"老元勋苏醒!"由你叫时,再叫也叫不醒。程铁牛、程万牛等兄弟九人并十三孙,环绕鲁王放声大哭。樊梨花道:"程氏子孙,不必如此悲伤,鲁王千岁福寿双全,子孙满堂,又无疾病,一笑而亡,自古及今,谁人能以及他!此乃喜丧,何须悲哭?"中宗道:"樊太夫人说得不差。"遂下旨以天子之礼减一等收殓鲁王。中宗起驾回宫。程铁牛就于铁丘坟左边停了鲁王之柩,右边停了薛门各位之柩,挂孝开丧,百官皆来上吊。过了三七二十一日,程铁牛扶柩回山东济南府班鸠镇,择地安葬不提。

再说薛刚,择日将父亲并各庶母及二兄夫妇的棺柩,抬到太白山,卜穴安葬毕。到了次日,樊梨花见事功已成,也要回西南涧离岛山去,薛刚扯住衣服,哭拜于地,再三苦留,不肯放去。樊梨花道:"今事功俱完,当急急回山,你不必苦留,后会自有日期。"薛刚见留不住,没奈何,设斋饯别起行。众人俱要运送,樊梨花道:"不必远送。"即驾起云光,先到鸾凤山送还九天玄女的八卦阴阳钟,然后驾云回西南涧离岛山矣。

再说薛强,见樊太夫人去了,也就告辞,要回山后去,窦必虎也相辞要回去,薛刚俱留不住,只得备酒饯行。到了次日天明,薛刚合家人等齐送窦必虎、薛强等出城。各人分别,窦必虎夫妇领兵回锁阳城去,薛强夫妇同八子二女领兵回山后去,薛刚众人回府。不知后来如何,请再看下回。

第九十七回

下南唐诸奸受缚　上长安武后还宫

再说武后同武三思人等从地道逃出长安，星夜奔往南唐。不一日到了南唐，南唐王率众出城迎接。母子一见，大哭一场，武后即把庐陵王来迫情由诉了一遍，南唐王安慰一番，就请武后人等入城居住不提。

再表薛刚，一日入朝奏道："臣前蒙恩旨，开坟之后，即下南唐讨逆报仇，乞陛下准臣兴师，兵下南唐，以报臣一家三百八十余口之冤。"中宗道："据卿所奏，朕无不依。但武三思乃朕母族，若要杀他，天下之人皆以朕失亲之义。今命卿兴师前去，可赦三思一人。朕再命一员官赍诏先往，晓谕南唐王，南唐王见诏，谅必拱手听命，捆缚诸奸献出，是朕恩威并用，而彼自然心服也。"薛刚领旨，谢恩退出。中宗即命徐美祖赍诏先往。次日，薛刚点齐家将并部下军马，即向南唐进发。

却说南唐王一日早朝，忽见门官来报皇帝诏书到，南唐下即令排香案，出大门外跪下接诏。徐美祖将诏书开读：

奉天承运，皇帝诏曰：朕以不才，妄居大位，虽为天运不绝唐祚，实乃群臣恢复之功。今念母后前日所为，皆由权奸蛊惑，致失天下臣民指望。但母子至情，难以究问，今特遣国师前来，请母后还朝。武三思系朕母族，姑念至亲，准其改过，偕同母后来归。其余奸心，绑付国师带来，进朝拟罪。特此谕知，毋违朕意。

诏书读毕，南唐王叩首谢恩，起来收了诏书，然后与徐美祖见礼，设宴款待。就唤内嫔请武后与武三思更服还朝，将张天左、张天右、薛敖曹、许敬宗、张易之、张昌宗等俱捆入囚车，交与徐美祖。随令部下军士护送起程，南唐王亲送出城到十里外，拜辞武后，又与徐美祖辞别。

徐美祖领了人等向长安而来。到了次日，忽见一队人马簇拥而来，原来是薛刚领兵来下南唐，要拿一班奸党。薛刚一见徐美祖，就跳下马来，徐美祖看见薛刚，亦跳下马，二人行礼。徐美祖说出情由，就引薛刚来见武后。武后不胜惭愧。薛刚向前作揖，称一声"千岁"，武后强应一个"免"字。薛刚见他面有愧色，再不答话，回头一看囚车内囚着张天左一班奸犯，一时愤起，拔刀就要砍杀，徐美祖忙止住道："此系御犯，不可动手，须解到圣上面前定罪方妥。"薛刚方才住手，遂同徐美祖班师而行。

不一日已到长安，中宗率文武官员出城迎接。母子相见，悲喜交集，武后亦自悔从前不是。中宗请武后并三思入城进宫，即令军士将囚车一班奸犯，交与薛刚处决。薛刚闻旨，奏道："臣焉敢妄决，请陛下旨意。"中宗道："此乃卿家仇人，毋得再启，任卿处决便了。"薛刚谢恩，退出来。未知如何处决，再看下回分解。

第九十八回

武三思复弄权柄　双孝王出居外藩

　　当下薛刚出朝，将张天左、张天右、许敬宗、薛敖曹、张易之、张昌宗一班奸犯，令押至先人坟前，开了囚车，重新捆缚，喝其跪下，点起香烛，叫薛蛟、薛葵、薛云、薛斗取出利刀，先将六人心肝挖出，后把六人首级砍断，将心肝首级排在坟前，薛刚跪下，哭祭一番。复令军士将六人身尸万刀砍碎，不准收埋，丢在坟外，任鸟兽所食，以儆后来奸党。薛刚随即进朝复命不提。
　　再说武三思，自与武后入宫后，常与韦后眉来眼去，二人遂私通起来。情如胶漆，十分恩爱。一日，三思在韦后宫中，忽遇着中宗，中宗道："汝来何事？"三思跪下奏道："臣蒙陛下不杀之恩，但臣在宫中，国事不闻，无由以报陛下。臣想欲与群臣并列朝班，分理国政，庶几得效犬马之劳，以报不杀之恩，故特来见驾奏闻。"中宗道："卿既有心代朕分劳，仍居丞相之职，并立朝班可也。"三思谢恩退出。次早，仍着旧日冠带，立在殿座边，候驾登殿。众臣进朝。一见武三思如此形状，尽皆不解，又见武三思势位炎炎，亦不敢多言，朝罢各各退去不表。
　　却说武三思再居相位之后，凡遇中宗不在宫中之时，即来与韦后欢饮戏谑，言来语去，已知韦后残忍淫乱不减武后，并欲效武后勾当，遂与武三思共谋其事。武三思道："今诸功臣在朝，又且皆掌兵权，所谋之事，如何有济！娘娘当早奏陛下，说众功臣劳苦已久，今已平安，则当分疆，令守一邑，以享升平，使他得以优游安佚，不可仍付兵权以劳其身，陛下当以恩报恩，方不失厚待功臣之意。功臣一去，然后娘娘得行其志。"韦后闻言大喜道："此谋甚善，我当言之。"是夜，中宗适来与韦后共寝，交欢事毕，韦后遂以三思之言长篇大章说了一遍。中宗想了一想，即应道："果是良佐之后，朕明早出朝，即当分发，以安功臣之身。"次日早朝，中宗升殿，群臣朝贺毕，中宗即宣薛府功臣及当日随驾复唐功臣上前，谕道："朕因卿恢复之力,得登大位,每思及诸卿劳苦,心甚不安。今天下既定,不令卿等安享升平,是朕之过也。朕今封卿等出镇外藩,各食一邑,使无军务以劳其身,任卿安享富贵,以乐天年。"众功臣不知何故,无言对答,只是叩头谢恩。中宗随令学士草诏,颁发功臣出镇。众功臣各分有土地,忙忙收拾行李,率领家口而去。

那武三思见众功臣个个都去了,遂又横行无忌,革逐君子,进用小人,乃以宗楚客、宗晋卿、纪处讷、甘元东为羽翼,又以周刊用、冉祖雍、李俊、宋之逊、姚绍之为耳目,各加官爵,付以重任。其所革逐者,或诬以大故,或只为臣恶,任意贬黜杀戮,不可胜述。当时若功臣中之正人君子者,如敬晖、桓彦范、张柬之、袁恕己、崔元晖,俱诬以毁谤韦后秽行,暗令人榜于天津桥,使中宗大怒,逐五人于边地化外,武三思又暗遣人于边地杀之。自此三思与韦后势倾人主,秽乱宫闱,致四海怨望,万民嗟叹,百官不敢言其过,人主有旦夕之祸。毕竟后来如何,且听下回解说。

第九十九回

山后薛强遇旧友　汉阳李旦暗兴师

话说先朝有一个功臣，姓李名靖，号药师，晚年学道，云游四方。一日，屈指一算，说道："今皇上气数将终，另有一个新君即位，该是薛强夫妻子女十二人辅佐，吾当往山后去指点他。"遂驾云来至山后，把云头一按，落在演武场前。时薛强正在演武场中教子演习武艺，李靖上前一揖道："驸马别来无恙？"薛强一看，见是李靖，忙下堂还礼道："前蒙老师指点之恩，尚未报答，未知老师今日要往何处去？"李靖道："我今日特来指点汝，但此处非说话之所，须到尊府，方可告明。"薛强即引李靖同到帅府，重新施礼，薛强又唤出八子二女，亦上前施礼。礼毕坐下，薛强问道："老师此来，有何教训？"李靖道："方今大唐皇帝八月中秋有杀身之祸，大位该是高宗正宫王娘娘所生太子名旦的，如今住在汉阳。你当去辅佐他，方能重整李氏江山，复兴皇唐社稷。"薛强道："气数如此，愚徒即日兴师前去。"李靖道："奚用干戈取胜！依我愚见，你今八子俱皆英勇，二女又精韬略，况又有九环公主之才，如此威风，何战不克！但此事当用暗奇之法方妙。如今可率公主并八男二女，军士不用太多，只用五百，暗过雁门关，悄悄到汉阳告知李旦。吩咐李旦发兵之时，亦只好用五百兵，合一千军，分作一百队，一队只许一将统领，皆要扮作商贾模样，或先或后，接迹而进。到长安时，只好五十队进城，伏在皇宫左右。俟中秋半夜之时，宫内喧嚷喊杀起来，即时放起号炮，会集军士，一起杀入宫中，锁拿奸人。余五十队分作四门，缉获叛党，自然成功。汝当毋忽吾言，吾要去也。"遂起身告别。薛强再三留之不住，无奈送出府门。只见一道紫云，李靖跳在云中，作别而去。

薛强即时进入府中，把李靖之言一一对九环公主说了一遍。孟九环道："李老师，仙人也，往往有先见之明，不可不从。"明早，薛强同九环公主一起到大宛国，将情由奏知国王，国王准奏。薛强遂同九环公主，领八子二女，点起五百军，陆续起程，暗渡雁门关而进。

再说李旦，自与武后讲和之后，虽偏安汉阳，每每以江山为念，终日训练兵将，积聚粮草，以待天时。一日升殿，与徐孝德共议军事，徐孝德道："臣昨夜观天象，帝星不明，后来不久必有大患。主公一星明曜，天下不久必属主公。又兼列宿拱向主公一星，将来必有勇将来助主公。"正说话之间，忽见黄门官来报，说："山后虎头寨武山王薛强合家来投，现在午门外候旨。"唐王令宣进来。

黄门官传出旨意，薛强遂同九环公主、八子二女相率上殿，行了君臣之礼。唐王离座道："王兄，今日到寒国，有何话说？"薛强道："臣因前朝李靖识破天运，下界指点愚臣，臣故合家来助主公，共兴大唐江山。"遂将李靖教用暗奇之法细细说了一遍，旁边徐孝德道："真神人妙法，主公不可不依。"李旦大喜，大排筵席，款待薛强父子，令后宫胡后亦排筵款待孟九环母女。

到了次日，乃是八月初一日，李旦挑选五百名壮军，令李贵、袁成守城，自同徐孝德、马周众将人等，偕薛强夫妇八子二女共一千军，皆打扮作商人模样，分作一百队，陆续向长安而来，按下不表。

且说梨山老母在离岛山，屈指一算，知中宗气数已终，该薛强辅佐李旦即位，其中奸党未必能尽获，又该薛刚在长安城外缉获，方无漏网。但薛刚乃是凡胎，安能先知其事，必须天魔女下山去指点他，方能有济。遂唤樊梨花出来，问道："你知大唐天子之事乎？"樊梨花道："弟子已知当今皇上气数已尽，应该薛强辅佐李旦即位，但虑薛刚未知共成其事耳。"老母道："然也。你今当下山去，指点薛刚成事，待事成之日，速速回山，不可留恋红尘，以加罪过。"樊梨花道："弟子晓得。"遂驾起云头，来到会稽，在薛刚门首落下。

一此时薛刚已削其兵权，安顿在会稽，门庭寥落，只有一个老家人看守大门，忽见樊太君来到，忙入内报知。薛刚即忙出来，迎接樊太君到后堂，就唤妻子与子侄并媳妇出来拜见。合家参拜毕，樊梨花道："我儿，我算皇上气数，该有杀身之祸，倒该你弟薛强辅佐李旦为君。你当领十个家丁，悄悄到长安城外，共执奸党，帮助成功。当速速前去，不可迟缓，我当指引你成事。"薛刚领命，即时领了家丁，扮作卖药算命模样，同樊梨花向长安而来。到八月十五日，离长安城只有十里，樊梨花吩咐驻扎等候。不知后来如何，且看下回分解。

第一百回

冤仇报新君御极　功名就薛氏团圆

再说李旦同薛强并将士人等，分作一百队，行到八月十五日，已到长安，各队将士陆续进城，四处埋伏停当，准备夜间号炮一响，即出行事。

那武三思这日，弑君之法既已妥当，走入宫来，适遇中宗在御苑游玩未回，遂悄悄告韦后道："今夜行弑之事可保无虞，我已决矣。"韦后忙问如何行弑，三思道："今夜宿卫将士，皆我心腹，无敢违逆，我已安排妥当。况今夕又是中秋佳节，正好与陛下畅饮赏月，俟陛下微醉，暗将药酒毒死。只说是醉后中风而崩，众臣自然无话。明早便可登帝位，得行所欲了。纵有不测，现有宿卫将士御止，不足畏也。"韦后道："此谋甚善，当速行之。"

又至日暮，中宗回宫，韦后奏道："今夕是中秋佳节，当与陛下登楼玩月消遣。"中宗道："正合朕意。"遂唤嫔妃宫娥及武三思随驾上青云楼，果见月色无尘，明月皎洁，遂排宴楼上饮酒作乐。饮至半夜，中宗微醉，三思暗将毒药放在酒内，进上劝饮。中宗吃了一杯，不多时，帝容大变，跳起身来，大叫一声，就呜呼哀哉了。嫔妃宫娥见帝驾崩，不觉大惊，喧哗起来。

平时太子重俊知武三思有不良之意，是夜闻父王与三思楼上饮酒，心甚不安，暗点数百御林军，在楼前楼后听其动静。忽闻得楼上喧哗，又见天星落下如雨，知是有变，遂喝军士杀入。谁知三思亦暗伏军士在楼下，忽见太子杀入，两军交战起来，喊声大震。外面李旦、薛强等闻得宫中喊声震地，遂放起号炮，四面伏兵俱到午门，一并杀入。

武三思一闻外面杀入，大惊失色，要从御苑后门逃出，手执宝剑，才欲下楼，适太子上楼，方到楼门，不提防三思出来，竟被三思一剑砍死，忙忙跳出御苑后门逃走。走到城门，天色微明，城门已开，只见军士相争拿人，三思杂在军中，亦大呼拿人，暗暗逃出南门。走了十里，竟被樊梨花、薛刚一行拿住,解进城来。城内薛强、马周众将人等,杀入午门,逢人便拿。时武后年七十余岁,睡觉起来,忽听得呐喊之声动地震天,吃了一惊,不觉跌倒,竟呜呼哀哉。韦后正欲脱逃,忽被薛强拿住。不多时天明日出,军马稍定,各拿奸人献功,李旦逐一查问,不见了一个武三思,心甚不快。忽见南门走进一人,乃是薛刚,手拿一个奸犯,竟是武三思,李旦亦不暇细问,就令众将万刃砍碎其身,只要留一个首级,悬在午门外,以儆奸党。

徐孝德同众将皆请唐王早即大位,以安人心,李旦再三谦逊,众将固请,然后登金銮殿即皇帝位,是为睿宗。受群臣山呼朝贺毕,令御林军将韦后绑到法场,万碎其尸,又将武则天尸首扛出斩首,以报母亲王娘娘之仇。韦、武两家,不论老幼,尽行剿灭,凡为武三思羽翼者,亦皆枭首[1],其余百官,一概不问,各居原职。追赠王后为皇太后,立胡后为正宫皇后,申妃为偏宫贵妃,立子隆基为皇太子,封徐孝德为太尉、护国军师,兼武宁王,封薛强为上将军,兼中书令、定唐王,封马周为大元帅、汉阳王,加封双孝王薛刚太保,兼中书令,封王饮、曹彪、殷国泰、贾清、柳德、李奇皆为兴国公,薛琪、薛琼、薛瑶、薛璜、薛瑛、薛璟、薛瑭、薛魁、张籍、常建、高郢、马畅皆为中兴侯,袁成、李贵皆为中兴伯,李湘君为镇国夫人,孟九环为奉国夫人,薛金花、薛银花为中兴贤女。大赦天下,免一年赋税。凡前日阵亡功臣及前日被杀功臣,俱备加封赐谥,子孙袭职,及前朝所贬功臣,及削去兵权在家闲住功臣,俱备还原职,入京调用。群臣受封,皆叩头谢恩。睿宗就令以王礼收殓中宗,着礼部择日安葬。

朝罢,群臣退出。薛刚、薛强及九环公主并八子二女,皆回至薛府,参拜樊太夫人。参毕,樊梨花起身要回山去,薛刚再三苦留,樊梨花道:"我灾难将满,岂可又恋红尘,更加罪过!今日此来,是要再扶薛氏立功,使薛氏一门团圆。今已功成愿遂,我复何求,当速去修道,你不必留我也。"遂驾云而去。再过几日,薛刚子侄及家眷俱到,大家相见行礼毕,薛刚、薛强就令大排筵席,一家欢喜畅饮。又杀牛宰马,犒赏随征军士,

---

[1] 枭(xiāo)首:旧时刑罚,把人头砍下来并悬挂起来示众。

文武百官皆来庆贺,足足闹了一月,方才安静。正是骨肉团圆,一门欢喜,富贵之盛,言语难尽。有诗为证,诗曰:

大闹花灯不可当,全家遭累奔他乡。多少忠臣怀国恨,诸人义士为君亡。房州保驾扶王室,灭韦除奸姓氏香。仇报可雪先人恨,复整山河兴李唐。